1.

Je restai debout sur la plage et dis : « Au revoir, *Butterfly* », et le voilier tourna lentement sur lui-même puis mit le cap sur la haute mer. Je savais qu'il regagnerait son port au phare de Cabra, car cet endroit était situé près d'Ombre.

Détournant les yeux, je regardai la ligne noire des arbres tout proches, sachant qu'une longue marche m'attendait. Je me mis en route dans cette direction, en procédant aux adaptations nécessaires tout en marchant. Le froid de la nuit n'avait pas encore quitté la forêt silencieuse, et c'était bien ainsi.

J'avais encore une vingtaine de kilos à prendre pour retrouver mon poids normal et souffrais encore de temps en temps d'un dédoublement de la vue, mais mon état s'améliorait. Je m'étais échappé des donjons d'Ambre et avais retrouvé une certaine forme avec l'aide, dans l'ordre, du fou Dworkin et de l'ivrogne Jopin. A présent il me fallait trouver un endroit, un endroit ressemblant à un autre endroit – lequel n'existait plus. Je trouvai le sentier. Je l'empruntai.

Au bout d'un moment, je m'arrêtai devant un arbre creux qui devait se trouver là. J'y plongeai la main et en retirai mon épée argentée, que j'attachai à ma ceinture. Peu importait qu'elle se fût trouvée quelque part dans Ambre. Elle était ici à présent, car le bois que je traversais se trouvait dans Ombre.

Je marchai pendant plusieurs heures en laissant le soleil

invisible quelque part derrière mon épaule gauche. Je me reposai quelque temps, puis me remis en route. C'était bon de voir les feuilles et les pierres et les troncs d'arbres morts, les arbres vivants, l'herbe, la terre noire. C'était bon de sentir tous les petits parfums de la vie et d'entendre ses bourdonnements, ses pépiements, ses sifflotements. Dieu! Que je chérissais mes yeux. En retrouver l'usage après presque quatre ans d'obscurité était une chose que je ne pouvais traduire par des mots. Et marcher, libre...

Je poursuivis mon chemin, ma cape en loques claquant dans la brise matinale. Je devais paraître plus de cinquante ans avec mon visage buriné et ma silhouette longue et maigre. Qui aurait pu me reconnaître pour ce que j'étais? J'avais beau marcher, marcher dans Ombre, marcher vers un certain endroit, je n'atteignis pas cet endroit. J'avais dû me ramollir quelque peu. Voici ce qui se passa...

Je trouvai sept hommes sur le bord de la route, et six d'entre eux étaient morts et plus ou moins démembrés. Le septième était adossé au tronc moussu d'un vieux chêne. Il tenait son épée appuyée sur ses cuisses et il avait une plaie béante à son flanc droit par où du sang coulait encore. Il ne portait pas d'armure, bien que certains des autres en eussent. Ses yeux gris étaient ouverts, quoique vitreux. Il avait les phalanges écorchées et respirait laborieusement. Les sourcils en bataille, il regardait les corbeaux manger les yeux des morts. Il ne parut pas s'apercevoir de ma présence.

Je mis ma capuche et baissai la tête pour dissimuler mon visage. Je m'approchai de lui.

Je l'avais connu jadis, lui ou quelqu'un qui lui ressemblait comme un frère.

Son épée monta, pointe en avant, lorsque j'avançai vers lui.

— Je suis un ami, dis-je. Vous voulez boire un peu d'eau?

Il hésita l'espace d'un instant, puis hocha la tête.

— Oui.

J'ouvris ma gourde et la lui passai.

Il but, toussa, but de nouveau.

— Je vous remercie, Seigneur, dit-il en me la rendant. C'est seulement dommage que ce ne soit pas plus fort. Au diable cette blessure!

— J'ai quelque chose de plus fort, si vous pensez pouvoir tenir le coup.

Il tendit la main et je débouchai une petite fiole que je lui donnai. Il dut bien tousser pendant une vingtaine de secondes après une seule lampée de ce tord-boyaux que boit Jopin.

Puis le côté gauche de sa bouche sourit et il fit un léger clin d'œil.

— Ça va mieux, dit-il. Ça ne vous ferait rien que je m'en mette une goutte sur ma blessure? Je n'aime pas gaspiller du bon whisky, mais...

— Prenez le tout. Mais à la réflexion, votre main a l'air de trembler un peu. Peut-être devriez-vous me laisser faire.

Il hocha la tête, et j'ouvris sa veste en cuir et coupai sa chemise avec mon poignard jusqu'à ce que j'eusse dégagé sa blessure. Elle n'était pas belle à voir. C'était une profonde entaille qui allait du dos jusqu'au ventre, à cinq centimètres environ au-dessus de la hanche. Il avait d'autres estafilades moins graves aux bras, à la poitrine et aux épaules.

Le sang coulait toujours de sa grande blessure; je l'épongeai un peu et la nettoyai de mon mieux avec mon mouchoir.

— Bon, dis-je. Serrez les dents et détournez les yeux. Je versai. Son corps tout entier se contracta en un grand spasme, puis se mit à trembler. Mais il ne cria pas. Je ne pensais pas qu'il le ferait. Je pliai le mouchoir et l'appliquai sur la blessure puis l'attachai avec une longue bande de tissu arrachée au bas de ma cape.

— Encore une gorgée? lui demandai-je.

— D'eau, cette fois, dit-il. Ensuite, j'ai bien peur qu'il ne me faille dormir.

Il but, puis sa tête bascula vers l'avant jusqu'à ce que son menton reposât sur sa poitrine. Il dormit, et je lui confectionnai un oreiller et le recouvris avec les capes des morts.

Après quoi, je m'assis à côté de lui et regardai les jolis oiseaux noirs.

Il ne m'avait pas reconnu. Mais à vrai dire, qui aurait pu me reconnaître? Si je m'étais montré à visage découvert, peut-être m'aurait-il remis. Sans doute ne nous étions-nous jamais réellement rencontrés, cet homme blessé et moi. Mais dans un sens, nous nous connaissions.

Je marchais dans Ombre à la recherche d'un endroit, d'un endroit très spécial. Il avait été détruit naguère, mais j'avais le pouvoir de le re-créer, car Ambre projette une infinité d'ombres. Un enfant d'Ambre peut déambuler parmi elles, et tel était mon héritage. Appelez-les mondes parallèles, ou univers alternes, ou encore le produit d'un cerveau détraqué si ça vous chante. Pour ma part, je les appelle des ombres, comme le font tous ceux qui ont le pouvoir de déambuler parmi elles. Nous sélectionnons une possibilité et nous marchons jusqu'à ce que nous l'ayons atteinte. Ainsi, dans un sens, nous la créons. Restons-en là pour le moment.

J'avais vogué, j'avais entrepris cette marche vers Avalon.

Des siècles auparavant, j'y avais vécu. C'est une histoire longue et compliquée, fière et douloureuse, et j'entreprendrai peut-être plus tard de vous la raconter, si je vis assez longtemps pour achever ce récit.

Je n'étais plus très loin de mon Avalon quand je tombai sur le chevalier blessé et les six hommes morts. Si j'avais choisi de passer mon chemin, j'aurais atteint un endroit où les six hommes seraient morts et le chevalier indemne — ou un endroit où lui serait mort et eux vivants et riant aux éclats. D'aucuns diront que cela n'a pas beaucoup d'importance, puisque toutes ces choses sont possibles et qu'elles existent donc toutes quelque part dans Ombre.

Pas un de mes frères et sœurs, sauf peut-être Gérard et Benedict, n'aurait accordé ne fût-ce qu'un regard au blessé. Mais depuis quelque temps, j'ai l'apitoiement facile. Je n'ai pas toujours été comme ça, mais peut-être l'ombre Terre, où j'ai passé tant d'années, m'a-t-elle un peu radouci, et peut-être mon séjour dans les donjons d'Ambre m'a-t-il quelque peu rappelé ce que c'est que la souffrance humaine. Je ne sais. Je sais seulement que je ne pouvais choisir d'ignorer la blessure que j'avais vue sur la forme d'un homme qui ressemblait tant à quelqu'un, qui, naguère, avait été mon ami. Si je chuchotais mon nom à l'oreille de cet homme, ce serait peut-être pour m'entendre vouer aux gémonies; ce serait en tout cas à coup sûr pour m'entendre conter le récit d'innombrables malheurs.

Soit. Je paierai le prix : je le remettrai sur pied, après quoi, je l'abandonnerai à son sort. Je n'aurai rien à me reprocher, et peut-être même aurai-je fait un peu de bien dans cet Autre.

Je restai là à le regarder, et, au bout de plusieurs heures, il se réveilla.

— Bonjour, dis-je en débouchant ma gourde. Vous voulez boire?

— Merci.

Il tendit la main.

Je le regardai boire, et quand il me rendit la gourde il dit :

— Excusez-moi de ne pas m'être présenté. Je n'étais pas très...

— Je vous connais, dis-je. Appelez-moi Corey.

Il parut sur le point de dire « Corey de Quoi? » mais se ravisa et hocha la tête.

— Très bien, Seigneur Corey, dit-il en utilisant un titre inférieur à mon rang. Je tiens à vous exprimer ma reconnaissance.

— Vous me l'exprimez par le fait que vous semblez aller mieux, lui dis-je. Vous voulez manger un morceau?

— Ce n'est pas de refus.

— J'ai de la viande séchée et du pain qui pourrait être plus frais. Il y a aussi un gros morceau de fromage. Mangez à votre faim.

Je lui passai les victuailles et il suivit mon conseil.

— Et vous, Seigneur Corey? demanda-t-il.

— J'ai déjà mangé, pendant que vous dormiez.

Je promenai mon regard autour de nous d'un air significatif. Il sourit.

— ... Et vous leur avez réglé leur compte à tous les six à vous tout seul? dis-je.

Il hocha la tête.

— Félicitations. Que vais-je faire de vous maintenant?

Il essaya de voir mon visage, en vain.

— Je ne comprends pas, dit-il.

— Où alliez-vous?

— J'ai des amis, dit-il, à cinq lieues environ vers le nord. J'allais dans cette direction quand cette chose est arrivée. Et je doute qu'aucun homme, fût-il le diable en personne, puisse me porter sur son dos pendant une lieue. Si je pouvais me tenir debout, Seigneur Corey, vous vous feriez une meilleure idée de ma taille.

Je me levai, tirai mon épée, et d'un seul geste coupai net un arbrisseau de cinq centimètres d'épaisseur. Ensuite, je me mis en devoir de l'élaguer et de le couper à la bonne longueur.

Je répétai l'opération et confectionnai une civière avec les capes des morts.

Il me regarda faire jusqu'à ce que j'aie terminé, puis commenta :

— C'est une épée redoutable que vous avez là, Seigneur Corey, et elle semble faite en argent, si je ne me trompe...

— Vous vous sentez assez fort pour voyager? lui demandai-je.

Cinq lieues représentent une distance d'environt vingt-cinq kilomètres.

— Et les morts? demanda-t-il.

— Vous voulez peut-être leur offrir une sépulture chrétienne? Qu'ils aillent se faire foutre! La nature s'occupe des siens. Partons. Ils puent déjà.

— J'aimerais au moins les voir recouverts. Ils se sont bien battus.

Je soupirai.

— Bon, si ça doit vous aider à dormir la nuit. Je n'ai pas

de bêche; il faudra donc que je leur construise un montjoie. Mais je vous préviens, ça sera un enterrement simple.

— Ça me va, dit-il.

J'étendis les six corps côte à côte. Je l'entendis marmonner quelque chose que je supposai être une prière pour les morts.

Je disposai des pierres en cercle autour d'eux. Il y en avait beaucoup dans les environs, et je travaillai donc rapidement, en choisissant les plus grosses pour aller plus vite. C'est là que je commis une erreur. L'une d'entre elles devait peser au moins deux cents kilos, et je ne la fis pas rouler sur elle-même. Je la soulevai et la mis en place. J'entendis une soudaine inspiration en provenance de l'endroit où il reposait et compris qu'il avait remarqué la chose.

Je laissai échapper un juron :

— Bien failli me casser les reins sur ce salaud-là! m'écriai-je, après quoi je veillai à choisir des pierres plus petites.

Lorsque j'eus terminé je dis :

— Bon. Vous êtes prêt à partir?

— Oui.

Je le pris dans mes bras et le posai sur la civière. Il serra les dents pendant l'opération.

— Où allons-nous? demandai-je.

Il indiqua une direction.

— Retournez jusqu'au chemin. Prenez à gauche et allez jusqu'à la bifurcation. Là, vous prendrez à droite. Comment pensez-vous pouvoir...?

J'attrapai la civière à bras-le-corps, en le tenant comme on tiendrait un bébé avec son berceau. Puis je me retournai et me dirigeai vers le sentier avec mon fardeau.

— Corey? demanda-t-il.

— Oui?

— Vous êtes l'un des hommes les plus forts que j'aie jamais connus... Et je devrais vous connaître, il me semble.

Je ne répondis pas immédiatement. Enfin je dis :

— Je fais de mon mieux pour garder la forme. Une vie saine, jamais d'excès...

— ... Et votre voix me semble vaguement familière.

Il levait les yeux vers moi, cherchant à voir mon visage. Je décidai de changer de sujet en vitesse.

— Qui sont ces amis à vous chez qui je vous emmène?

— Nous allons au château de Ganelon.

— Chez ce vendu! dis-je en le laissant pratiquement tomber.

— Ce mot que vous employez m'est inconnu, mais je crois comprendre qu'il s'agit d'un terme d'opprobre, si j'en juge d'après le ton de votre voix. Si c'est le cas, je me dois de prendre sa défense dans...

— Minute, dis-je. J'ai comme l'impression que nous parlons de deux types différents ayant le même nom. Désolé.

A travers la civière, je le sentis se détendre imperceptiblement.

— Sans aucun doute, dit-il.

Je le portai donc jusqu'au sentier, puis tournai à gauche. Il se rendormit, ce qui me permit d'accélérer l'allure. J'empruntai la bifurcation qu'il m'avait indiquée et poursuivis mon chemin au pas de course tandis qu'il ronflait. Je commençai à me poser des questions au sujet des six types qui avaient essayé de lui régler son compte et étaient presque parvenus à leurs fins. J'espérais qu'ils n'avaient pas des amis qui traînaient dans le coin.

Je ralentis et repris une marche normale en entendant sa respiration changer de rythme.

— J'ai dormi, dit-il.

— ... Et vous ronfliez, ajoutai-je.

— Avons-nous parcouru beaucoup de chemin?

— Environ deux lieues, je dirais.

— Et vous n'êtes pas fatigué?

— Un peu, dis-je. Mais pas encore au point de vouloir m'arrêter.

— *Mon Dieu!* [1], s'écria-t-il. Je suis content de ne vous avoir jamais eu comme ennemi. Êtes-vous bien sûr de n'être pas le Diable?

— Ouais, je le suis. Vous ne sentez pas cette odeur de

1. En français dans le texte *(N. d. T.)*.

soufre? Et mon sabot droit me fait un mal de chien.

Il alla jusqu'à humer l'air une ou deux fois avant de rire dans sa barbe, ce que je trouvai un rien blessant.

En réalité, nous avions parcouru plus de quatre lieues d'après mes estimations. J'espérais qu'il se rendormirait et ne s'occuperait pas trop de la distance. Mes bras commençaient à être endoloris.

— Qui étaient ces six hommes que vous avez tués? demandai-je.

— Des Gardiens du Cercle, répondit-il. Et ils n'étaient plus des hommes, mais des hommes possédés. Maintenant, priez Dieu, Seigneur Corey, pour que leurs âmes reposent en paix.

— Des Gardiens du Cercle, demandai-je. De quel Cercle?

— Du Cercle noir — le cercle des monstres et de l'iniquité...

Il prit une profonde inspiration.

— La source des maux qui empoisonnent ces terres.

— Ces terres ne m'ont pas l'air particulièrement empoisonnées, dis-je.

— Nous sommes loin du Cercle, et le royaume de Ganelon est encore trop fort pour les envahisseurs. Mais le Cercle s'agrandit. J'ai le sentiment que la dernière bataille sera livrée ici.

— Vous avez éveillé ma curiosité.

— Seigneur Corey, si vous ne connaissez pas cette chose, mieux vaudrait que vous l'oubliiez, contourniez le Cercle et passiez votre chemin. Bien que j'aimerais beaucoup me battre à vos côtés, cela n'est pas votre combat... et qui peut en prévoir l'issue?

Le sentier commença à monter en serpentant. C'est alors qu'à travers une brèche dans le feuillage j'aperçus dans le lointain quelque chose qui me fit m'arrêter et me rappela un autre endroit semblable à celui-là...

— Qu'est-ce que?... demanda mon fardeau en se tournant vers moi. Puis :

— Ma foi, vous avez avancé beaucoup plus vite que je ne le pensais. Ceci est notre destination, le château de Ganelon.

Je pensai alors à *un* Ganelon. Je ne le voulais pas, mais c'était plus fort que moi. Ç'avait été un traître et un assassin, et je l'avais banni d'Avalon des siècles auparavant. De fait, je l'avais projeté à travers Ombre en un autre lieu et une autre époque, selon une méthode dont mon frère Éric avait usé plus tard avec moi. J'espérais que ce n'était pas ici que je l'avais envoyé. C'était peu probable, mais possible. Bien qu'il fût un simple mortel dont les jours étaient comptés et que je l'eusse exilé quelque six cents ans auparavant, il était possible que depuis lors, quelques années seulement aient passé dans ce monde-ci. Le temps est lui aussi une fonction d'Ombre, et même Dworkin n'en connaissait pas tous les tenants et les aboutissants. Ou peut-être les connaissait-il. Peut-être est-ce cela qui l'a rendu fou. J'ai appris que le plus dur, avec le Temps, c'est de le faire. En tout état de cause, je me disais que *ce* Ganelon ne pouvait pas être mon vieil ennemi et ancien homme de confiance, car lui, à coup sûr, n'organiserait pas la résistance contre une vague d'iniquité balayant le pays. Il aurait pris fait et cause pour les monstres, c'était certain.

Pourtant, il y avait une chose qui me tourmentait : c'était l'homme que je portais. Son double avait vécu à Avalon à l'époque du bannissement, ce qui signifiait que le décalage chronologique tombait à peu près juste.

Je n'avais aucune envie de rencontrer le Ganelon que j'avais connu et d'être reconnu par lui. Il ne savait rien d'Ombre. Tout ce qu'il dirait, c'était que je lui avais joué quelque tour de magie noire au lieu de le tuer, et que bien qu'il ait eu la vie sauve, il n'était pas certain de s'en être tiré à bon compte.

Mais l'homme que je portais avait besoin d'un gîte où se reposer, et je poursuivis donc mon chemin.

Et pourtant, je me demandais...

Quelque chose chez moi avait paru familier à cet homme. Si on se souvenait d'une ombre de moi-même dans cet endroit qui était tout à la fois semblable et différent d'Avalon, quel genre de souvenirs serait-ce? Comment conditionneraient-ils l'accueil qui serait réservé au véritable moi si je venais à être démasqué?

Le soleil était sur le point de se coucher. Une brise fraîche se leva, signe avant-coureur d'une nuit froide. Mon compagnon ronflait à nouveau, et je décidai donc de franchir au pas de course la plus grande partie de la distance, qui nous séparait de notre destination. L'idée qu'après la tombée de la nuit, cette forêt pouvait fourmiller de choses monstrueuses sorties de je ne sais quel satané Cercle, qui semblait avoir élu domicile dans ce secteur, ne m'enchantait guère.

Je me frayai donc un passage en courant parmi des ombres qui s'allongeaient, en tâchant de chasser de mes pensées les idées de poursuite, d'embuscade, de filature qui s'y pressaient, de plus en plus insistantes. Bientôt ce ne fut plus possible; elles avaient acquis la force de prémonitions, et c'est alors que j'entendis le bruit derrière moi : un *pat-pat-pat* étouffé, comme un bruit de pas.

Je posai la civière à terre et dégainai mon épée tout en me retournant.

Ils étaient deux, deux chats.

Leurs caractéristiques étaient exactement celles des chats siamois, à cette exception près que ceux-ci étaient grands comme des tigres. Leurs yeux étaient jaune soleil et dépourvus de pupilles. Ils s'assirent sur leur arrière-train lorsque je me retournai et restèrent à me fixer sans ciller.

Ils étaient à une trentaine de pas de moi. Je me tenais de côté, entre eux et la civière, l'épée levée.

C'est alors que celui de gauche ouvrit la gueule. Je ne savais s'il fallait m'attendre à un ronronnement ou à un rugissement.

Au lieu de cela, il parla :

— Homme, tout ce qu'il y a de plus mortel, dit-il.

La voix n'avait rien d'humain. Elle était trop aiguë.

— Pourtant il vit, dit le second d'une voix très semblable au premier.

— Tuons-le ici, dit le premier.

— Et celui qui le garde, avec l'épée que je n'aime pas du tout?

— Mortel?

— Tu verras bien, dis-je doucement.

— Il est maigre, peut-être vieux.

— Cependant il a porté l'autre depuis la tombe jusqu'ici, rapidement et sans s'arrêter. Prenons-le de flanc.

J'avançai comme ils venaient sur moi, et celui de droite bondit dans ma direction.

Mon épée lui fendit le crâne jusqu'à l'épaule. Je fis volte-face en libérant mon arme d'un coup sec au moment précis où l'autre, passant derrière moi, fondait sur la civière. Je frappai à toute volée.

Mon épée l'atteignit de plein fouet sur le dos et lui traversa le corps de part en part. Il laissa échapper un cri strident qui crissa comme une craie sur un tableau noir avant de tomber, coupé en deux, et de se mettre à flamber. L'autre brûlait aussi.

Mais celui qui était coupé en deux vivait encore. Sa tête se tourna vers moi et ses yeux étincelants rencontrèrent les miens.

— Je meurs de l'ultime mort, dit-il, et ainsi je vous connais, Ouvreur. Pourquoi nous tuer?

Puis les flammes consumèrent sa tête.

Je me retournai, nettoyai mon épée et la remis dans son fourreau, ramassai la civière, ignorai toutes les questions qui se pressaient dans ma tête, et poursuivis ma route.

Le début d'une intuition s'était fait jour en moi quant à la nature de la chose, quant à ce qu'elle signifiait.

Et je vois encore parfois cette tête de chat enflammée dans mes rêves, et alors je me réveille, grelottant et trempé de sueur, et la nuit paraît plus sombre, et grouillante de silhouettes que je ne parviens pas à définir.

Le château de Ganelon était entouré de douves et avait un pont-levis, qui était levé. Il y avait une tour à chacun de ses quatre coins, là où se rencontraient les hautes murailles extérieures. Derrière ces murailles bien d'autres tours se dressaient encore plus haut, chatouillaient de leurs pointes le ventre de nuages noirs et bas qui masquaient les premières étoiles et projetaient des ombres d'un noir de jais sur les flancs de la haute colline qui portait le château.

Plusieurs des tours étaient déjà éclairées, et le vent apportait jusqu'à mes oreilles le brouhaha des voix.

Arrivé devant le pont-levis, je posai mon fardeau à terre, mis mes mains en porte-voix et criai :

— Ohé, Ganelon! Deux voyageurs sont bloqués dans la nuit!

J'entendis le choc du métal sur de la pierre. J'eus le sentiment d'être examiné du haut des remparts. Je scrutai l'obscurité au-dessus de moi, mais mes yeux étaient loin d'avoir retrouvé leur acuité normale.

— Qui va là? demanda une voix forte et caverneuse.

— Lance, qui est blessé, et Corey de Cabra, qui l'a porté jusqu'ici.

J'attendis tandis qu'il transmettait ces informations à une autre sentinelle, et j'entendis d'autres voix comme le message passait de l'un à l'autre.

Au bout de quelques minutes, une réponse revint par le même chemin...

Puis la sentinelle cria :

— Attention! Nous allons abaisser le pont-levis! Vous pouvez entrer!

Il n'avait pas fini de parler qu'un cliquetis se fit entendre, et un peu plus tard le pont se posa avec fracas de notre côté du fossé. Je repris mon fardeau et empruntai le pont.

C'est ainsi que je portai Lancelot du Lac jusqu'au château de Ganelon, à qui je me fiais comme à un frère. C'est-à-dire pas du tout.

Il y eut une bousculade autour de moi, et je me trouvai entouré d'hommes en armes. Ils n'étaient nullement hostiles, toutefois, seulement pleins de sollicitude. J'avais pénétré dans une grande cour pavée, illuminée par des torches et jonchée de sacs de couchage. Je sentais une odeur de sueur, de fumée, de chevaux et de cuisines. Une petite armée bivouaquait ici.

Un groupe assez important m'entourait et restait à me dévisager en chuchotant, lorsque deux hommes équipés de pied en cap comme pour une bataille s'approchèrent. L'un d'eux me toucha l'épaule.

— Venez par ici, dit-il.

J'obtempérai et ils m'escortèrent. Le cercle d'hommes s'écarta pour nous laisser passer. Déjà on entendait le grincement du pont-levis qu'on remontait. Nous nous dirigeâmes vers le bâtiment principal, fait de pierre sombre.

Une fois à l'intérieur, nous empruntâmes un hall interminable et traversâmes ce qui semblait être une salle de réception. Enfin nous nous trouvâmes devant un escalier. L'homme qui était à ma droite me fit signe de monter. Au second étage nous nous arrêtâmes devant une lourde porte en bois et le garde frappa.

— Entrez, cria une voix qui, malheureusement, semblait très familière.

Nous entrâmes.

Il était assis à une table massive en bois près d'une large fenêtre qui donnait sur la cour. Il portait une veste en cuir marron par-dessus une chemise noire, et sa culotte était également noire. Elle bouffait aux genoux, au-dessus de ses bottes sombres. Il portait une large ceinture à laquelle était fixé un poignard, qui avait un pied de biche en guise de manche. Une courte épée reposait sur la table devant lui. Il avait les cheveux et la barbe roux et saupoudrés de blanc. Ses yeux étaient d'un noir d'ébène.

Il me dévisagea, puis tourna son attention vers deux gardes qui entraient avec la civière.

— Posez-le sur mon lit, dit-il. Puis : « Roderick, occupe-toi de lui. »

Son médecin, Roderick, était un vieux type qui ne semblait pas susceptible de lui faire grand mal, ce qui me soulagea quelque peu. Je n'avais pas transporté Lance sur une telle distance pour qu'on le saigne.

Ganelon se retourna ensuite vers moi.

— Où l'avez-vous trouvé? demanda-t-il.

— A cinq lieues vers le sud.

— Qui êtes-vous?

— On m'appelle Corey, dis-je.

Il m'examina, trop attentivement à mon goût, et ses

lèvres reptiliennes formèrent un sourire sous sa moustache.

— Quel rôle jouez-vous dans tout ça? demanda-t-il.

— Je ne comprends pas ce que vous voulez dire.

J'avais courbé un peu le dos. Je parlais lentement, sans élever la voix, et en bégayant très légèrement. Ma barbe était plus longue que la sienne, et blanchie par la poussière. Je devais paraître plus vieux que mon âge. La façon dont il me jaugeait semblait indiquer qu'il le pensait.

— Je vous demande pourquoi vous l'avez aidé, dit-il.

— Fraternité entre êtres humains et tout ça, répliquai-je.

— Vous n'êtes pas d'ici?

Je secouai la tête.

— Eh bien, je vous invite à rester ici aussi longtemps que vous le voudrez.

— Merci. Je partirai probablement demain.

— A présent acceptez un verre de vin et racontez-moi comment vous l'avez trouvé.

Ce que je fis.

Ganelon me laissa parler sans m'interrompre, et ses yeux perçants ne me quittèrent pas un instant. Bien que l'expression « dévorer du regard » m'ait toujours paru galvaudée, elle prit tout son sens ce soir-là. Il me poignardait littéralement des yeux. Je me demandai ce qu'il savait au juste, et ce qu'il devinait sur mon compte. Puis la fatigue surgit et s'empara d'un seul coup de ma personne. L'effort physique, le vin, la pièce chaude additionnèrent leurs effets, et soudain ce fut comme si je me tenais dans un coin à me regarder, à m'écouter parler, comme dissocié de moi-même. Malgré ma capacité à fournir un effort violent de brève durée, je pris conscience du fait que sur une plus longue période ma faculté d'endurance laissait encore beaucoup à désirer. Je remarquai également que ma main tremblait.

— Je suis désolé, m'entendis-je dire. La fatigue de la journée commence à faire sentir ses effets...

— C'est naturel, dit Ganelon. Je vous entretiendrai plus longuement demain. Dormez à présent. Dormez bien.

Il appela l'un de ses gardes et lui ordonna de me conduire à une chambre. Je dus tituber en route, car j'ai le souvenir de la main du garde sur mon épaule, qui me guidait.

Cette nuit-là je dormis d'un sommeil de plomb. Ce fut une grande chose noire longue de quatorze heures.

Le lendemain matin, je me réveillai couvert de courbatures.

Je pris un bain. Il y avait une bassine sur la commode, ainsi que du savon et une serviette que quelqu'un avait eu la bonne idée de poser à côté. J'avais la bouche comme pleine de sciure et les yeux encore remplis de sommeil.

Je m'assis et fis le point sur ma condition physique.

Il y avait une époque où j'aurais pu porter Lance sur toute la distance sans, par la suite, éprouver de fatigue. Il y avait une époque où je m'étais lancé les armes à la main à l'assaut du Kolvir et où je m'étais frayé un passage jusqu'au cœur même d'Ambre.

Cette époque était révolue. J'eus tout à coup le sentiment d'être l'épave dont j'avais l'apparence.

Il me fallait faire quelque chose.

Depuis mon évasion, je reprenais régulièrement du poids et des forces; le processus devrait être accéléré.

Une semaine ou deux de vie équilibrée et d'exercice physique me feraient un bien considérable, décidai-je. A aucun moment Ganelon n'avait laissé supposer qu'il m'avait reconnu. Soit, je profiterais de son offre d'hospitalité.

Une fois cette décision prise, je trouvai les cuisines et pris un petit déjeuner copieux. C'était plutôt l'heure de déjeuner, mais appelons les choses par leur nom. J'avais très envie de fumer et constatai avec une satisfaction un peu perverse que j'étais à court de tabac. Le sort semblait vouloir s'assurer que je tiendrais ma promesse.

Je sortis dans la cour pavée inondée de soleil. Pendant un long moment, j'observai les hommes qui y avaient installé leurs quartiers pendant qu'ils s'entraînaient.

A l'extrémité opposée de la cour, des archers s'exerçaient sur des cibles fixées à des bottes de paille. Je remarquai qu'ils utilisaient un anneau à crochet sur le pouce et serraient la corde à l'orientale plutôt qu'avec trois doigts, suivant la technique qui m'était plus familière. Cela m'incita à me poser quelques questions sur cette Ombre. Les fantassins frappaient à la fois d'estoc et de taille, et il y avait une grande diversité dans le type des lames utilisées et dans les techniques de combat. J'essayai d'estimer le nombre des hommes présents dans la cour, et jugeai qu'ils étaient environ huit cents — sans parler de tous ceux qui pouvaient être dissimulés à ma vue. Leur teint, leurs cheveux, leurs yeux variaient du pâle au très sombre. Parmi les éclats de voix qui s'élevaient au-dessus du cliquetis des armes, je remarquai de nombreuses inflexions étrangères, bien que la majorité des soldats parlât l'avalonais, qui est la langue d'Ambre.

Tandis que je contemplais la scène, un des escrimeurs leva la main, abaissa son épée, s'épongea le front et recula d'un pas. Son adversaire ne semblait pas particulièrement essoufflé. C'était l'occasion que je cherchais de me donner un peu d'exercice physique.

Je m'approchai, souris, et dis :

— Je m'appelle Corey de Cabra. Je vous regardais.

Je me tournai vers le grand gaillard brun qui regardait d'un air rigolard son copain éreinté.

— Ça vous dirait de vous entraîner avec moi en attendant que votre ami se repose?

Sans se départir de son sourire, il montra du doigt sa bouche et son oreille. J'essayai plusieurs autres langues, mais sans plus de succès. Je finis donc par désigner du doigt l'épée, puis lui, puis moi jusqu'à ce qu'il eût compris. Il sembla trouver que c'était une bonne idée, et son adversaire m'offrit son épée.

Je la pris en main. Elle était plus courte et beaucoup plus lourde que Grayswandir. (C'est le nom de mon épée, dont je sais que je ne vous ai pas encore parlé. Son histoire fournirait, à elle seule, matière à un livre, et je ne sais si j'entreprendrai de vous la conter avant que vous n'appreniez les circonstances qui m'amenèrent à me trouver dans la présente situation. Néanmoins, s'il vous arrivait de rencontrer de nouveau ce nom au cours de ce récit, vous saurez de quoi je parle.)

Je fis décrire quelques arcs de cercle à mon épée pour l'essayer, ôtai ma cape, la jetai de côté, et me mis en garde.

Le grand gaillard attaqua. Je parai et attaquai. Il para et riposta. Je parai la riposte, feintai et attaquai. Et ainsi de suite. Au bout de cinq minutes, je sus qu'il était fort. Et je sus que je l'étais encore plus que lui. Il m'arrêta par deux fois pour que je puisse lui apprendre deux coups que j'avais utilisés. Il les apprit tous les deux très vite. Au bout d'un quart d'heure, son sourire commença à s'élargir. Je me dis que ce devait être à ce stade qu'il avait l'habitude de venir à bout de la plupart de ses adversaires par sa seule résistance à la fatigue, s'ils étaient assez forts pour lui résister jusque-là. Pour de l'endurance, il avait de l'endurance, c'était un fait. Au bout de vingt minutes, une expression de perplexité envahit peu à peu son visage. A en juger d'après mon physique, il était apparemment inconcevable que je résiste aussi longtemps. Mais en vérité, quel est l'homme qui pourrait soupçonner les ressources dont dispose un fils d'Ambre?

Au bout de vingt-cinq minutes, il était baigné de sueur, mais poursuivit le combat sans désemparer. Mon frère Random fait parfois penser à un adolescent asthmatique qui aurait mal tourné, mais un jour, nous nous sommes affrontés à l'escrime pendant plus de vingt-six heures d'affilée, histoire de voir lequel de nous deux décrocherait le premier. (Si ça vous intéresse de le savoir, ce fut moi. J'avais un rendez-vous le lendemain et voulais, autant que faire se peut, arriver frais et dispos.) Nous aurions pu continuer. J'avais beau être incapable actuellement d'approcher un tel record, je savais que j'étais en mesure de l'emporter sur mon adversaire. Après tout, il n'était qu'un humain.

Au bout d'une heure environ, alors qu'il haletait et que ses parades se faisaient plus molles, et que je savais que dans quelques minutes, il me soupçonnerait de ralentir délibérément mes attaques, je levai la main et abaissai mon épée comme j'avais vu son adversaire précédent le faire. Il s'arrêta également, puis se précipita vers moi pour me donner l'accolade. Je ne compris pas un traître mot de ce qu'il me dit, mais déduisis qu'il était content de cette séance. Moi aussi, je l'étais.

Mais le plus horrible, c'est que j'en ressentais les effets. J'étais en proie à un très léger vertige.

Mais cela ne me suffisait pas. Je me promis de m'exercer jusqu'à épuisement complet ce jour-là, de m'empiffrer de nourriture le soir venu, de dormir profondément, de me réveiller et de recommencer.

Je m'approchai donc des archers. Au bout d'un moment, j'empruntai un arc et tirai une bonne centaine de flèches en utilisant ma technique à trois doigts. Je ne me débrouillai pas trop mal. Puis j'allai regarder quelque temps les cavaliers, avec leurs lances, leurs boucliers, leurs masses d'armes. Puis j'allai un peu plus loin. J'assistai à quelques combats de corps à corps.

Finalement, je luttai coup sur coup contre trois adversaires différents. Après quoi, je me sentis fatigué. Harassé. Exténué.

Je m'assis sur un banc à l'ombre, couvert de sueur et soufflant comme un phoque. Je me demandai où en étaient Lance, Ganelon, le dîner. Au bout d'une dizaine de minutes, je regagnai la chambre qu'on m'avait octroyée et pris de nouveau un bain.

Lorsque ce fut chose faite, je me sentis tout à coup une faim dévorante et me mis donc en quête d'un dîner et de nouvelles.

J'avais à peine fait quelques pas dans le couloir qu'un des gardes de la veille — celui qui m'avait guidé jusqu'à ma chambre — s'approcha de moi et dit :

— Le Seigneur Ganelon vous invite à partager son repas, qui sera servi dans ses appartements, dès que la cloche sonnera.

Je le remerciai, lui assurai que j'y serais, et regagnai ma chambre où je me reposai sur le lit en attendant. Lorsqu'il fut l'heure, je me mis de nouveau en route.

J'étais sérieusement courbatu et j'avais glané quelques ecchymoses supplémentaires pendant la journée. Je décidai que c'était une bonne chose, car cela contribuerait à me faire paraître plus âgé. Je frappai à la porte de Ganelon et un jeune garçon me fit entrer avant de rejoindre en courant un autre adolescent qui mettait la table près de la cheminée.

Ganelon portait une chemise et une culotte vertes, des bottes et une ceinture également vertes, et trônait dans une chaise à haut dossier. Il se leva lorsque j'entrai et s'avança pour me saluer.

— Seigneur Corey, la rumeur de vos exploits d'aujourd'hui est parvenue jusqu'à mes oreilles, dit-il en me serrant la main. Je dois dire que cela rend un peu plus vraisemblable le récit de votre retour au château avec Lance. Vous êtes sans aucun doute plus costaud que vous ne le paraissez – cela dit sans vouloir vous froisser.

Je ris de bon cœur.

— Cela ne me froisse pas.

Il me fit asseoir, me donna un verre de vin pâle, qui était un peu trop doux à mon goût, et dit :

— A vous regarder, je penserais pouvoir vous renverser d'une pichenette – mais vous avez porté Lance sur cinq lieues et vous avez tué deux de ces chats bâtards en chemin. Et il m'a parlé de la tombe que vous avez construite, en grosses pierres.

— Comment va Lance aujourd'hui? interrompis-je.

— J'ai dû mettre un garde en faction dans sa chambre pour l'obliger à se reposer. Ce tas de muscles voulait se balader. Mais il restera alité jusqu'à la fin de la semaine. Tonnerre! c'est moi qui vous le dis!

— J'en conclus qu'il va mieux.

Il hocha la tête.

— Buvons à sa santé.

— Bien volontiers.

Nous trinquâmes, puis il dit :

— Si j'avais une armée d'hommes comme Lance et vous, c'eût peut-être été une autre histoire.

— De quelle histoire parlez-vous?

— Je veux parler du Cercle et de ses Gardiens, dit-il. Vous n'en avez pas entendu parler?

— Lance m'en a touché deux mots, mais c'est tout. Un des adolescents veillait sur un énorme morceau de bœuf qui tournait sur une broche au-dessus d'un lit de braises. De temps à autre, il l'aspergeait de vin tout en tournant la manivelle. Chaque fois que les effluves me caressaient les narines, mon estomac émettait des grondements rauques, et Ganelon riait sous cape. L'autre garçon quitta la pièce pour aller chercher du pain aux cuisines.

Ganelon resta silencieux un long moment. Il vida son verre et se resservit. Je buvais toujours mon premier verre à petits coups.

— Avez-vous jamais entendu parler d'Avalon? demanda-t-il.

— Oui, répliquai-je. Il y a quelques vers que j'ai entendu réciter par un barde de passage, il y a bien longtemps : « Au-delà du Fleuve des Bénis, nous nous sommes assis, oui, et nous avons pleuré en nous souvenant d'Avalon. Nos épées étaient cassées dans nos mains et nous avons pendu nos boucliers au vieux chêne. Les tours d'argent étaient tombées, dans une mer de sang. Combien de lieues jusqu'en Avalon? Point, je dis, et plus qu'on n'en peut compter. Les tours d'argent sont tombées. »

— Avalon tombée?... dit-il.

— Je crois que l'homme avait perdu la raison. Je ne connais pas d'Avalon. Mais ses vers sont restés gravés dans ma mémoire.

Ganelon détourna son visage et resta de nouveau silencieux pendant de longues minutes. Lorsque enfin il parla, sa voix était métamorphosée.

— Cet endroit, dit-il, cet endroit a existé. J'y ai vécu, voici des années. Je ne savais pas qu'Avalon était tombée.

— Qu'est-ce qui vous a amené ici? lui demandai-je.

— J'ai été banni par son sorcier de seigneur, Corwin d'Ambre. Il m'a précipité à travers la folie et l'obscurité jusqu'à cet endroit pour que j'y souffre et que j'y meurre — et je puis vous garantir que j'y ai souffert et que j'y ai maintes fois frôlé la mort. J'ai bien essayé de retourner là-bas, mais personne ne connaît le chemin. J'ai consulté des sorciers, j'ai même capturé et interrogé une créature du Cercle avant qu'on ne la passe par le fil de l'épée. Mais personne n'a pu m'indiquer le chemin d'Avalon. C'est comme l'a dit votre barde, « point de lieues et plus qu'on ne peut en compter », dit-il en me citant de travers. Vous rappelez-vous le nom de ce barde?

— Non. Je regrette...

— Où se trouve ce pays de Cabra d'où vous venez?

— Loin vers l'est, au-delà des mers, dis-je. Très loin. C'est une île.

— Vous ne savez pas s'ils accepteraient de nous fournir des troupes, par hasard? Je dispose de moyens financiers importants.

Je secouai la tête.

— C'est un petit royaume doté d'une petite milice, et il faudrait compter plusieurs mois de voyage, par la terre ferme comme par mer. Ils n'ont jamais combattu comme mercenaires, et, pour tout vous dire, ce n'est pas un peuple très belliqueux.

— Vous semblez différer considérablement de vos compatriotes, alors, dit-il en me regardant de nouveau.

Je bus une gorgée de mon vin.

— J'étais maître d'armes de la garde royale, dis-je.

— Dans ce cas, vous vous laisserez peut-être embaucher, pour aider à entraîner mes troupes.

— Ça pourrait se faire, pendant quelques semaines.

Il hocha la tête et esquissa l'ébauche d'un sourire, puis dit :

— Cela m'attriste d'apprendre que la belle Avalon n'est peut-être plus. Mais si c'est vrai, cela veut probablement dire que l'homme qui m'a exilé est également mort.

Il vida son verre d'un trait.

— Ainsi même le démon aura vu sonner l'heure où il

serait incapable de défendre les siens, poursuivit-il d'un air méditatif. Voilà qui est encourageant. Cela veut dire que nous avons peut-être nos chances ici, contre ces démons-ci.

— Je vous demande pardon, dis-je, poussé par un désir stupide de véracité. Si c'est de ce Corwin d'Ambre que vous parlez, il n'est pas mort quand ces événements ont eu lieu.

Le verre se désintégra dans sa main.

— *Vous connaissez Corwin?* demanda-t-il.

— Non, mais j'ai entendu parler de lui, répliquai-je. Il y a plusieurs années, j'ai rencontré l'un de ses frères, un dénommé Brand. Il m'a parlé de ce lieu, appelé Ambre, et de la bataille au cours de laquelle, à la tête d'une bande armée, Corwin et un autre de ses frères, Bleys, ont essayé de renverser Éric, qui tenait la ville. Bleys tomba du haut de la montagne, nommée Kolvir, et Corwin fut fait prisonnier. On a brûlé les yeux à Corwin après le couronnement d'Éric, après quoi on l'a jeté dans les oubliettes d'Ambre où il doit encore se trouver s'il n'est pas déjà mort.

Le visage de Ganelon était devenu exsangue au fur et à mesure que je parlais.

— Tous ces noms que vous avez cités — Brand, Bleys, Éric, dit-il, je les ai entendus dans sa bouche il y a bien longtemps. Il y a combien de temps que vous avez entendu parler de ces événements?

— Il y a à peu près quatre ans.

— Il ne méritait pas un tel sort.

— Après ce qu'il vous a fait?

— Vous savez, dit-il, j'ai eu le temps d'y réfléchir, et on ne peut pas dire qu'il l'a fait sans raison. Il était fort — plus fort même que vous ou que Lance — et malin. Et puis, il savait se montrer un joyeux compagnon à l'occasion. Éric aurait dû le tuer tout de suite au lieu de le laisser mourir à feu doux. Je n'ai aucune sympathie pour lui, mais ma haine s'est un peu apaisée. Ce démon méritait un meilleur sort, voilà tout.

Le deuxième adolescent revint porteur d'un panier de

pain. Celui qui avait surveillé la cuisson de la viande l'ôta du feu, retira la broche et la plaça sur un plat au centre de la table.

Ganelon la désigna d'un mouvement de tête.

– Mangeons, dit-il.

Il se leva et se dirigea vers la table.

Je le suivis. Nous ne parlâmes guère au cours du repas.

Après m'être empiffré au point de ne plus pouvoir avaler quoi que ce soit et avoir arrosé le tout d'un dernier verre de vin trop doux, je commençai à bâiller. Ganelon laissa échapper un juron au troisième bâillement.

– Bon sang, arrêtez, Corey! C'est contagieux!

Il réprima lui-même un bâillement.

– Allons prendre l'air, dit-il en se levant.

Nous déambulâmes donc le long des remparts, croisant les sentinelles qui faisaient leurs rondes. Ils se mettaient au garde-à-vous et saluaient Ganelon dès qu'ils le reconnaissaient, et celui-ci leur répondait par un mot ou deux, après quoi nous poursuivions notre chemin. Nous parvînmes à un fortin où nous nous arrêtâmes pour nous reposer. Nous restâmes assis à même la pierre, à respirer l'air vespéral frais et humide, chargé des senteurs de la forêt, et à noter l'apparition des étoiles, une par une, dans le ciel noircissant. Je sentais le contact froid de la pierre à travers mes habits. Je crus pouvoir déceler à l'horizon le léger miroitement de la mer. J'entendis chanter un oiseau nocturne quelque part en contrebas. Ganelon retira une pipe et une blague à tabac d'une bourse qu'il portait à la ceinture. Il la remplit, la bourra, frotta une allumette. Son visage aurait pu être satanique à la lumière vacillante de la flamme si quelque chose n'avait pas tiré les coins de sa bouche vers le bas et remonté les muscles de ses joues vers l'angle formé par la face interne de ses orbites et l'arête de son nez. Un diable est censé avoir un sourire démoniaque, et celui-ci avait l'air par trop morose.

Je respirai la fumée. Au bout d'un moment, il se mit à parler, tout d'abord doucement et très lentement.

— Je me souviens d'Avalon, commença-t-il. Je n'y suis pas né roturier, mais la vertu n'a jamais été un de mes points forts. Je dilapidai rapidement mon héritage et me retrouvai voleur de grands chemins. Plus tard, je me joignis à d'autres hommes tels que moi. Quand je découvris que j'étais le plus fort et le plus apte à commander, je devins leur chef. Nous avions tous notre tête mise à prix. C'était pour la mienne qu'on offrait la plus grosse prime.

Il parlait plus rapidement à présent, et sa voix se fit plus distinguée, le choix de ses mots plus raffiné, comme s'ils surgissaient directement de son passé.

— Oui, je me souviens d'Avalon, poursuivit-il. Un pays tout en reflets d'argent, en ombres fraîches et en eaux limpides, où les étoiles brillaient la nuit avec l'éclat de feux de joie et où le vert du jour était toujours le vert du printemps. Jeunesse, amour, beauté — j'ai connu tout cela en Avalon. De fiers destriers, du métal poli, des lèvres douces, de la bière brune. L'honneur...

Il secoua la tête.

— Un jour, beaucoup plus tard, dit-il, lorsque la guerre éclata à l'intérieur du royaume, le souverain proposa une amnistie totale à tous les hors-la-loi acceptant de se ranger à ses côtés dans sa bataille contre les insurgés. Ce souverain, c'était Corwin. Je me mis à son service et partis me battre. Je fus promu officier, et devins plus tard membre de son état-major. Nous gagnâmes les batailles et écrasâmes la rébellion. Corwin régna de nouveau paisiblement, et je restai à sa cour. C'étaient les bonnes années. Plus tard il y eut une vague d'incidents de frontière, mais nous sortîmes toujours victorieux de ces accrochages. Il me donnait carte blanche pour régler ce genre de chose à sa place. C'est alors qu'il accorda un duché à un petit hobereau dont il voulait épouser la fille. Or, je convoitais ce duché, et cela faisait longtemps qu'il me laissait entendre qu'il me le donnerait un jour. J'étais ulcéré, et trahis mon commandement dès qu'on m'envoya de nouveau régler un différend sur la frontière méridionale, qui était constamment en effervescence. Mes troupes furent décimées et les envahisseurs pénétrèrent dans le royaume. Corwin dut prendre lui-même les armes avant qu'ils ne soient repoussés. Les envahisseurs étaient entrés en force et je pensais qu'ils allaient conquérir le royaume. Je l'espérais. Mais une fois de plus, ce vieux renard de Corwin l'emporta. Je m'enfuis, mais fus capturé et traîné devant lui pour être jugé. Je l'injuriai et crachai dans sa direction. Je refusai de m'incliner devant lui. Je le haïssais de toutes les fibres de mon corps, et un homme, quand il n'a plus rien à perdre, n'a aucune raison de ne pas mourir en homme. Corwin me dit qu'il ferait preuve d'une certaine indulgence envers moi, eu égard aux services que je lui avais rendus. Je lui dis de se mettre son indulgence où je pensais, et c'est alors que je compris qu'il se moquait de moi. Il ordonna qu'on me détacha et s'approcha de moi. Je le savais capable de me tuer avec ses mains nues. Je tentai bien de lui tenir tête, mais en vain. Il me frappa une fois et je tombai. Lorsque je revins à moi, j'étais ligoté sur la croupe de son cheval. Il avançait tout en me couvrant de sarcasmes. Je ne répondis pas à son persiflage, et nous traversions des contrées merveilleuses et des contrées de cauchemar, et c'est ainsi que j'appris qu'il était doué de pouvoirs surnaturels, car aucun voyageur que j'aie jamais rencontré n'est passé par les endroits que nous avons traversés ce jour-là. Ensuite il prononça mon exil, me libéra en cet endroit, fit demi-tour et s'éloigna.

Il fit une pause pour rallumer sa pipe, qui s'était éteinte, en tira quelques bouffées en silence, puis continua :

— J'en ai pris des plaies et des bosses, des bastonnades et des morsures infligées par les hommes et par les bêtes en essayant à grand-peine de survivre. Il m'avait laissé dans la partie la plus sauvage du royaume. Mais un jour, la fortune m'a souri. Un chevalier en armure m'intima l'ordre de m'ôter de son chemin pour qu'il puisse passer. Comme j'en étais arrivé à un stade où l'idée de mourir ne me faisait plus ni chaud ni froid, je le traitai de bâtard syphilitique et lui intimai l'ordre d'aller au diable. Il me chargea et je réussis à saisir sa lance et à la ficher en terre, ce qui le désarçonna. Je lui fis sur la gorge un joli sourire avec sa propre dague et me retrouvai ainsi pourvu d'une monture et d'armes. Je me mis alors en devoir de rendre la monnaie de leur pièce à ceux qui m'avaient maltraité. Je repris mon vieux métier de voleur de grands chemins et ne tardai pas à me trouver à la tête d'une nouvelle bande. Nos rangs grossirent. Lorsque nous fûmes plusieurs centaines nos besoins devinrent considérables. Nous entrions dans quelque petite ville et lui imposions nos volontés. La milice locale avait peur de nous. Ça aussi, c'était la belle vie, quoique pas aussi belle que celle que j'avais connue en Avalon, et que je ne connaîtrai jamais plus. Toutes les auberges de campagne en vinrent à redouter le tonnerre de nos montures, et les voyageurs souillaient leur haut-de-chausses en nous voyant venir. Ha! Cela dura quelques années. Des groupes importants d'hommes armés jusqu'aux dents furent envoyés pour nous trouver et nous détruire, mais nous réussîmes toujours soit à leur échapper, soit à leur tendre des embuscades. Et puis voilà qu'un jour est apparu le Cercle noir, et personne ne sait vraiment pourquoi.

Il tira plus vigoureusement sur sa pipe et son regard se perdit dans le lointain.

— Je me suis laissé dire que ça a commencé par un minuscule cercle de champignons, loin vers l'ouest. Une enfant fut découverte morte au milieu, et l'homme qui la trouva — son père — mourut dans des convulsions horribles plusieurs jours plus tard. La rumeur se répandit sans tarder que l'endroit était ensorcelé. Le cercle s'agrandit rapidement et mesura bientôt une demi-lieue d'un bord à l'autre. L'herbe qui s'y trouvait devenait plus sombre et se mettait à luire comme du métal, mais ne mourait pas. Les arbres se recroquevillaient et leurs feuilles noircissaient. Ils oscillaient sans qu'il y ait le moindre souffle de vent et des chauves-souris virevoltaient entre leurs branches. La nuit, on pouvait voir d'étranges silhouettes évoluer — toujours à l'*intérieur* du Cercle, notez bien — et des lumières, comme si on y faisait des petits feux, qui duraient toute la nuit. Le Cercle a continué à grandir, et ceux qui vivaient à proximité ont fui — pour la plupart.

Quelques-uns restèrent. On a dit que ceux qui étaient restés avaient conclu une sorte de marché avec les habitants du Cercle noir. Et le Cercle continua à s'élargir, comme des vaguelettes provoquées par un caillou jeté dans une mare. De plus en plus de gens restèrent sur place et vécurent à l'intérieur. J'ai parlé à ces gens, je les ai combattus, je les ai tués. C'est comme si quelque chose était mort chez eux. Leurs voix n'ont pas ces hauts et ces bas de gens qui remâchent leurs mots et les goûtent avant de les prononcer. Leurs visages sont quasiment toujours vides de toute expression, ils les portent comme des masques mortuaires. Ils ont commencé à organiser des raids en dehors du Cercle, tuant sans discrimination, commettant de nombreuses atrocités et profanant des édifices réservés au culte. Ils incendiaient tout avant de partir. Ils ne volaient jamais d'objets en argent. C'est alors qu'au bout de plusieurs mois, des créatures autres que des hommes commencèrent à sortir du Cercle — des créatures bizarres telles que les chats monstrueux que vous avez tués. A ce moment-là, le Cercle connut un ralentissement de sa croissance et s'arrêta presque de grandir, comme s'il approchait d'une sorte de limite. Mais désormais des créatures de tout poil en émergeaient — certaines même de jour — et mettaient les abords immédiats du Cercle à feu et à sang. Une fois qu'elles eurent ravagé ces contrées périphériques, le Cercle les engloba, elles aussi. Et c'est ainsi que sa croissance reprit. Le vieux roi Uther, qui m'avait longtemps pourchassé, oublia jusqu'à mon existence et envoya toutes ses troupes patrouiller autour de ce satané Cercle. Ça commençait à m'inquiéter, moi aussi, car l'idée d'être saigné à blanc dans mon sommeil par quelque vampire sorti tout droit des enfers n'était pas faite pour me plaire. Je rassemblai donc cinquante-cinq de mes hommes — tous ceux qui s'étaient portés volontaires, car je ne voulais pas de poltrons avec moi — et, peu après midi, nous sommes entrés dans le Cercle au grand galop. Nous avons rencontré un groupe de ces hommes au visage mort qui étaient en train de brûler vive une chèvre sur un autel en pierre et nous leur sommes tombés dessus à bras raccourcis. On a fait un prisonnier, qu'on a attaché à son propre autel pour l'interroger. Il nous a dit que le Cercle grandirait jusqu'à englober le continent tout entier, d'un océan à l'autre. Un jour, ses deux bords se rencontreraient de l'autre côté du monde. Nous avions tout intérêt à nous joindre à eux si nous voulions sauver notre peau. A ce moment-là, un de mes hommes l'a poignardé et il est mort. Il est vraiment mort, et je sais de quoi je parle. J'ai suffisamment provoqué de morts pour savoir ce que c'est. Mais quand son sang a touché la pierre, sa bouche s'est ouverte et il en est sorti le rire le plus tonitruant que j'aie jamais entendu. On aurait dit que le tonnerre s'était déchaîné autour de nous. Après quoi, il s'est redressé, sans respirer, et il a commencé à flamber. En brûlant, il a changé de forme, jusqu'à ce qu'il ressemble à la chèvre brûlée vive, là, sur l'autel, mais plus gros encore. Une voix a jailli de la chose. Elle a dit : « Fuis, pauvre mortel! Mais tu ne quitteras jamais ce Cercle! » Et croyez-moi, nous avons fui! Le ciel s'est assombri tant il y avait de chauves-souris et d'autres...choses. Nous entendions le bruit de sabots sur nos talons. Nous avons chevauché l'épée à la main, tuant tout ce qui s'approchait. Il y avait des chats comme ceux que vous avez tués, et des serpents, et des créatures bondissantes, et Dieu sait quoi encore. Lorsque nous sommes arrivés près de la limite du Cercle, une des patrouilles du roi Uther nous a aperçus et est venue nous porter secours. Seize hommes seulement sur les cinquante-cinq qui m'avaient accompagné sortirent du Cercle. Et la patrouille perdit une bonne trentaine d'hommes en nous venant en aide. Quand ils me reconnurent, ils me traînèrent devant la justice. Ici même. C'est l'ancien château du roi Uther. Je lui racontai ce que j'avais fait, vu et entendu. Il me fit la même proposition que Corwin. Une amnistie totale pour moi et mes hommes si j'acceptais de me joindre à lui dans la lutte contre les Gardiens du Cercle. Ayant vécu l'aventure que vous savez, j'étais convaincu qu'il fallait arrêter la chose par tous les moyens. J'acceptai sa proposition. C'est alors que je suis tombé malade. Il paraît que j'ai déliré pendant trois jours. J'étais aussi faible qu'un enfant quand finalement j'ai pu quitter la chambre, et j'appris que tous ceux qui avaient pénétré dans le Cercle avaient été pris du même malaise. Trois d'entre eux étaient morts. Je rendis visite au reste de mes hommes, leur exposai la situation, et ils furent enrôlés. Les patrouilles autour du Cercle furent renforcées. Mais rien ne semblait pouvoir le contenir. Dans les années qui suivirent, le Cercle s'élargit. Nous eûmes de nombreuses escarmouches. Je montai en grade et devins finalement le bras droit du roi Uther, tout comme naguère j'avais été celui de Corwin. Les escarmouches devenaient plus que des escarmouches. Des bandes de plus en plus nombreuses sortaient de ce Cercle infernal. Nous perdîmes quelques batailles. Ils s'emparèrent de certains de nos avant-postes. C'est alors qu'une nuit une armée sortit du Cercle, une armée – une horde – composée à la fois d'hommes et de ces créatures qui s'y terraient. Cette nuit-là, nous fûmes confrontés à la force la plus importante que nous avions jamais eu à combattre. Le roi Uther lui-même partit se battre malgré mes conseils – car il avait un âge avancé – et cette nuit-là il fut tué et le royaume se retrouva sans souverain. Je voulais que mon lieutenant, Lancelot, assure la régence, car c'était un homme plus honorable que moi... Et vous savez, c'est étrange. J'avais connu un Lancelot en Avalon qui lui ressemblait comme un frère – mais cet homme assura ne pas me connaître lorsque nous nous sommes rencontrés. C'est étrange... En tout état de cause, il refusa et c'est à moi que revint la charge de diriger le royaume. Je n'aime pas ça, mais que faire. Voilà bientôt trois ans que je les tiens en respect. Mon instinct me dit de fuir. Je ne dois rien à ces gens! Qu'est-ce que ça peut me faire que le Cercle s'élargisse? Je pourrais fuir outre-mer, dans un pays où il ne me rattraperait pas de mon vivant! Crénom! Je n'avais aucune envie d'assumer une responsabilité pareille! Et pourtant maintenant je n'ai pas le choix!

– Pourquoi? lui demandai-je, et le son de ma propre voix me parut étrange.

Il y eut un silence.

Il vida sa pipe. Il la bourra de nouveau. Il la ralluma. Il en tira quelques bouffées.

Le silence se prolongea.

— Je ne sais pas, dit-il enfin. Je n'hésiterais pas à poignarder un homme dans le dos pour une paire de chaussures, s'il en portait, et que cela devait m'éviter de me geler les pieds. Je l'ai fait jadis, alors j'en sais quelque chose. Mais ça... C'est différent. C'est quelque chose qui menace tout le monde, et je suis le seul à pouvoir faire le boulot. Bon sang, je sais qu'ils vont m'enterrer ici un jour avec tous les autres. Mais je ne peux pas me défiler. Il faut que je tienne le Cercle en respect aussi longtemps que possible.

La brise nocturne m'avait clarifié les idées et avait donné pour ainsi dire un second souffle à mon esprit alors que mon corps me faisait l'effet d'être légèrement anesthésié.

— Et Lance, ne pourrait-il pas devenir leur chef? demandai-je.

— Sans doute. C'est quelqu'un de bien, Lance. Mais il y a une autre raison. Je crois que cette espèce de chose à moitié chèvre à moitié je-ne-sais-quoi qui était sur l'autel a un peu peur de moi. J'avais fait une incursion dans son territoire et elle m'avait dit que je n'en ressortirais pas vivant, et pourtant c'est ce qui s'est passé. J'ai survécu à la maladie qui m'a frappé par la suite. Elle sait que c'est moi qui la combats depuis le début. On a gagné cette sanglante bataille où Uther a trouvé la mort, et j'ai de nouveau rencontré cette chose sous une forme différente et elle me connaissait. Peut-être est-ce une des choses qui la retiennent en ce moment.

— Quelle forme avait-elle?

— Elle avait un corps d'homme, mais avec des cornes de bouc sur la tête et des yeux rouges. Elle était montée sur un étalon pie. On s'est battus pendant un moment, mais les mouvements de la bataille nous ont séparés. Ce qui était une bonne chose, au demeurant, car elle avait le dessus. Elle a de nouveau parlé tandis que nous croisions le fer, et j'ai reconnu cette voix fracassante. Elle m'a traité de pauvre niais et m'a assuré que je ne pouvais pas espérer l'emporter. Mais au petit matin, le champ de bataille était à nous et nous les avons refoulés jusque dans le Cercle en les tuant dans leur fuite. Le cavalier du cheval pie réussit à s'échapper. Il y a eu de nouveaux raids depuis lors, mais jamais d'une telle envergure. Si je devais quitter ces contrées, une autre armée — qui se prépare à l'heure où je vous parle — sortirait du Cercle. Cette chose apprendrait mon départ d'une façon ou d'une autre, tout comme elle a su que Lance m'apportait un nouveau rapport sur la disposition de ses troupes à l'intérieur et a envoyé ces Gardiens pour l'intercepter sur le chemin du retour. Elle doit être renseignée sur votre compte à l'heure qu'il est, et doit certainement se demander ce qu'il faut penser de ce nouveau tour qu'ont pris les événements. Elle doit se demander qui vous êtes pour faire montre d'une telle force. Je vais rester ici et la combattre jusqu'au bout. Il le faut. Ne me demandez pas pourquoi. J'espère seulement qu'avant d'y passer j'apprendrai comment cette chose est apparue — *pourquoi* ce Cercle existe.

Il y eut un soudain bruissement près de ma tête. Je me baissai rapidement par un réflexe de défense, bien que ce ne fût guère nécessaire. Ce n'était qu'un oiseau. Un oiseau blanc. Il se posa sur mon épaule gauche et resta perché là à émettre de petits bruits. Je lui présentai mon poignet et il se percha dessus. Il y avait un petit mot attaché à sa patte. Je le défis, le lus et le froissai dans ma main. Puis j'étudiai des choses invisibles à l'horizon.

— Que se passe-t-il, Seigneur Corey? s'exclamait Ganelon.

Le mot, que j'avais écrit de ma propre main et que j'avais confié à un oiseau de mon désir, pour qu'il me précède jusqu'à ma destination, ne pouvait qu'atteindre l'endroit qui devait être mon étape suivante. Ce n'était pas exactement ici que j'avais pensé m'arrêter. Néanmoins, je savais lire mes propres présages.

— Qu'est-ce que c'est? demanda-t-il. Qu'est-ce que vous tenez à la main? Un message?

Je hochai la tête et le lui donnai. Je pouvais

difficilement le jeter, puisqu'il m'avait vu le prendre.

Le mot disait : « Je viens », et portait ma signature.

Ganelon tira sur sa pipe et le lut à la lueur rougeoyante du foyer.

– *Il* vit? Et il viendrait *ici?* dit-il.

– On dirait.

– Cela est très étrange, dit-il. Je ne comprends pas du tout...

– Ça ressemble à une promesse d'assistance, dis-je en congédiant l'oiseau, qui roucoula deux fois, virevolta autour de ma tête et s'en alla.

Ganelon secoua la tête.

– Je ne comprends pas.

– A cheval donné on ne regarde pas à la dent, dis-je. Jusqu'à présent vous n'avez réussi qu'à tenir cette chose en respect.

– C'est vrai, dit-il. Peut-être que lui pourrait la détruire.

– Et peut-être n'est-ce qu'une plaisanterie, dis-je. Une plaisanterie de mauvais goût.

Il secoua de nouveau la tête.

– Non. Ce n'est pas son genre. Je me demande où il veut en venir.

– Allons dormir. La nuit porte conseil.

– Je n'ai rien de mieux à faire pour le moment, dit-il en réprimant un bâillement.

Nous nous levâmes et rentrâmes par le chemin de ronde. Nous nous souhaitâmes bonne nuit et je titubai jusqu'au gouffre du sommeil et m'y précipitai avec délices.

2.

Le jour. Encore des courbatures. Encore des douleurs.

Quelqu'un m'avait laissé une nouvelle cape, de couleur marron, et je décidai que c'était une bonne chose. Surtout si je prenais encore du poids et si Ganelon se souvenait de mes couleurs. J'évitai de me raser, car il m'avait connu un peu moins poilu. Je faisais un effort pour contrefaire ma voix chaque fois qu'il se trouvait dans les parages. Je cachai Grayswandir sous mon lit.

Tout au long de la semaine qui suivit je m'entraînai sans répit. Je transpirai et m'acharnai jusqu'à ce que mes courbatures aient disparu et que mes muscles aient retrouvé leur tonicité d'antan. Je crois avoir gagné huit kilos dans la semaine. Lentement, très lentement je commençais à me sentir de nouveau bien dans ma peau.

Le pays s'appelait la Lorraine, et elle aussi s'appelait Lorraine. Si j'avais le goût de ce genre de cliché, je vous dirais que nous nous sommes rencontrés dans le pré derrière le château, alors qu'elle cueillait des fleurs et que j'y faisais un tour pour prendre l'air et un peu d'exercice. Foutaises.

Je suppose qu'elle était ce qu'on peut appeler crûment une fille à soldats. Je la rencontrai à la fin d'une dure journée d'entraînement que j'avais passée presque entièrement à manier le sabre et la masse d'armes. Elle restait à l'écart à attendre son compagnon pour la nuit lorsque je l'aperçus pour la première fois. Elle sourit et je lui rendis son sourire, fis un signe de tête et un clin d'œil, et passai mon chemin. Le lendemain je la rencontrai de nouveau, lui dis bonjour et poursuivis mon chemin. C'est tout.

Nous nous rencontrions sans arrêt. A la fin de ma deuxième semaine, alors que mes courbatures avaient disparu, que je dépassais de nouveau les quatre-vingt-dix kilos et que j'avais l'impression de les faire, je m'arrangeai pour qu'elle passe une soirée avec moi. Je savais à quoi m'en tenir sur son compte, et en ce qui me concernait, c'était parfait ainsi. Mais nous ne fîmes pas la chose habituelle ce soir-là. Non.

Au lieu de cela, nous parlâmes, et ensuite quelque chose d'autre se produisit.

Elle avait une chevelure couleur de rouille avec un ou deux cheveux gris ici et là. J'estimai pourtant qu'elle ne devait pas avoir la trentaine. Les yeux, très bleus. Un menton légèrement pointu. Des dents régulières et blanches dans une bouche, qui ne me ménageait pas ses sourires. Sa voix avait quelque chose de nasal, ses cheveux étaient trop longs, son maquillage appliqué trop lourdement sur trop de fatigue, son visage trop couvert de taches de rousseur, ses vêtements trop moulants et trop voyants. Mais elle me plaisait. Je ne pensais pas que tels seraient mes sentiments à son égard lorsque je lui avais demandé de passer la nuit avec moi, car, encore une fois, je ne pensais pas qu'elle devait me plaire pour faire ce que j'attendais d'elle.

Il n'y avait guère que ma chambre où aller, et c'est donc là que nous allâmes. On m'avait promu capitaine, et je profitai de mon grade pour nous y faire servir notre dîner, ainsi qu'une bouteille de vin supplémentaire.

— Les hommes ont peur de vous, dit-elle. Ils disent que vous êtes infatigable.

— Pourtant je ne le suis pas, dis-je. Tu peux me croire.

— Bien sûr, dit-elle en secouant ses boucles trop longues et en souriant. Qui l'est?

— En effet.

— Quel âge avez-vous?

— Et toi, quel âge as-tu?

— Un gentilhomme ne poserait pas une telle question.

— Une gente dame non plus.

— Au début, quand vous êtes arrivé, ils vous donnaient plus de cinquante ans.

— Et maintenant?...

— Maintenant ils ne savent plus. Quarante-cinq? Quarante?

— Non, dis-je.

— Je ne le pensais pas. Mais votre barbe a fait illusion et tout le monde s'y est laissé prendre.

— C'est souvent comme ça avec les barbes.

— Vous avez l'air d'aller mieux d'un jour sur l'autre. De devenir plus grand...

— Merci. Je me sens mieux que quand je suis arrivé.

— Seigneur Corey de Cabra, dit-elle. Où est Cabra? Qu'est-ce que c'est que Cabra? M'y emmènerez-vous si je vous le demande gentiment?

— Je veux bien te le promettre, dis-je, mais je mentirais.

— Je sais. Mais ça me ferait plaisir de l'entendre.

— Soit. Je t'y emmènerai. C'est un endroit infect.

— Êtes-vous vraiment aussi doué qu'on le dit?

— J'ai bien peur que non. Et toi?

— Pas vraiment. Voulez-vous qu'on aille au lit maintenant?

— Non. Je préférerais parler. Un verre de vin?

— Merci... A la vôtre.

— A la tienne.

— Comment se fait-il que vous soyez si fort à l'épée?

— J'étais doué et j'ai eu de bons professeurs.

— Et vous avez porté Lance sur toute cette distance, et vous avez tué ces créatures...

— On raconte tant de choses...

— Mais je vous ai observé. Vous *êtes* plus fort que les autres. C'est pour ça que Ganelon a conclu un marché avec vous. Il n'est pas homme à laisser passer une telle aubaine. J'ai connu beaucoup d'escrimeurs, et je les ai regardés s'entraîner. Vous pourriez en faire de la chair à pâté. Les hommes disent que vous êtes un bon professeur. Ils vous aiment bien, même s'ils ont peur de vous.

— Pourquoi auraient-ils peur de moi? Parce que je suis

fort? Il y a des tas d'hommes forts de par le monde. Parce que je peux manier une épée pendant longtemps sans m'essouffler?

– Ils croient qu'il y a quelque chose de surnaturel dans tout ça.

J'éclatai de rire.

– Non, je suis seulement la deuxième meilleure lame qui soit. Pardon – la troisième, peut-être. Mais je travaille plus dur.

– Qui est meilleur?

– Éric d'Ambre, peut-être.

– Qui est-ce?

– Un être surnaturel.

– C'est le meilleur?

– Non.

– Qui, alors?

– Benedict d'Ambre.

– C'en est un aussi?

– S'il est encore vivant, oui.

– Étrange, voilà ce que vous êtes, dit-elle. Dites-moi, *êtes-vous* un être surnaturel?

– Buvons un autre verre de vin.

– Ça va me monter à la tête.

– Très bien.

Je remplis les verres.

– Nous allons tous mourir, dit-elle.

– Inéluctablement.

– Je veux dire ici, bientôt, en nous battant contre cette chose.

– Pourquoi dis-tu ça?

– Rien ne pourra l'arrêter.

– Alors pourquoi ne pas prendre tes cliques et tes claques?

– Je n'ai nulle part où aller. C'est pour ça que je vous ai interrogé sur Cabra.

– Et que tu es venue ce soir?

– Non. Je suis venue voir à quoi vous ressembliez.

– Je suis un athlète qui est en train de compromettre son entraînement. Tu es née par ici?

— Oui. Dans les bois.
— Pourquoi t'es-tu attachée à ces types?
— Pourquoi pas? C'est mieux que de passer mes journées à patauger dans le fumier.
— Tu n'as jamais été avec un homme? Je veux dire, de façon durable?
— Si. Il est mort. C'est lui qui a trouvé le... Cercle Enchanté.
— Je suis désolé.
— Pas moi. Il se saoulait chaque fois qu'il pouvait emprunter ou voler de quoi acheter à boire, et après il rentrait à la maison et me battait. J'ai été contente de rencontrer Ganelon.
— Alors comme ça tu penses que rien ne peut arrêter la chose, que nous allons perdre notre bataille contre elle?
— Oui.
— Tu as peut-être raison. Mais je pense que tu as tort.
Elle haussa les épaules.
— Vous vous battrez à nos côtés?
— J'ai bien peur que oui.
— Personne ne savait si vous le feriez, ou, en tout cas, personne n'a dit qu'il le savait. Ça pourrait être intéressant. J'aimerais vous voir combattre l'homme-chèvre.
— Pourquoi?
— Parce qu'il semble être leur chef. Si vous réussissiez à le tuer, ça améliorerait nos chances. Vous seriez peut-être en mesure de le faire.
— Il le faut, dis-je.
— Il y a une raison?
— Oui.
— Une raison à vous?
— Oui.
— Alors bonne chance.
— Merci.
Elle finit son vin et je lui remplis à nouveau son verre.
— Je sais que *lui* est un être surnaturel, dit-elle.
— Changeons de sujet, veux-tu.
— D'accord. Mais voulez-vous me rendre un service?
— Lequel?

— Passez une armure demain, prenez une lance, trouvez-vous un cheval et administrez une raclée à ce grand officier de cavalerie, Harald.

— Pourquoi?

— Il m'a battue la semaine dernière, comme le faisait Jarl. Vous pouvez le faire?

— Oui.

— Le ferez-vous?

— Pourquoi pas? Considère la raclée comme administrée.

Elle vint s'appuyer contre moi.

— Je vous aime, dit-elle.

— Foutaise!

— Bon. Et si je vous disais : « Je vous aime bien », ça irait?

— Je préfère ça. Je...

Un vent glacial, paralysant, me descendit soudain la colonne vertébrale. Je me raidis et résistai à ce qui s'annonçait, en faisant le vide total dans mon esprit.

Quelqu'un me cherchait. Quelqu'un qui faisait partie de la maison d'Ambre, sans aucun doute, et qui utilisait mon « Atout » ou quelque chose qui lui était très proche. La sensation ne laissait aucune place au doute. Si c'était Éric, il avait plus de cran que je ne l'aurais imaginé, car je lui avais presque napalmisé la cervelle, la dernière fois que nous avions été en contact. Ça ne pouvait pas être Random, à moins qu'il ne fût sorti de prison, ce qui me paraissait douteux. Si c'était Julian ou Caine, ils pouvaient aller se faire foutre. Bleys était probablement mort. Benedict aussi, peut-être. Restaient Gérard, Brand et nos sœurs. Parmi ces derniers, seul Gérard pouvait me vouloir du bien. Je résistai donc à la détection, avec succès. Cela me prit bien cinq minutes, et lorsque j'eus fini, je transpirais et tremblais comme une feuille, et Lorraine me regardait bizarrement.

— Qu'est-ce qui s'est passé? demanda-t-elle. Vous n'êtes pas encore ivre, et moi non plus.

— Ça me vient par accès, dis-je. C'est une maladie que j'ai contractée dans les îles.

— J'ai vu un visage, dit-elle. Je ne sais pas s'il était sur le sol ou dans ma tête, mais c'était celui d'un vieillard. Il avait un col vert et il vous ressemblait beaucoup, sauf que sa barbe était grise.

Je la giflai.

— Tu mens! Tu n'as pas pu...

— Je vous dis ce que j'ai vu! Ne me frappez pas! Je ne sais pas ce que ça voulait dire! Qui était-ce?

— Je crois que c'était mon père. Dieu! que c'est étrange!...

— Qu'est-ce qui s'est passé? répéta-t-elle.

— Un accès, dis-je. Ça m'arrive parfois, et les gens croient voir mon père sur les murs ou sur le sol. Ne t'inquiète pas. Ce n'est pas contagieux.

— Foutaise! dit-elle. Vous mentez.

— Je sais. Mais je t'en prie, oublie tout cela.

— Pourquoi l'oublierais-je?

— Parce que tu m'aimes bien, lui dis-je. Tu te souviens? Et parce que je vais administrer une raclée à Harald demain.

— C'est vrai, dit-elle, et comme je recommençais à trembler, elle alla me chercher une couverture sur le lit et m'en enveloppa les épaules.

Elle me tendit mon verre de vin et je le bus. Elle s'assit à côté de moi et appuya sa tête sur mon épaule, et je l'entourai de mon bras. Un vent de tous les diables commença à souffler et j'entendis le crépitement de la pluie qui l'accompagnait. L'espace d'une seconde, on aurait dit que quelque chose frappait contre les volets. Lorraine émit un petit gémissement.

— Je n'aime pas tout ce qui se passe ce soir, dit-elle.

— Moi non plus. Va mettre la barre sur la porte, elle est seulement verrouillée.

Tandis qu'elle suivait mes instructions, je déplaçai notre siège pour qu'il se trouve face à l'unique fenêtre de ma chambre. Je retirai Grayswandir de sous le lit et l'extirpai de son fourreau. Puis j'éteignis toutes les lumières de la pièce, à l'exception d'une unique chandelle sur la table à ma droite.

Je me rassis et posai mon épée en travers sur mes genoux.

— Que faites-vous? demanda Lorraine en venant s'asseoir à ma gauche.

— J'attends, dis-je.

— Vous attendez quoi?

— Je ne sais pas exactement, mais c'est certainement ce soir que ça va arriver.

Elle frissonna et se rapprocha de moi.

— Tu ferais peut-être mieux de partir, tu sais, dis-je.

— Je sais, mais j'ai peur de sortir. Vous pourrez me protéger si je reste, n'est-ce pas?

Je secouai la tête.

— Je ne sais même pas si je vais pouvoir me protéger moi-même.

Elle toucha Grayswandir.

— Quelle épée magnifique! Je n'en ai jamais vu de pareille.

— Il n'y en a pas de pareille, dis-je, et chaque fois que je bougeais, elle chatoyait dans la lumière, de sorte que tantôt elle semblait recouverte d'une pellicule de sang inhumain de teinte orangée, et tantôt elle restait là, immobile, aussi blanche et froide que la neige ou un sein de femme, frémissant imperceptiblement chaque fois que je grelottais.

Je me demandais comment Lorraine avait pu voir quelque chose que je n'avais pas vu pendant la tentative de prise de contact. Il était exclu qu'elle ait pu simplement imaginer quelque chose d'aussi proche du but.

— Toi aussi, tu es plutôt étrange, dis-je.

Elle resta silencieuse, le temps que la flamme de la bougie tremble quatre ou cinq fois, puis dit :

— J'ai un peu le don de seconde vue. Ma mère l'avait plus que moi. On dit que ma grand-mère était une sorcière. Mais moi je n'y connais rien à tout ça. En tout cas, pas grand-chose. Ça fait des années que je n'ai pas utilisé le peu que je sais. Ça me fait toujours perdre plus que ça ne me rapporte.

Elle se tut de nouveau, et je lui demandai :

— Que veux-tu dire?

— J'ai utilisé un sort pour épouser mon premier homme, dit-elle, et regardez ce que ça a donné. J'aurais bien mieux fait de ne pas utiliser mes pouvoirs. Je voulais une jolie petite fille, et le résultat ç'a été cette chose...

Elle s'arrêta brusquement et je m'aperçus qu'elle pleurait.

— Que se passe-t-il? Je ne comprends pas...

— Je croyais que vous saviez, dit-elle.

— Que je savais quoi?

— C'était elle la petite fille qu'on a trouvée dans le Cercle enchanté. Je croyais que vous le saviez...

— Je suis désolé.

— Si seulement je n'avais pas ces pouvoirs. Je ne m'en sers plus. Mais ils ne veulent pas me laisser tranquille. Ils m'apportent encore des rêves et des signes, et jamais sur des choses que je peux contrôler. Si seulement ils pouvaient s'en aller ensorceler quelqu'un d'autre!

— C'est bien la seule chose qu'ils ne feront pas, Lorraine. Il faudra que tu en prennes ton parti, j'en ai bien peur.

— Comment le savez-vous?

— J'ai connu des gens dans ton cas, jadis. C'est tout.

— Vous-même, ces pouvoirs ne vous sont pas totalement inconnus, n'est-ce pas?

— Non, en effet.

— Alors vous devez sentir qu'il y a quelque chose, là, dehors, en ce moment même?

— Oui.

— Moi aussi. Savez-vous ce qu'elle est en train de faire?

— Elle me cherche.

— Oui, je le sens aussi. Pourquoi?

— Peut-être pour éprouver ma force. Elle sait que je suis ici. Si je suis un nouvel allié de Ganelon, elle doit se demander ce que je représente? qui je suis?...

— C'est l'homme-chèvre en personne?

— Je ne sais pas. Mais je ne crois pas.

— Pourquoi?

— Si je suis vraiment celui qui doit le détruire, il ne ferait pas l'erreur de venir me trouver jusque dans le repaire de son ennemi, où je suis protégé par des forces puissantes. Je dirais plutôt que c'est un de ses acolytes qui me cherche. Peut-être que d'une certaine façon, c'est de cela que le fantôme de mon père... Je ne sais pas. Si sa créature me trouve et m'appelle par mon nom, elle saura quelles mesures prendre. Si elle me trouve et me tue, le problème sera résolu. Si c'est moi qui détruis la créature, elle en saura davantage qu'avant sur ma force. Quelle que soit l'issue de la rencontre, la chose à cornes y gagnera quelque chose. Alors pourquoi irait-elle risquer sa propre tête joliment ornée à ce stade?

Nous attendîmes, là, dans la pièce enveloppée d'ombres dansantes, tandis que la chandelle consumait les minutes.

Elle me demanda :

— Qu'est-ce que vous vouliez dire quand vous avez dit « si elle me trouve et m'appelle par mon nom »?... Par quel nom?

— Celui qui a failli ne pas venir, dis-je.

— Vous pensez qu'elle a pu vous connaître, ailleurs, d'une façon ou d'une autre?

— Ce n'est pas impossible, dis-je.

Elle s'écarta de moi.

— N'aie pas peur, dis-je. Je ne te ferai pas de mal.

— J'ai peur, et vous me ferez du mal! Je le sais! Mais je vous veux! Pourquoi est-ce que je vous veux?

— Je ne sais pas, dis-je.

— Il y a quelque chose, là, dehors, en ce moment! s'écria-t-elle d'une voix où perçait l'hystérie. Elle est près! Très près! Écoutez! Écoutez!

— Tais-toi! fis-je tandis qu'un picotement froid me remontait la nuque et enserrait ma gorge. Va te mettre de l'autre côté de la pièce, derrière le lit!

— J'ai peur du noir.

— Fais ce que je te dis, ou je t'assomme et je te porte jusque là-bas. Tu me gênes ici.

Je pouvais entendre un lourd claquement d'ailes au-dessus des bruits de l'orage, et un léger grattement sur la pierre tandis que Lorraine m'obéissait.

Soudain je me retrouvai en train de plonger mon regard dans deux yeux d'un rouge incandescent qui restèrent rivés aux miens. Je baissai aussitôt les yeux. La chose resta dehors, sur le rebord de la fenêtre, à me regarder.

Elle ne devait pas mesurer loin de deux mètres et avait de lourdes cornes ramifiées qui lui poussaient sur le front. Elle était nue et sa chair semblait uniformément gris cendre. Elle paraissait ne pas avoir de sexe, mais, en revanche, avait des ailes grises dont la consistance faisait penser au cuir, qui s'étendaient loin derrière elle et se fondaient avec la nuit. Dans sa main droite, elle tenait une courte épée en métal sombre dont la lame portait des inscriptions ciselées sur toute sa longueur. De sa main gauche, elle s'agrippait à la grille de la fenêtre.

— Entre à tes risques et périls, dis-je d'une voix forte, et je levai la pointe de Grayswandir en direction de sa poitrine.

Elle se mit à rigoler. Elle resta simplement là, à rigoler et à se fiche de moi. Son regard essaya de nouveau de rencontrer le mien, mais je l'évitai. Si elle me regardait dans les yeux suffisamment longtemps, elle me reconnaîtrait pour ce que j'étais, tout comme le chat monstrueux m'avait reconnu.

Lorsqu'elle parla, sa voix me fit penser à un basson produisant des mots.

— Ce n'est pas toi que je cherche, dit-elle, car tu es plus petit et plus vieux. Et pourtant, cette épée... Elle pourrait être à lui. Qui es-tu?

— Et toi, qui es-tu? demandai-je.

— Mon nom est Strygalldwir. Sers-t'en pour me conjurer et je te mangerai le cœur et le foie.

— M'en servir pour te conjurer? Je ne peux même pas le prononcer, dis-je, et ma cirrhose te donnerait une indigestion. Va-t'en!

— Qui es-tu? répéta la créature.

— *Misli, gammi gra'dil, Strygalldwir,* dis-je, et elle bondit comme si je l'avais brûlée.

— Tu crois pouvoir me chasser à l'aide d'un exorcisme

aussi simple? demanda-t-elle quand elle eut récupéré un peu. Je ne fais pas partie de la piétaille, moi.

— J'aurais juré que ça vous a mis mal à l'aise, pourtant.

— Qui es-tu? demanda-t-elle encore une fois.

— Occupe-toi de tes oignons, mon pote. Alouette, Alouette, je te plumerai...

— Quatre fois je dois te le demander et quatre fois me voir refuser une réponse avant de pouvoir entrer et te tuer. Qui es-tu?

— Non, dis-je en me levant. Entre que je te fasse flamber!

Elle arracha le grillage, et le vent qui entra avec elle dans la chambre éteignit la chandelle.

Je bondis en avant et des étincelles jaillirent entre nous quand Grayswandir rencontra l'épée ciselée. Il y eut un bref engagement, puis je reculai. Comme mes yeux s'étaient accoutumés à la pénombre, la perte de lumière ne m'aveugla pas. La créature voyait assez bien, elle aussi. Elle était plus forte qu'un homme, mais cela ne m'inquiétait pas car je l'étais aussi. Nous tournâmes dans la pièce. Un vent glacial nous enveloppait, et quand nous passâmes devant la fenêtre des gouttelettes froides me fouettèrent le visage. La première fois que je touchai la créature — une longue estafilade sur la poitrine —, elle ne pipa mot malgré les minuscules flammes qui dansaient sur les bords de la plaie. La seconde fois que je l'atteignis — tout en haut du bras —, elle cria et me couvrit d'imprécations.

— Ce soir je sucerai la moelle de tes os! s'écria-t-elle. Je les ferai sécher et les taillerai adroitement pour en faire des instruments de musique! Et chaque fois que je jouerai dessus, ton âme connaîtra les affres d'une agonie désincarnée!

— Tu brûles joliment, dis-je.

Elle ralentit l'espace d'une seconde, et me donna, du même coup, l'occasion que j'attendais.

J'écartai sa lame sombre d'un coup croisé et lui portai une estocade parfaite. Le centre de sa poitrine était ma cible. Je la traversai de part en part.

Elle hurla, mais ne tomba pas. Grayswandir fut arrachée de mes mains et des flammes jaillirent de la blessure. Elle resta debout, habillée de feu. Elle fit un pas vers moi et j'empoignai une petite chaise que je maintins entre nous.

— Mon cœur n'est pas situé où est situé celui des hommes, dit-elle.

Soudain elle bondit, l'épée en avant, mais je bloquai le coup avec la chaise et lui assenai un coup dans l'œil avec un des pieds. Puis je jetai la chaise de côté, m'avançai, lui saisis le poignet droit et le retournai. Je frappai le coude du tranchant de la main avec toute la force dont j'étais capable. Il y eut un craquement sec et l'épée ciselée tomba à terre. C'est alors que sa main gauche me frappa au visage et m'envoya au tapis.

Elle fondit sur l'épée, mais je lui attrapai la cheville et tirai d'un coup sec.

Elle s'écroula de tout son long, je me précipitai sur elle et lui prit la gorge à deux mains. Je rentrai le menton en tournant la tête vers le creux de mon épaule tandis qu'elle essayait de me labourer le visage de sa main gauche.

Comme je serrai, son regard chercha le mien, et cette fois, je ne l'évitai pas. Il y eut un minuscule impact à la base de mon cerveau, tandis qu'un éclair de reconnaissance nous traversa l'un et l'autre.

— Vous! parvint-elle à hoqueter avant que je n'aie serré plus fort et que la vie ne quittât ses yeux très, très rouges.

Je me relevai, posai un pied sur son cadavre et en extirpai Grayswandir.

La chose s'embrasa d'un seul coup lorsque je libérai mon épée et continua à brûler jusqu'à ce qu'il ne restât qu'un endroit calciné sur le sol.

Lorraine s'approcha alors et je lui entourai les épaules de mon bras, et elle me demanda de la ramener à sa chambre et au lit. C'est ce que je fis, mais nous nous contentâmes de rester étendus côte à côte jusqu'à ce qu'elle se fût endormie à force de pleurer. C'est ainsi que je rencontrai Lorraine.

Lance, Ganelon et moi-même, assis sur nos montures au sommet d'une haute colline le dos au soleil de cette fin de matinée, plongeâmes nos regards dans le Cercle. Son apparence confirmait bien des choses pour moi.

Elle ressemblait à ce bois tourmenté qui remplissait la vallée au sud d'Ambre.

Ô mon père! Qu'ai-je provoqué? demandai-je en mon for intérieur, mais pour toute réponse il y avait le Cercle sombre à mes pieds qui s'étendait à perte de vue.

A travers les fentes de mon heaume je le contemplai — désolé, apparemment calciné, et dégageant une odeur de pourriture. Je ne quittais plus mon heaume ces jours-ci. Les hommes trouvaient cela affecté, mais mon grade me donnait le droit d'être excentrique. Je le portais depuis plus de deux semaines, depuis mon combat contre Strygalldwir. Je l'avais mis le lendemain avant d'administrer sa raclée à Harald comme je l'avais promis à Lorraine, et avais décidé que, mon poids augmentant de jour en jour, il serait plus sûr de dissimuler mon visage.

Je devais peser cent kilos à présent et me sentais de nouveau en pleine forme. Si je pouvais contribuer à débarrasser ce pays, appelé la Lorraine, de cette excroissance monstrueuse, je savais que j'aurais au moins une chance d'entreprendre ce qui me tenait le plus à cœur, et peut-être de réussir.

— Alors le voilà, dis-je. Je ne vois aucun mouvement de troupes.

— Je crois qu'il nous faudra chevaucher vers le nord, dit Lance, et nous ne les verrons sans doute qu'après la tombée de la nuit.

— Loin vers le nord?

— Deux ou trois lieues. Ils se déplacent un peu.

Nous avions chevauché deux jours pour atteindre le Cercle. Nous avions rencontré une patrouille plus tôt ce matin-là, et appris par elle qu'il continuait à y avoir des mouvements de troupes à l'intérieur du Cercle tous les soirs. Elles se livraient à divers exercices puis disparaissaient — vers quelque endroit situé plus profondément dans la « chose » — avec les premières lueurs de l'aube. J'appris qu'un gros nuage noir planait en permanence au-dessus du Cercle mais que l'orage n'éclatait jamais.

— Déjeunerons-nous ici avant de nous diriger vers le nord? demandai-je.

— Pourquoi pas? dit Ganelon. Je suis affamé et nous avons du temps devant nous.

Nous mîmes donc pied à terre et mangeâmes de la viande séchée, arrosée de l'eau de nos gourdes.

— Je ne comprends toujours pas ce mot, dit Ganelon après avoir laissé échapper un rot sonore, s'être tapé sur le ventre et avoir allumé sa pipe.

— Sera-t-il à nos côtés lors de la bataille finale, ou non? Où est-il, s'il a l'intention de nous aider? Le jour décisif se rapproche.

— Oubliez ça, dis-je. C'était probablement une plaisanterie.

— Mais je ne peux pas l'oublier! dit-il. Il y a quelque chose de vraiment bizarre là-dessous!

— De quoi s'agit-il? demanda Lance, et pour la première fois, je compris que Ganelon ne lui en avait pas parlé.

— Mon ancien suzerain, le seigneur Corwin, envoie un étrange message par pigeon voyageur où il dit qu'il va venir. Je le croyais mort, mais il envoie ce message, lui dit Ganelon. Je ne sais toujours pas ce qu'il faut en penser.

— Corwin? dit Lance, et je retins ma respiration. Corwin d'Ambre?

— Oui, d'Ambre et d'Avalon.

— Oubliez son message.

— Pourquoi?

— C'est un homme sans honneur, et sa promesse ne vaut rien.

— Vous le connaissez?

— Je le connais. Il y a bien longtemps, il régnait sur ces terres. Vous ne vous souvenez pas des histoires qui courent sur le seigneur-démon? C'était lui. C'était Corwin, en des temps que je n'ai pas connus. La meilleure chose qu'il ait faite, c'est d'abdiquer et de fuir quand la résistance est devenue trop forte contre lui.

Ce n'était pas vrai!

Ou l'était-ce?

Ambre jette une infinité d'ombres, et mon Avalon en avait elle-même beaucoup jeté, en raison de ma présence là-bas. Il se pourrait que je sois connu sur beaucoup de mondes dont je n'avais jamais foulé le sol, parce que des ombres de moi-même les avait arpentés en singeant mes pensées et mes actes.

– Non, dit Ganelon. Je n'ai jamais fait attention à ces vieilles histoires. Je me demande si ça *pourrait* vraiment être le même homme qui a régné ici. Voilà qui est intéressant.

– En effet, dis-je, histoire de ne pas me laisser déborder. Mais s'il a régné voici tant d'années, il doit certainement être vieux et caduc à l'heure qu'il est.

– C'était un sorcier, dit Lance.

– Celui que j'ai connu en était un, en tout cas, dit Ganelon, car il m'a exilé d'un pays qu'aucun artifice, qu'aucun stratagème ne peut plus redécouvrir.

– Vous ne m'avez jamais parlé de cela, dit Lance. Comment est-ce arrivé?

– Ce n'est pas votre affaire, répondit Ganelon, et Lance se tut de nouveau.

Je sortis ma propre pipe – j'avais réussi à m'en procurer une deux jours auparavant –, et Lance en fit autant. C'était une pipe en argile qui tirait chaud et fort. Nous allumâmes nos pipes respectives et restâmes assis là tous les trois à fumer.

– Pour lui, c'était la seule solution intelligente, dit Ganelon. Mais oublions tout ça, voulez-vous?

Nous n'en fîmes rien, bien sûr, mais changeâmes tout de même de sujet de conversation.

S'il n'y avait eu cette chose noire qui s'étendait derrière nous, c'est un moment très agréable et détendu que nous aurions passé là. Soudain, je me sentis très proche de mes compagnons. J'avais envie de dire quelque chose, mais je ne savais pas quoi.

Ganelon résolut le problème en remettant sur le tapis la question qui nous préoccupait tous.

— Alors comme ça, vous pensez qu'il faut les attaquer avant qu'ils ne nous attaquent? dit-il.

— Absolument, répondis-je. Il faut aller chercher l'ennemi jusque dans son propre fief.

— Tout le problème, c'est justement que *c'est* leur fief, dit-il. Ils le connaissent mieux que nous, et qui sait sur quelles forces ils peuvent compter là-dedans?

— Si on arrive à tuer l'homme-chèvre, ils sont fichus, dis-je.

— Peut-être que oui. Peut-être que non. Peut-être que vous seriez en mesure de le faire, dit Ganelon. Mais quant à moi, à moins d'un coup de chance, je ne sais si j'en serais capable. Il est trop haineux pour se laisser mourir facilement. J'ai beau croire que je n'ai rien perdu de ma fougue, il se peut que je me trompe. Elle a pu s'émousser avec la vie que je mène. Crénom! je n'ai jamais voulu d'un boulot aussi casanier!

— Je sais, dis-je.

— Je sais, dit Lance.

— Lance, dit Ganelon, devrait-on suivre l'avis de notre ami? Devrait-on attaquer?

Il aurait pu hausser les épaules et se défiler. Il n'en fit rien.

— Oui, dit-il. Ils nous ont presque eus la dernière fois. Ç'a été à un cheveu la nuit où le roi Uther est mort. Si nous ne les attaquons pas maintenant, j'ai peur qu'ils n'aient le dessus la prochaine fois. Oh! ça n'irait pas tout seul, et on peut leur infliger des pertes sérieuses. Mais je pense qu'ils pourraient l'emporter. Voyons ce que nous pouvons voir maintenant, et mettons ensuite sur pied un plan d'attaque.

— Soit, dit Ganelon. J'en ai assez d'attendre, moi aussi. Répétez-moi ce que vous venez de dire une fois que nous serons rentrés et je donnerai mon accord définitif.

C'est ce que nous fîmes.

Nous chevauchâmes vers le nord cet après-midi-là et nous cachâmes dans les collines d'où nous pûmes surveiller le Cercle. Ils s'y adonnaient à un culte de leur cru et se livraient à diverses manœuvres militaires. J'estimai leur nombre à environ quatre mille. Nous étions deux mille cinq cents. Ils avaient aussi de drôles de créatures à la fois volantes, sautillantes et rampantes dont on entendait les cris dans la nuit. Quant à nous, nous avions du courage à revendre. Ouais!

Tout ce qu'il me fallait, c'était quelques minutes seul à seul avec leur chef, et d'une façon ou d'une autre, tout se déciderait dans ces quelques minutes; absolument tout. Je ne pouvais pas expliquer cela à mes compagnons, mais c'était ainsi.

Vous comprenez, c'est moi qui portais la responsabilité de tout ce qui s'était passé dans cette contrée. C'est moi qui avais fait la « chose », et c'était à moi de la défaire, si je le pouvais.

J'avais peur de ne pas en avoir le pouvoir.

Dans un moment de passion où s'étaient mêlées la rage, l'horreur et la douleur, j'avais déchaîné cette « chose », et chaque monde existant en portait le reflet quelque part. Ainsi est faite la malédiction d'un prince d'Ambre.

Nous les observâmes toute la nuit, ces Gardiens du Cercle, et au matin nous empruntâmes le chemin du retour.

Le verdict : attaquer!

Nous rentrâmes sans être suivis. Une fois au château de Ganelon, nous convînmes d'une stratégie. Nos troupes étaient fin prêtes – presque trop, peut-être – et nous décidâmes de lancer notre attaque dans les quinze jours.

Étendu à côté de Lorraine, je la tenais au courant de ces choses. Car j'avais le sentiment qu'elle devait les savoir. Il était en mon pouvoir de l'escamoter vers Ombre cette nuit même, si elle le voulait bien. Mais elle ne voulait pas.

– Je reste avec vous, dit-elle.

– Bon.

Je ne lui fis pas part de mon sentiment que tout était entre mes mains, mais j'ai l'impression qu'elle le savait et que pour une raison inconnue, elle me faisait confiance. J'étais loin de partager son optimisme, mais c'était son affaire.

– Tu sais ce qui pourrait arriver, dis-je.

— Je sais, dit-elle, et je sus qu'elle savait, et nous en restâmes là.

Nous tournâmes notre attention vers d'autres sujets, et plus tard nous dormîmes.

Elle avait fait un rêve.

En se réveillant le matin elle me dit :

— J'ai fait un rêve.

— Lequel? demandai-je.

— Au sujet de la prochaine bataille. Vous étiez en combat singulier avec l'homme-chèvre.

— Qui a gagné?

— Je ne sais pas. Mais pendant que vous dormiez, j'ai fait quelque chose qui pourrait vous aider.

— Tu n'aurais pas dû, dis-je. Je peux me débrouiller tout seul.

— Ensuite j'ai rêvé de ma propre mort, pendant ce temps.

— Laisse-moi t'emmener dans un endroit que je connais.

— Non, ma place est ici, dit-elle.

— Écoute, je ne prétends pas t'avoir sous ma coupe, mais je peux te sauver de je ne sais quel destin dont tu as pu rêver. Ça, c'est en mon pouvoir, crois-moi.

— Je vous crois, mais je ne partirai pas.

— Tu es complètement folle.

— Laissez-moi rester.

— Comme tu voudras... Écoute, je t'enverrai même à Cabra...

— Non.

— Tu es complètement folle.

— Je sais. Je vous aime.

— Et stupide, avec ça. Tu m'aimes *bien*. Tu as déjà oublié?

— Vous réussirez, dit-elle.

— Va au diable! dis-je.

Alors elle se mit à pleurer, tout doucement, et il me fallut la consoler une fois de plus.

Elle était comme ça, Lorraine.

Je vous [illegible]
[illegible]
Nous [illegible]
[illegible]

[illegible]
[illegible]
— Ah [illegible]
[illegible]
— Ah [illegible]
[illegible]
[illegible]
— [illegible]
[illegible]
— [illegible]
[illegible]
[illegible]
[illegible]

[illegible]
[illegible]
[illegible]
[illegible]
[illegible]
Il [illegible]
Et [illegible]
— [illegible]
[illegible]
[illegible]

[illegible]
[illegible]
[illegible]
[illegible]
[illegible]
[illegible]
[illegible]

3.

Un matin, je me surpris à penser à tout ce qui s'était passé jusque-là. Je pensai à mes frères et sœurs comme à des joueurs de cartes, bien que je fusse conscient de l'erreur d'un tel rapprochement. Je me rappelai la maison de repos dans laquelle je m'étais réveillé, la bataille pour Ambre, ma traversée de la Marelle à Rebma, et les moments que j'avais passés avec Moire, qui était peut-être bien aux côtés d'Éric maintenant, pour ce que j'en savais. Je pensai à Bleys et à Random, à Deirdre, à Caine, à Gérard et à Éric, ce matin-là. C'était le jour de la bataille, naturellement, et nous bivouaquions dans les collines près du Cercle. Nous avions été attaqués à plusieurs reprises en venant, mais cela n'avait donné lieu qu'à de brèves escarmouches. Nous avions mis nos adversaires en fuite et poursuivi notre chemin. Une fois parvenus au site que nous avions choisi, nous établîmes notre campement, postâmes des sentinelles en faction et allâmes nous coucher. Notre sommeil ne fut troublé par aucun incident. Je me réveillai en me demandant si mes frères et sœurs songeaient à moi dans les mêmes termes que je songeais à eux. Cette pensée m'attrista beaucoup.

Dans un petit vallon à l'abri des regards indiscrets, je me rasai la barbe avec de l'eau savonneuse dont j'avais rempli mon heaume. Puis, lentement, je passai mes habits en loques qui arboraient mes couleurs. J'étais de nouveau dur comme la pierre, sombre comme la terre, et mauvais comme une teigne. C'était aujourd'hui le grand jour. Je mis mon heaume, passai une cotte de mailles, bouclai ma ceinture et y accrochai Grayswandir. Enfin j'attachai ma cape autour de mon cou à l'aide d'une rose en argent et fus découvert par un messager qui me cherchait pour me dire que les préparatifs étaient presque terminés.

J'embrassai Lorraine, qui avait tenu à nous accompagner. Puis j'enfourchai mon cheval, un rouan, appelé Star, et partis vers le front.

J'y retrouvai Ganelon et Lance.

– Nous sommes prêts, dirent-ils.

Je convoquai mes officiers et leur donnai mes instructions. Ils saluèrent, tournèrent bride et rejoignirent leurs hommes.

– Bientôt, dit Lance en allumant sa pipe.

– Comment va votre bras?

– Très bien, maintenant, répondit-il. Après le travail que vous lui avez fait faire hier, le mieux du monde.

Je remontai ma visière pour allumer ma propre pipe.

– Vous vous êtes rasé la barbe, dit Lance. Ça fait tout drôle de vous voir sans.

– Ça me gênait pour fermer mon heaume, dis-je.

– Bonne chance à tous, dit Ganelon. Je ne connais point de dieux, mais s'il y en a qui veulent bien être avec nous, ils seront les bienvenus.

– Il n'y a qu'un Dieu, dit Lance. Je prie pour qu'il soit avec nous.

– Amen, dit Ganelon en allumant sa pipe. Pour aujourd'hui.

– La journée sera à nous, dit Lance.

– Oui, dis-je tandis que le soleil caressait l'horizon et les oiseaux l'air matinal, il y a quelque chose dans l'air qui me le dit.

Nous vidâmes nos pipes lorsqu'elles furent finies et les coinçâmes dans nos ceintures. Nous vérifiâmes une dernière fois les boucles et les attaches de nos armures et resserrâmes ce qu'il y avait à resserrer, puis Ganelon dit :

– Allons-y!

Mes officiers vinrent me faire leur rapport. Mes sections étaient prêtes.

Nous descendîmes de notre colline et nous massâmes devant le Cercle. Aucune espèce d'activité ne s'y manifestait, et on n'y apercevait âme qui vive.

— Je me demande ce qu'est devenu Corwin, me dit Ganelon.

— Il est avec nous, dis-je, et il me lança un regard étrange, sembla remarquer la rose pour la première fois, et répondit par un hochement de tête assez sec.

— Lance, dit-il lorsque nous nous fûmes regroupés, vous pouvez donner l'ordre d'attaquer.

Et Lance dégaina son épée. Son « En avant! » résonna autour de nous, comme repris par l'écho.

Nous nous étions déjà enfoncés de presque un kilomètre dans le Cercle avant le premier incident. Nous étions cinq cents en avant-garde, tous à cheval. Un sombre détachement de cavalerie apparut, et nous engageâmes le combat. Au bout de cinq minutes, ils rompirent le contact et nous poursuivîmes notre chemin.

C'est alors que nous entendîmes le tonnerre.

Il y eut un éclair, et la pluie commença à tomber.

L'orage avait finalement éclaté.

Une mince ligne de fantassins, armés pour la plupart de piques, nous barrait stoïquement le passage. Peut-être flairâmes-nous tous le piège, mais nous les chargeâmes néanmoins.

C'est alors que la cavalerie nous attaqua par les flancs.

Nous fîmes volte-face, et la bataille commença pour de bon.

Vingt minutes passèrent...

Nous tenions bon, en attendant l'arrivée du gros de nos troupes.

Puis nous repartîmes de l'avant, notre nombre réduit à deux cents environ.

Des hommes. C'était des hommes que nous tuions, qui nous tuaient — des hommes au visage gris et à l'air morne. Je voulais quelque chose de plus. Un de plus...

Leur stratégie devait leur poser des problèmes quasi métaphysiques. Quelle proportion pouvait être canalisée vers cette échappée? Je ne le savais pas exactement. Bientôt...

Nous parvînmes au sommet d'une crête, découvrant loin devant nous, en contrebas, une sombre citadelle.

Je levai mon épée.

Tandis que nous descendions, ils attaquèrent.

Ils sifflaient et grognaient et battaient des ailes. Pour moi, cela voulait dire une chose : que ses réserves en hommes s'épuisaient. Dans ma main Grayswandir devint une flamme, un éclair, une chaise électrique portative. Je les tuais au fur et à mesure qu'ils s'approchaient, et ils brûlaient en mourant. A ma droite, j'apercevais Lance qui laissait les mêmes coupes sombres derrière lui et marmonnait dans sa barbe. Des prières pour les morts, sans aucun doute. A ma gauche, Ganelon faisait le vide autour de lui et la queue de son cheval était prolongée par un sillage de feu. A travers les éclairs, la citadelle se dressait, plus proche.

Notre groupe, fort de cent hommes seulement à présent, fonça droit devant lui, et les monstrueuses créatures s'écartèrent de notre chemin.

En atteignant le portail, nous fûmes confrontés à une infanterie composée d'hommes et de créatures. Nous chargeâmes.

Ils étaient plus nombreux que nous, mais nous n'avions pas le choix. Peut-être avions-nous pris trop d'avance sur notre propre infanterie. Mais je ne le pensais pas. Tel que je voyais les choses, le tout était maintenant de les prendre de vitesse.

— Il faut que je passe! criai-je. Il est à l'intérieur.

— Il est à moi! dit Lance.

— Ne vous disputez pas! cria Ganelon tout en ferraillant. Il y en aura pour tout le monde! Passez dès que vous pourrez, je vous suis!

Nous tuâmes encore et encore et encore, et c'est alors que le combat tourna à leur avantage. Elles nous attaquaient de toutes parts, ces choses hideuses d'apparence plus ou moins humaine, mêlées à des combattants humains. Nous formions un îlot compact qui se défendait de partout lorsque notre infanterie dépenaillée arriva et commença à tailler dans la masse. Nous nous ruâmes de nouveau vers le portail, et cette fois, une cinquantaine d'entre nous l'atteignit.

Nous forçâmes le passage et dûmes nous frayer un chemin à travers les troupes stationnées dans la cour.

La douzaine d'entre nous, qui atteignit les marches de la tour, dut affronter un dernier contingent de gardes.

— Allez-y! cria Ganelon tandis que nous sautions de cheval et leur rentrions dedans.

— Allez-y! cria Lance, et je supposai que c'était à moi qu'ils s'adressaient, ou qu'ils s'adressaient l'un à l'autre.

Je pris cela pour moi, rompis le contact et me précipitai dans l'escalier.

Je savais qu'il serait là, dans la plus haute tour; et il me faudrait me mesurer à lui, et l'abattre. Je ne savais pas si j'en étais capable, mais il me fallait essayer, car j'étais le seul à savoir d'où il venait vraiment — et c'était moi qui l'y avais mis.

Je parvins à une lourde porte en bois au sommet de l'escalier. J'essayai de l'ouvrir, mais elle était verrouillée de l'intérieur. Je lui donnai un coup de pied avec toute la force dont j'étais capable.

Elle tomba dans la pièce avec fracas.

Je l'aperçus près de la fenêtre, son corps d'homme en armure légère surmonté d'une tête de chèvre.

Je franchis le seuil et m'arrêtai.

Il s'était retourné lorsque la porte était tombée et à présent il cherchait mon regard à travers l'acier qui me protégeait.

— Mortel, tu es allé trop loin, dit-il. Ou n'*es-tu pas* mortel?

Une épée apparut dans sa main.

— Demande à Strygalldwir, dis-je.

— C'est toi qui l'as tué, affirma-t-il. T'a-t-il appelé par ton nom?

– Peut-être.

J'entendis un bruit de pas derrière moi, dans l'escalier. Je m'écartai de la porte en faisant un pas sur la gauche.

Ganelon fit irruption dans la pièce et je criai « Halte! » et il s'immobilisa.

Il se tourna vers moi.

– Voici la « chose », dit-il. Qu'est-ce que c'est?

– Mon péché contre quelque chose que j'aimais, dis-je. Ne le touchez pas. Il est à moi.

– Je vous en prie, faites comme chez vous.

Il resta figé sur place.

– C'est sérieux, ce que tu viens de dire? demanda l'homme-chèvre.

– Tu verras bien, dis-je, et je fondis sur lui.

Mais il ne croisa pas le fer avec moi. Au lieu de cela, il fit ce que n'importe quel escrimeur mortel considérerait comme une folie.

Il lança son épée dans ma direction, la pointe en avant, comme un éclair. Et en fendant l'air elle produisit comme un coup de tonnerre. Dehors, les éléments lui firent écho avec une violence assourdissante.

Je parai l'épée avec Grayswandir comme s'il s'agissait d'une botte ordinaire. Elle alla se ficher dans le sol et s'enflamma. Dehors, un éclair lui répondit.

L'espace d'un instant, la lumière fut aussi aveuglante qu'un éclair de magnésium, et l'homme-chèvre mit cet instant à profit pour se jeter sur moi.

Il me ceintura en me bloquant les deux bras et martela ma visière de ses cornes, une fois, deux fois...

J'usai de toute ma force pour desserrer son étreinte, et finalement elle se relâcha un peu.

Je laissai tomber Grayswandir à terre, et avec un dernier effort me libérai de son emprise.

A cet instant, toutefois, nos regards se rencontrèrent.

Nous frappâmes en même temps, et reculâmes tous deux sous la violence du choc.

– Seigneur d'Ambre, dit-il alors, pourquoi cherchez-vous à me perdre? C'est vous qui nous avez donné ce passage, cette voie...

— Je regrette un acte irréfléchi et cherche à le défaire.

— Trop tard — et c'est un curieux endroit pour commencer.

Il frappa de nouveau, si vite qu'il me surprit garde baissée. Je fus propulsé contre le mur. Sa rapidité était redoutable.

A cet instant il leva la main et fit un signe, et j'eus une vision de la cour du Chaos, une vision qui me fit froid dans le dos, qui me fit frémir jusqu'au tréfonds de mon âme à la pensée de ce que j'avais fait.

— ... Vous voyez? disait-il. Vous nous avez donné cette échappée. Aidez-nous maintenant, et nous vous rendrons ce qui vous revient.

L'espace d'un instant, j'hésitai. Il était fort possible qu'il pût tenir sa promesse si je l'aidais.

Mais il constituerait dès lors une menace. Alliés provisoirement, nous nous entre-déchirerions dès que nous aurions obtenu ce que nous voulions — et ces forces obscures auraient eu le temps de se renforcer considérablement. Malgré tout, si je tenais la ville...

— Alors, marché conclu, demanda l'autre d'une voix brusque qui évoquait presque un bêlement.

Je pensai aux ombres, et aux endroits qui s'étendaient au-delà d'Ombre...

Lentement, je portai les mains à mon heaume et l'enlevai.

Et puis d'un seul coup je le jetai vers mon adversaire alors même qu'il semblait se détendre. Je crois que Ganelon avait finalement décidé d'intervenir et se portait en avant.

Je traversai la pièce d'un bond et plaquai la créature contre le mur.

— Non! criai-je.

Ses mains de forme humaine trouvèrent ma gorge au moment même où les miennes se refermaient autour de la sienne.

Je serrai de toutes mes forces, tout en tournant. Sans doute fit-il de même.

J'entendis quelque chose craquer comme du bois mort.

Je me demandai quelle était la nuque qui s'était brisée. En tout cas, la mienne me faisait un mal de chien.

J'ouvris les yeux et vis le ciel. J'étais couché sur le dos, sur une couverture étendue sur le sol.

— J'ai bien peur qu'il ne vive, dit Ganelon, et je tournai lentement la tête dans la direction d'où venait sa voix. Il était assis sur le bord de la couverture, l'épée sur les genoux. Lorraine était à ses côtés.

— Alors? demandai-je.

— Nous avons gagné, me dit-il. Vous avez tenu votre promesse. Quand vous avez tué la « chose » tout a été fini. Les hommes sont tombés sans connaissance et les créatures ont brûlé.

— Tant mieux.

— J'étais assis là à me demander pourquoi je ne vous hais plus.

— Et vous êtes arrivé à une conclusion?

— Non, pas vraiment. Peut-être est-ce parce que nous nous ressemblons beaucoup. Je ne sais pas.

Je souris à Lorraine.

— Je suis heureux de constater que comme augure, tu ne vaux pas grand-chose. La bataille est finie et tu es encore en vie.

— La mort a déjà commencé, me dit-elle sans me rendre mon sourire.

— Que veux-tu dire?

— On raconte encore ici comment lord Corwin a fait exécuter mon grand-père — écartelé sur la place publique — pour avoir dirigé une des premières révoltes contre lui.

— Ce n'était pas moi, dis-je. C'était une de mes ombres.

Mais elle secoua la tête et dit :

— Corwin d'Ambre, je suis ce que je suis, et sur ces entrefaites elle se leva et me quitta.

— Qu'est-ce que c'était? demanda Ganelon sans prêter la moindre attention à son départ. Cette créature dans la tour?

— Une créature à moi, dis-je. Une de ces choses que j'ai

libérées en imposant ma malédiction sur Ambre. Ce faisant, j'ai ouvert la voie permettant à ce qui se cache au-delà d'Ombre de pénétrer dans le monde réel. Ces choses suivent les chemins de moindre résistance qui traversent les ombres jusqu'en Ambre. Ici, ce chemin était le Cercle. Ailleurs, il se peut que ce soit autre chose. Mais j'ai colmaté cette brèche-ci; à présent, vous pouvez vivre ici en paix.

— C'est pour cela que vous êtes venu?

— Non, dis-je. Pas vraiment. Mais je passais sur la route qui mène en Avalon quand je suis tombé sur Lance. Je ne pouvais le laisser mourir là, et quand je vous l'ai amené, je me suis trouvé impliqué dans cette charmante manifestation de mon propre courroux.

— En Avalon? Mais alors, vous avez menti quand vous avez dit qu'elle avait été détruite?

Je secouai la tête.

— Non point. Notre Avalon est tombée, mais en Ombre je retrouverai peut-être son semblable.

— Emmenez-moi avec vous.

— Êtes-vous devenu fou?

— Non, je voudrais revoir le pays où je suis né, même si pour cela, je dois prendre les plus grands risques.

— Je n'y vais pas pour y couler des jours paisibles, dis-je, mais pour m'armer pour la bataille. En Avalon il existe une poudre rose qu'utilisent les orfèvres. J'en ai fait exploser un échantillon jadis, en Ambre. J'y vais seulement pour m'en procurer et pour fabriquer des canons qui me permettront d'assiéger Ambre et de remonter sur le trône qui me revient de droit.

— Mais qu'adviendra-t-il de ces choses dont vous avez parlé, celles qui se cachent au-delà d'Ambre?

— Je leur réglerai leur compte plus tard. Si j'échoue cette fois-ci, ce sera à Éric de se débrouiller avec.

— Vous avez dit qu'il vous avait brûlé les yeux et jeté au fond d'une oubliette.

— C'est exact. Il m'est poussé de nouveaux yeux. Je me suis échappé.

— C'est vrai que vous êtes un démon.

— On l'a souvent dit. Je ne cherche plus à le nier.

— Me laisserez-vous vous accompagner?

— Si vous désirez vraiment venir. Mais je vous préviens, l'Avalon que vous verrez n'aura rien à voir avec celle que vous avez connue.

— Ambre!

— C'est vrai que vous êtes fou!

— Non. J'ai longtemps rêvé de poser mon regard sur cette ville légendaire. Lorsque j'aurai revu Avalon, j'aurai le désir de m'essayer à quelque chose de nouveau. N'étais-je pas un bon général?

— Si.

— Alors vous m'apprendrez à me servir de ces choses que vous appelez des canons, et je vous aiderai à gagner la plus grande des batailles. Je n'ai plus beaucoup de bonnes années devant moi, je le sais. Emmenez-moi.

— Vos os blanchiront peut-être au pied du Kolvir, à côté des miens.

— Il n'y a pas de bataille dont l'issue soit certaine. Je courrai ce risque.

— Comme vous voudrez. Vous pouvez m'accompagner.

— Merci, Monseigneur.

Nous bivouaquâmes sur place cette nuit-là et retournâmes au château le lendemain matin. Une fois arrivé, je cherchai Lorraine. J'appris qu'elle s'était sauvée avec un de ses amants précédents, un officier répondant au nom de Melkin. Bien qu'elle eût été dans tous ses états, je lui en voulais de ne pas m'avoir donné l'occasion de lui expliquer quelque chose qu'elle ne connaissait que par des rumeurs. Je décidai de les suivre.

J'enfourchai Star, tournai mon cou encore raide dans la direction qu'on m'avait dit qu'ils avaient prise, et me lançai à leur poursuite. Dans un sens, je la comprenais. Je n'avais pas été salué à mon retour au château comme le vainqueur de l'homme-chèvre l'eût été s'il avait été quelqu'un d'autre. Les histoires de leur Corwin avaient la vie dure, et toutes le présentaient comme un démon. Les hommes avec qui j'avais travaillé, aux côtés desquels je m'étais battu, me jetaient maintenant des regards à la dérobée où se lisait quelque chose de plus que la peur, et ils baissaient rapidement les yeux ou les tournaient vers autre chose. Peut-être craignaient-ils que je n'eusse le désir de rester pour régner sur eux. C'est avec un certain soulagement, à l'exception de Ganelon, qu'ils durent me voir me mettre en route. Ganelon, je crois, craignait que je ne revienne pas le chercher comme j'avais promis de le faire. C'est sans doute la raison pour laquelle il me proposa de m'accompagner. Mais c'était quelque chose que je devais faire seul.

J'avais été surpris de découvrir que je tenais à Lorraine, et que son acte m'avait profondément blessé. J'avais le sentiment qu'elle devait au moins accepter de m'entendre avant de rompre définitivement avec moi. Si elle choisissait alors de rester avec son capitaine mortel, ils auraient ma bénédiction. Dans le cas contraire, je me rendais compte que j'avais envie de la garder auprès de moi. Avalon la Belle attendrait le temps que je règle ce problème d'une façon ou d'une autre.

Les oiseaux chantaient tandis que je chevauchais sur le sentier. La journée resplendissait d'une paix qui faisait paraître le bleu du ciel plus bleu, le vert du feuillage plus vert, car la terre avait été débarrassée du fléau qui l'empoisonnait. Dans mon cœur il y avait quelque chose comme un peu de joie à l'idée que j'avais défait ne fût-ce qu'une petite portion de la pourriture dont j'avais été l'artisan. Le mal? Que diable, j'en avais fait plus que la plupart des hommes, mais chemin faisant j'avais aussi acquis une conscience, et je lui laissai savourer un de ses rares moments de satisfaction. Une fois maître d'Ambre, j'avais le sentiment que je pourrais lui laisser un peu plus la bride sur le cou. Ha!

Je me dirigeais vers le nord, à travers un paysage qui ne m'était pas familier. Je suivais une piste nettement tracée qui portait les traces du passage récent de deux cavaliers. Je suivis ces traces toute la journée jusqu'à la tombée de la nuit, en mettant régulièrement pied à terre pour examiner la piste. Lorsque mes yeux commencèrent à me jouer trop de tours, je trouvai un petit vallon à plusieurs centaines de mètres sur la gauche du chemin, et y campai pour la nuit. C'est sans doute la douleur que je ressentais au cou qui me fit rêver de l'homme-chèvre et revivre notre combat. « Aidez-nous maintenant, et nous vous rendrons ce qui vous revient », disait-il. Je me réveillai brutalement à ce moment, un juron sur les lèvres.

Lorsque les premières lueurs du jour firent pâlir le ciel, je remontai à cheval et poursuivis ma route. La nuit avait été froide, et le jour me tenait encore entre des mains venues du nord. Une mince couche de givre faisait scintiller l'herbe, et ma cape était encore humide après m'avoir servi de sac de couchage.

Vers midi le monde semblait avoir retrouvé un peu de chaleur et la piste était devenue plus fraîche. Je gagnais du terrain.

Lorsque je la trouvai, je sautai à terre et courus vers l'endroit où elle était étendue, sous un rosier sauvage dépourvu de fleurs et dont les épines lui avaient égratigné la joue et l'épaule. Morte, elle ne l'était pas depuis longtemps, car le sang était encore humide sur sa poitrine, là où la lame l'avait traversée, et son corps encore tiède.

Comme il n'y avait pas de pierres pour lui construire un mausolée, je creusai la terre avec Grayswandir et la couchai dans cette tombe improvisée. Il lui avait ôté ses bracelets, ses bagues et ses peignes ouvragés — toute sa fortune. Je dus lui fermer les yeux avant de la recouvrir de ma cape, et, ce faisant, ma main trembla et mes propres yeux s'obscurcirent. Cela ne me passa qu'au bout d'un long moment.

Je me remis en chasse, et il ne me fallut pas longtemps pour rattraper le fuyard, qui chevauchait comme s'il avait le diable à ses trousses, ce qui était la stricte vérité. Je ne desserrai pas les dents lorsque je le désarçonnai, ni plus tard, et je ne tirai pas mon épée, bien qu'il se servît de la sienne. Je précipitai son corps désarticulé dans les branches d'un grand chêne, et quand je me retournai, il grouillait déjà d'oiseaux noirs.

Je lui remis ses bagues, ses bracelets et ses peignes avant de refermer la tombe, et ce fut la fin de Lorraine. Tout ce qu'elle avait été ou avait voulu être se réduisait à cela, et c'est ainsi que nous nous sommes connus et nous sommes séparés, Lorraine et moi, dans le pays, appelé Lorraine, et il en va ainsi de ma propre vie, je suppose, car un prince d'Ambre est partie prenante dans toute la pourriture qui existe de par le monde, ce qui explique que chaque fois que je parle de ma conscience, une autre voix s'élève en moi-même pour dire : « Ha! » Dans les miroirs des multiples jugements, mes mains sont couleur de sang. Je suis une partie du mal qui existe dans le monde et dans Ombre. Je m'imagine parfois comme un mal qui existe pour s'opposer à d'autres maux. Je détruis les Melkin quand je les rencontre, et lorsque arrivera ce Grand Jour dont parlent les prophètes sans vraiment y croire, ce jour où le monde sera définitivement débarrassé du mal, moi aussi, je descendrai dans les ténèbres en ravalant mes imprécations. Peut-être cela m'arrivera-t-il même avant, à en juger d'après la tournure que prennent les événements. Mais quoi qu'il arrive... Jusque-là, je ne me laverai pas les mains ni ne les laisserai pendre inactives à mes côtés.

Je tournai bride et regagnai le château de Ganelon, qui savait mais ne comprendrait jamais.

4.

Chevauchant le long des routes étranges et sauvages qui menaient en Avalon, nous cheminâmes, Ganelon et moi, empruntant des allées de rêve et de cauchemar, illuminées par l'écorce cuivrée du soleil et les archipels brûlants de la nuit, jusqu'à ce que ceux-ci fussent des éclats d'or et de diamant où la lune glissait comme un cygne. Quand le matin révéla comme un cri le vert du printemps, nous traversâmes un fleuve puissant et les montagnes devant nous étaient encore drapées du givre de la nuit. Je décochai une flèche de mon désir dans le noir du firmament et elle s'embrasa dans le ciel et fila vers le nord, tel un météore. Le seul dragon que nous rencontrâmes traînait la patte, et il fila se cacher en boitant et en roussissant les marguerites de son halètement de vieillard cacochyme. Des formations d'oiseaux migrateurs nous indiquaient le chemin, et des voix cristallines sortaient des lacs que nous côtoyions pour faire écho à nos paroles. Je chantais tout en chevauchant, et au bout d'un certain temps, Ganelon joignit sa voix à la mienne. Cela faisait plus d'une semaine que nous chevauchions, et la terre et le ciel et la brise me disaient que nous étions tout près d'Avalon à présent.

Nous campâmes dans un bois près d'un lac tandis que le soleil glissait derrière un rocher et que le jour s'éteignait. Je descendis me baigner dans le lac pendant que Ganelon sortait notre matériel. L'eau était froide et me donna un coup de fouet bénéfique. Je restai un long moment à barboter dans l'eau.

Je crus entendre plusieurs cris en me baignant, mais je n'en étais pas sûr. C'était un bois étrange et je ne m'en faisais pas outre mesure. Néanmoins je m'habillai rapidement et gagnai en toute hâte notre campement.

Je l'entendis de nouveau tout en marchant : un gémissement, comme une supplication. Lorsque je fus plus près, je m'aperçus qu'une conversation était en train.

Je pénétrai alors dans la petite clairière que nous avions choisie. Notre matériel avait été déballé et un feu de camp attendait la flamme qui lui donnerait vie.

Ganelon était accroupi sous un chêne. L'homme y était suspendu.

Il était jeune, blanc de peau et clair de cheveux. A part cela, je ne distinguais pas grand-chose. Il est difficile, ai-je découvert, de se faire une idée précise des traits et de la taille d'un homme quand il est suspendu à l'envers un bon mètre au-dessus du sol.

Il avait les mains attachées derrière le dos et pendait d'une branche basse par une corde qu'on lui avait passée autour de la cheville droite.

Il parlait — par phrases brèves et rapides en réponse aux questions de Ganelon — et son visage luisait de sueur et de salive. Il ne pendait pas comme une masse inerte, mais oscillait au bout de sa corde. Sa joue était meurtrie et il y avait plusieurs taches de sang sur le devant de sa chemise.

Je m'arrêtai pour observer la scène sans intervenir. Ganelon n'aurait pas accroché le bonhomme de la sorte sans raison, et par conséquent je ne fus pas immédiatement envahi de sympathie pour lui. Quelles que fussent les circonstances qui avaient poussé Ganelon à l'interroger de cette façon, je savais que moi aussi, je serais intéressé par les informations qu'il en tirerait. Je m'intéressais également à ce que cette petite séance pouvait m'apprendre sur le compte de Ganelon, qui était devenu plus ou moins mon allié. Et quelques minutes de plus à l'envers n'allaient pas causer des dégâts irréparables...

Comme son corps oscillait plus lentement, Ganelon lui appliqua la pointe de son épée sur le sternum et lui imprima de nouveau un violent mouvement de va-et-vient. La lame entama légèrement la peau et une nouvelle tache rouge apparut. Le garçon cria. Maintenant que je le distinguais plus nettement, je pouvais voir d'après son teint qu'il s'agissait d'un adolescent. Ganelon avança son épée et en maintint la pointe à quelques centimètres en deçà de l'endroit qu'atteindrait la gorge du jeune homme lors du mouvement de retour. Il l'ôta au dernier moment et rit dans sa barbe tandis que l'adolescent se débattait et criait :

— Pitié!

— La suite, dit Ganelon. Dis-moi tout.

— Mais c'est tout! cria l'autre. Je ne sais rien de plus!

— Pourquoi!

— Ils ont dépassé l'endroit où j'étais! Je ne voyais plus rien!

— Pourquoi ne les as-tu pas suivis?

— Ils étaient à cheval. J'étais à pied.

— Pourquoi ne les as-tu pas suivis à pied, alors?

— J'étais sonné.

— Sonné? Tu avais peur! Tu as déserté!

— Non!

Ganelon tendit son épée, la retira de nouveau au dernier moment.

— Non! cria le garçon.

Ganelon avança de nouveau l'épée.

— Oui! hurla l'adolescent. J'avais peur!

— Et tu as fui?

— Oui! Je me suis sauvé. Je n'ai pas arrêté de courir depuis...

— Et tu ne sais rien de la tournure qu'ont pris les événements par la suite?

— Non!

— Tu mens!

Il tendit son épée une fois de plus.

— Non! cria le garçon. Pitié...

Je choisis ce moment pour intervenir.

— Ganelon, dis-je.

Il jeta un coup d'œil dans ma direction et sourit de toutes ses dents en abaissant son épée. L'adolescent chercha mon regard.

— Qu'est-ce que c'est que ça? dis-je.

— Ha! dit-il en assenant une grande claque sur la face interne de la cuisse du garçon qui laissa échapper un cri. Un voleur, un déserteur — qui a une histoire intéressante à nous raconter.

— Dans ce cas coupez cette corde que je puisse l'entendre.

Ganelon se retourna et sectionna la corde d'un seul revers de son épée. Le garçon tomba par terre et commença à sangloter.

— Je l'ai surpris en train de nous voler nos provisions et j'ai décidé de l'interroger au sujet de la région, dit Ganelon. Il est venu d'Avalon — à toute vitesse.

— Que voulez-vous dire?

— Il était fantassin dans une bataille qui s'y est livrée il y a deux nuits. Il a pris peur au milieu du combat et a pris ses jambes à son cou.

L'adolescent ouvrit la bouche pour nier et Ganelon lui flanqua un coup de pied.

— Silence! dit-il. Je raconte la chose comme tu me l'as racontée.

Le garçon se déplaça de côté comme un crabe et me fixa de ses grands yeux suppliants.

— Une bataille? Quels étaient les protagonistes? demandai-je.

Ganelon eut un sourire sans joie.

— C'est une histoire vaguement familière, dit-il. Les forces d'Avalon se sont lancées dans ce qui semble être le plus grand et peut-être le dernier d'une longue série de combats contre des êtres qui ne semblent pas tout à fait naturels.

— Ah!

J'étudiai le garçon et il baissa les yeux, mais j'y lus la peur avant qu'il ne les baisse.

— ... Des femmes, poursuivait Ganelon. De pâles furies sorties de je ne sais quel enfer, froides et belles. Armées et caparaçonnées. Des cheveux longs et blonds. Des yeux comme de la glace. Chevauchant des destriers blancs soufflant le feu et se nourrissant de chair humaine, elles sont sorties la nuit d'un labyrinthe de galeries souterraines qu'un tremblement de terre a ouvert, il y a plusieurs années dans la montagne. Elles ont fait des raids au cours desquels elles emmenaient des jeunes hommes avec elles et tuaient tous les autres. Nombre d'entre eux devaient apparaître plus tard dans les rangs d'une infanterie sans âme qui suivait leurs colonnes. Cela rappelle étrangement les hommes du Cercle que nous avons connus.

— Mais un grand nombre de ceux-là ont vécu quand on les a libérés, dis-je. Ils n'avaient pas l'air de gens sans âme, seulement frappés d'une sorte d'amnésie, comme je l'ai été moi-même, naguère. Il semble étrange, continuai-je, qu'ils n'aient pas bouché ces galeries pendant la journée, puisque les cavalières n'en sortaient que la nuit...

— Le déserteur m'a dit qu'ils avaient essayé, dit Ganelon, mais qu'elles avaient toujours réussi à forcer le passage par la suite, plus fortes qu'auparavant.

Le garçon était blanc comme un linge, mais il hocha la tête lorsque je me tournai vers lui d'un air interrogateur.

— Leur général, qu'ils appellent le Protecteur, les a mises en déroute plusieurs fois, poursuivit Ganelon. Il a même passé une partie d'une nuit avec leur chef, une pâle diablesse, appelée Lintra, mais je n'ai pas réussi à savoir si c'était pour coucher avec ou pour parlementer. Et tout cas, ça n'a rien donné. Les raids ont continué et leurs forces se sont accrues. Le Protecteur a finalement décidé de les attaquer avec toutes ses troupes disponibles dans l'espoir de les anéantir complètement. C'est pendant cette bataille que notre déserteur a fui, dit-il en désignant l'adolescent de la pointe de son épée, et c'est pourquoi nous ne connaissons pas la fin de l'histoire.

— C'est ainsi que ça c'est passé? lui demandai-je.

Le garçon détourna les yeux de l'arme qu'on lui brandissait sous le nez, rencontra mon regard l'espace d'un instant, puis hocha lentement la tête.

— Intéressant dis-je à Ganelon. Très intéressant. J'ai le sentiment que leur problème est lié à celui que nous venons de résoudre. Si seulement je savais qui a eu le dessus.

Ganelon hocha la tête, resserra son emprise sur le manche de son épée.

— Bon, eh bien puisque nous en avons fini avec lui... dit-il.

— Un moment. Je suppose qu'il essayait de voler quelque chose à manger?

— Oui.

— Libérez-le. Nous lui donnerons à manger.

— Mais il a essayé de nous voler.

— Ne m'avez-vous pas dit avoir tué un jour pour une paire de chaussures?

— Oui, mais c'était différent.

— En quoi?

— J'ai réussi mon coup.

J'ai ri. Ç'a été plus fort que moi, j'ai ri sans pouvoir m'arrêter. Il eut l'air irrité, puis perplexe. Puis il se mit lui-même à rire.

Le garçon nous regarda comme si nous étions devenus fous.

— C'est bon, dit finalement Ganelon, c'est bon, et il se baissa, retourna l'adolescent d'une seule poussée et coupa la corde qui lui liait les mains.

— Viens, p'tit gars, dit-il. Je vais te trouver quelque chose à manger, et il se dirigea vers notre matériel et ouvrit plusieurs paquets de nourriture.

Le garçon se leva et le suivit lentement en boitillant. Il se jeta sur la nourriture qu'on lui offrit et se mit en devoir de manger à toute vitesse et avec force bruits, sans quitter Ganelon des yeux. Ses informations, si elles étaient vraies, compliquaient ma tâche à plusieurs points de vue, principalement parce qu'il me serait probablement plus difficile d'obtenir ce que je voulais dans un pays ravagé par la guerre. Elles confirmaient aussi mes craintes quant à la nature et à l'étendue du processus de dérèglement.

J'aidai Ganelon à allumer un petit feu de camp.

— En quoi tout cela affecte-t-il nos plans? demanda-t-il.

Je n'avais pas vraiment le choix. Toutes les ombres

proches de ce que je désirais seraient impliquées dans le même processus. Je pourrais faire route vers une d'entre elles qui ne serait pas touchée par le phénomène, mais elle n'aurait rien à voir avec la destination que je m'étais fixée. Je n'y trouverais pas ce que je cherchais. Si les forces du chaos ne cessaient de faire des incursions sur la route de mon désir qui me menait à travers Ombre, c'est qu'elles étaient liées à la nature du désir et qu'il faudrait s'en occuper, d'une façon ou d'une autre, tôt ou tard. Elles ne sauraient être évitées. Telle était la nature du jeu, et je ne pouvais pas m'en plaindre car c'était moi qui en avais établi les règles.

— Nous continuons, dis-je. C'est l'endroit de mon désir.

L'adolescent laissa échapper un cri bref et dit — peut-être parce qu'il se sentait redevable envers moi de n'avoir pas été transformé en passoire par les soins de Ganelon :

— N'allez pas en Avalon, Seigneur. Il n'y a rien là-bas que vous puissiez désirer! Vous vous y ferez tuer!

Je lui souris et le remerciai. Ganelon émit alors un petit rire et dit :

— Ramenons-le avec nous pour qu'il soit jugé pour désertion.

A ces mots, le jeune garçon se leva précipitamment et se mit à courir.

Sans cesser de rire, Ganelon sortit sa dague et ramena son bras en arrière pour la lancer. Je lui frappai le bras et il manqua son but de plusieurs mètres. Le garçon disparut dans le sous-bois et Ganelon continua à rire.

Il alla récupérer sa dague et dit :

— Vous auriez dû me laisser le tuer, vous savez.

— J'ai décidé : non.

Il haussa les épaules.

— S'il revient nous trancher la gorge cette nuit vous regretterez peut-être votre décision.

— C'est plus que probable. Mais il n'en fera rien, vous le savez bien.

Il haussa de nouveau les épaules tout en se coupant un morceau de viande et en le faisant chauffer au-dessus du feu.

– En tout cas, la guerre lui aura appris à se servir de ses jambes, dit-il. Peut-être nous réveillerons-nous demain matin, après tout.

Il mordit dans son morceau de viande et commença à mastiquer. Cela me parut être une bonne idée et je m'en coupai également un morceau.

Beaucoup plus tard, je m'éveillai d'un sommeil troublé pour contempler les étoiles à travers un écran de feuillage. Une partie de mon cerveau avide d'augures s'était emparée de l'adolescent et nous avait tous deux sévèrement malmenés. Je mis un long moment à me rendormir.

Le lendemain matin nous couvrîmes les cendres de terre et poursuivîmes notre route. Nous parvînmes au pied des montagnes cet après-midi-là et les franchîmes le lendemain. Ici et là la piste portait des traces de passage récent, mais nous ne rencontrâmes personne.

Le lendemain nous passâmes devant des fermes et des chaumières, sans faire halte à aucune d'entre elles. J'avais décidé de ne pas emprunter la voie sauvage et démoniaque que j'avais suivie lorsque j'avais exilé Ganelon. Bien qu'elle fût fort brève, je savais qu'elle aurait eu pour effet de le déconcerter énormément. Cette fois, je voulais réfléchir, et un tel voyage était donc contre-indiqué. Maintenant, toutefois, notre long voyage touchait à sa fin. Nous trouvâmes le ciel d'Ambre cet après-midi-là, et je l'admirai en silence. Ç'aurait presque pu être la Forêt d'Arden que nous traversions. Cette fois, cependant, il n'y avait ni son de cors, ni de Julian, ni de Morgenstern, ni de meute à nos trousses, ni aucune des choses qui avaient marqué mon dernier passage dans la Forêt d'Arden. Il n'y avait que le chant des oiseaux dans les grands arbres, la complainte d'un écureuil, l'aboiement d'un renard, le clapotis d'une chute d'eau, le blanc, le bleu et le rose des fleurs dans l'ombre.

Les brises de l'après-midi étaient douces et fraîches; je me laissai bercer par elles de sorte que la vue d'une rangée de tombes fraîches à un détour du chemin me fit l'effet d'un choc. Non loin de là, il y avait une clairière dont l'herbe avait été arrachée et piétinée. Nous nous arrêtâmes un court instant, mais sans rien apprendre de plus.

Nous passâmes devant un endroit semblable un peu plus loin, ainsi que devant plusieurs plantations ravagées par le feu. La piste montrait des signes d'un passage considérable, et les sous-bois qui la bordaient étaient brisés et piétinés comme par le passage d'un grand nombre d'hommes et d'animaux. De temps à autre, une odeur de cendre parvenait jusqu'à nos narines, et nous contournâmes en toute hâte la carcasse en partie dévorée et déjà bien mûre d'un cheval.

Le ciel d'Ambre ne me transportait plus de joie, bien qu'après cela la route se révélât sans surprises.

Le jour déclinait et la forêt devenait nettement plus clairsemée quand Ganelon remarqua les filets de fumée qui montaient dans le ciel, vers le sud-est. Nous empruntâmes le premier chemin transversal qui semblait mener dans cette direction bien qu'il fût tangent à Avalon proprement dit. Il était difficile d'estimer la distance qui nous en séparait, mais de toute évidence nous n'y arriverions qu'après la tombée de la nuit.

— Leur armée — en train de bivouaquer? se demanda Ganelon.

— Ou celle de leurs vainqueurs.

Il secoua la tête et vérifia que son épée glissait bien dans son fourreau.

A la tombée de la nuit, je quittai le sentier pour suivre un bruit d'eau courante jusqu'à sa source. C'était un ruisseau limpide et cristallin qui descendait des montagnes en emportant avec lui un peu de leur fraîcheur. Je m'y baignai, et en profitai pour tailler ma nouvelle barbe et laver mes vêtements de la poussière de la route. Puisque notre voyage touchait à sa fin, je voulais arriver avec autant d'éclat que me le permettaient les circonstances. Conscient de mon désir, Ganelon alla lui-même jusqu'à s'asperger la figure d'eau et à se moucher bruyamment.

Debout au bord de l'eau, clignant mes yeux mouillés vers les cieux, je vis la lune se détacher nettement sur le ciel noir, en perdant ses contours estompés. C'était la première fois que ça m'arrivait. J'en eus le souffle coupé et restai là à la regarder. Puis je cherchai des étoiles précoces dans le ciel, suivis le contour des nuages, des montagnes dans le lointain, des arbres les plus éloignés. Je tournai de nouveau mon regard vers la lune, qui se découpait toujours aussi nettement sur le ciel nocturne. Ma vue était redevenue normale.

Ganelon eut un mouvement de recul lorsqu'il entendit mon éclat de rire, et il ne demanda jamais ce qui l'avait provoqué.

Réprimant une envie de chanter à tue-tête, je remontai à cheval et regagnai le chemin. Les ombres se faisaient plus profondes au fur et à mesure que nous chevauchions, et des grappes d'étoiles fleurissaient parmi les branches au-dessus de nous. J'aspirai un grand morceau de nuit, le retins un moment, le relâchai. Je me sentais de nouveau en pleine forme et c'était une impression délicieuse.

Ganelon amena sa monture à côté de la mienne et dit à voix basse :

— Il y aura certainement des sentinelles.

— Oui, dis-je.

— Dans ce cas, il vaudrait peut-être mieux que nous quittions le sentier?

— Non. Je préfère ne pas arriver subrepticement. Cela ne me fait rien d'arriver avec une escorte. Nous sommes simplement deux voyageurs.

— Ils voudront peut-être savoir quelles raisons nous poussent à voyager.

— Nous n'avons qu'à dire que nous sommes des mercenaires qui avons entendu dire qu'on se battait dans le royaume et qui cherchons un travail.

— Oui. On a le physique de l'emploi. Espérons qu'ils prendront le temps de s'en apercevoir.

— S'ils ne voient pas assez bien pour ça, c'est que nous serons de mauvaises cibles.

— Certes, mais ça ne me rassure pas outre mesure.

J'écoutai le bruit que faisaient les sabots de nos chevaux sur le chemin. Celui-ci n'était pas droit. Il tourna et serpenta pendant quelque temps, puis se mit à monter. Tandis que nous le suivions vers le sommet de la colline qu'il gravissait, les arbres se faisaient de plus en plus rares.

Nous parvînmes finalement au sommet de la colline, dans un endroit assez dégagé. Ayant franchi quelques mètres de plus, nous découvrîmes tout à coup une vue qui s'étendait sur plusieurs kilomètres. Nous nous arrêtâmes net au bord d'un escarpement abrupt qui, après une chute libre de dix ou quinze mètres, s'évasait en pente douce vers une vaste plaine, distante d'environ un kilomètre et demi, prolongée par une zone vallonnée et irrégulièrement boisée. La plaine était parsemée de feux de camp et il y avait quelques tentes plantées en son centre. Un nombre important de chevaux étaient en train de paître non loin de là, et j'estimai à plusieurs centaines le nombre des hommes qui étaient assis autour des feux ou se déplaçaient dans le camp.

Ganelon poussa un soupir.

— En tout cas, ils ont l'air d'être des hommes normaux.

— Oui.

— ... Et si ce sont des soldats normaux, nous sommes probablement en train d'être observés en ce moment même. Cela est un trop beau poste d'observation pour qu'on ne l'ait pas fait garder.

— Oui.

Il y eut un bruit derrière nous. Nous allions nous retourner quand une voix toute proche dit :

— Pas un geste!

Je continuai à tourner la tête et aperçus quatre hommes. Deux d'entre eux tenaient des arbalètes braquées sur nous et les deux autres avaient l'épée à la main. L'un de ceux-ci fit deux pas en avant.

— Mettez pied à terre! ordonna-t-il. De ce côté! Lentement!

Nous nous exécutâmes et nous tournâmes vers lui en tenant nos mains loin de nos armes.

— Qui êtes-vous? D'où venez-vous? demanda-t-il.

— Nous sommes des mercenaires, répondis-je. Nous

venons de la Lorraine. On a entendu dire qu'on se battait par ici, et on est venu voir s'il n'y aurait pas du travail pour nous. On allait vers le campement qui est là. C'est bien le vôtre, j'espère?

— ... Et si je vous disais que non, que nous sommes l'avant-garde d'une armée qui s'apprête à attaquer ce campement?

Je haussai les épaules.

— Dans ce cas, est-ce que cela vous intéresserait d'embaucher deux hommes de plus?

Il cracha par terre.

— Le Protecteur n'a que faire de gens de votre espèce, dit-il. De quelle direction venez-vous?

— De l'est.

— Avez-vous rencontré des... difficultés récemment?

— Non, dis-je. Pourquoi? On aurait dû?

— Difficile à dire, finit-il par dire. Détachez vos armes. Je vais vous envoyer au campement. Ils voudront vous interroger au sujet de ce que vous aurez pu voir d'inhabituel à l'est.

— On n'a rien vu d'inhabituel, dis-je.

— Quoi qu'il en soit, ils vous donneront sans doute à manger. Mais je doute qu'ils ne vous embauchent. Vous venez un peu tard pour vous battre. Donnez-moi vos armes à présent.

Il appela deux autres hommes qui sortirent du sous-bois tandis que nous défaisions nos ceinturons. Il leur ordonna de nous escorter jusqu'en bas à pied. Nous devions mener nos chevaux par la bride. Les hommes prirent nos armes, et comme nous nous retournions pour les suivre notre interlocuteur cria :

— Attendez!

Je me retournai de nouveau vers lui.

— Vous. Comment vous appelez-vous? me demanda-t-il.

— Corey, dis-je.

— Ne bougez pas.

Il s'approcha très près de moi. Il me dévisagea pendant une bonne dizaine de secondes.

— Qu'y a-t-il? demandai-je.

Au lieu de répondre, il fouilla dans une bourse qu'il portait à la ceinture. Il en tira une poignée de pièces de monnaie qu'il maintint à quelques centimètres de son visage.

— Crénom! Il fait trop sombre, dit-il, et on ne peut pas faire de la lumière.

— Pour quoi faire? demandai-je.

— Oh! ça n'a pas grande importance, me dit-il. Votre visage m'a paru familier, et je me demandais pourquoi. Vous ressemblez au portrait qui figure sur certaines de nos vieilles pièces de monnaie. Il y en a qui circulent encore. Tu ne trouves pas? fit-il à l'adresse de l'archer le plus proche.

L'homme abaissa son arbalète et s'avança. Il s'arrêta à quelques pas de moi et me dévisagea.

— Si, dit-il, en effet.

— Qui était-ce, celui auquel on pense?

— Un de ces anciens, tu sais. Ça remonte à loin, à avant ma naissance. Je ne me souviens pas.

— Moi non plus. Enfin...

Il haussa les épaules.

— Aucune importance. Allez-y, Corey. Répondez franchement à leurs questions et il ne vous arrivera aucun mal.

Je tournai des talons et le laissai planté là, sous le clair de lune à me suivre des yeux en se grattant le dessus de la tête.

Les hommes qui nous escortaient n'étaient pas du genre bavard. Ce qui n'était pas fait pour me déplaire.

En descendant de la colline je me posai des questions sur le récit de l'adolescent et sur l'issue du conflit qu'il avait décrit, car j'avais atteint l'équivalent physique du monde de mon désir et devrais opérer dorénavant dans les limites des situations existantes.

Il flottait dans le campement une odeur agréable d'hommes et de bêtes, de feu de bois, de viande rôtie, de cuir et d'huile, le tout mêlé dans la lumière des feux de camp où des hommes parlaient, aiguisaient leurs armes, réparaient leur matériel, mangeaient, jouaient, dormaient, buvaient et nous regardaient tandis que, parmi eux, nous menions nos montures vers un trio central de tentes rapiécées. Une sphère de silence s'étendait autour de nous tandis que nous avancions.

On nous arrêta devant la deuxième plus grande tente et un de nos gardes s'adressa à un homme qui faisait les cent pas devant elle. L'homme secoua la tête plusieurs fois et fit un geste en direction de la plus grande des trois tentes. Leur conversation dura plusieurs minutes, après quoi, notre garde revint parler à notre autre garde qui attendait à notre gauche. Finalement notre homme hocha la tête et s'approcha de moi pendant que l'autre appelait quelqu'un qui se trouvait auprès du feu de camp le plus proche.

– Les officiers sont tous en réunion dans la tente du Protecteur, dit-il. On va entraver vos chevaux et les laisser paître avec les autres. Détachez vos affaires et posez-les là. Il vous faudra attendre pour voir le capitaine.

Je hochai la tête, et nous nous mîmes en devoir de poser nos harnais à terre et de bichonner les chevaux. Je caressai l'encolure de Star et regardai un petit bonhomme boiteux l'emmener, ainsi que Firedrake, le cheval de Ganelon, rejoindre les autres chevaux. Nous nous assîmes alors sur nos harnais et l'attente commença. Un des gardes nous apporta du thé chaud et accepta un peu de mon tabac pour sa pipe. Ils allèrent ensuite s'installer dans un endroit légèrement en retrait.

Je regardais la grande tente, buvais mon thé, et pensais à la petite boîte de nuit de la rue du Char-et-Pain à Bruxelles, sur l'ombre Terre que j'avais si longtemps habitée. Une fois que j'aurais obtenu le rouge à polir que j'étais venu chercher ici, je retournerais à Bruxelles pour négocier avec les marchands d'armes de la Bourse aux Armements. Ma commande serait compliquée et porterait sur de grosses sommes, car il faudrait persuader un fabricant de munitions de mettre sur pied une unité de production spéciale. Grâce à l'expérience de militaire itinérant que j'avais acquise là-bas, je connaissais d'autres négociants qu'Interarmco sur Terre, et estimais qu'il ne me faudrait guère plus de quelques mois pour arranger la chose. Je commençai bientôt à songer aux détails de l'opération et le temps passa rapidement et agréablement.

Au bout d'environ une heure et demie, des ombres s'agitèrent dans la grande tente. Quelques minutes plus tard, la tenture qui fermait l'entrée fut rabattue et des hommes commencèrent à sortir lentement en parlant entre eux et en se retournant pour regarder derrière eux. Les deux derniers s'immobilisèrent sur le seuil tout en continuant à parler à quelqu'un qui restait à l'intérieur. Les autres disparurent dans les deux autres tentes.

Les deux hommes qui étaient restés à l'entrée s'éloignèrent lentement tout en faisant face à l'entrée de la tente. J'entendais le bruit de leurs voix, mais sans pouvoir distinguer ce qu'ils disaient. Comme ils s'écartaient davantage de la tente, leur interlocuteur bougea, lui aussi, et je l'entr'aperçus un instant. Il était éclairé à contre-jour et les deux officiers m'empêchaient de le voir en entier, mais j'eus le temps d'entrevoir un homme maigre et très grand.

Nos gardes n'avaient pas encore bronché, ce qui signifiait que l'un des deux officiers était le capitaine dont ils avaient parlé. Je ne détachais pas mes yeux de la tente et faisais des vœux pour qu'ils s'écartent et me permettent de mieux voir leur supérieur.

Ils ne tardèrent pas à le faire, et quelques minutes plus tard leur chef fit un pas en avant.

Sur le coup, je ne sus si c'était seulement un jeu d'ombres et de lumières... Mais non! Il bougea de nouveau et je le vis nettement l'espace d'un instant. Il avait été amputé du bras droit juste en dessous du coude. Le moignon était couvert de pansements, et j'en déduisis que cela avait dû se passer récemment.

C'est alors que sa grande main gauche fit un large geste vers le bas et termina sa course assez loin de son corps. Le moignon tressaillit et au même moment quelque chose surgit au plus profond de ma mémoire. Ses cheveux étaient longs, droits et bruns, et la façon dont il avançait le menton...

Il sortit de la tente à ce moment-là, et une brise s'engouffra dans la cape qu'il portait et la gonfla sur sa droite. Je vis que sa chemise était jaune et son haut-de-chausses marron. La cape, elle-même, était orange comme une flamme, et il en saisit le bord d'un geste anormalement rapide de la main gauche pour en recouvrir son moignon.

Je me levai prestement, et il tourna vivement la tête dans ma direction.

Nos regards se rencontrèrent et l'espace de plusieurs battements de cœur nous restâmes l'un et l'autre sans bouger.

Les deux officiers se retournèrent pour nous dévisager, mais l'instant d'après il les avait écartés de son chemin et se dirigeait vers moi à grandes enjambées. J'entendis Ganelon grogner et se lever précipitamment. Nos gardes furent pris au dépourvu, eux aussi.

Il s'arrêta à quelques pas de moi et ses yeux noisette m'examinèrent rapidement de la tête aux pieds. Il souriait rarement, mais cette fois il fit une légère entorse à la règle.

– Viens avec moi, dit-il, et il se dirigea de nouveau vers sa tente.

Nous le suivîmes en laissant nos harnais sur place.

D'un regard, il congédia les deux officiers, s'arrêta devant l'entrée de la tente et nous invita d'un geste à entrer. Il nous suivit et laissa la tenture retomber derrière lui. Mon regard enregistra son sac de couchage, une petite table, des bancs, des armes, un coffre de campagne. Il y avait une lampe à huile sur la table, ainsi que des livres, des cartes, une bouteille et quelques tasses. Une deuxième lampe était posée sur le coffre.

Il me serra la main et sourit de nouveau.

– Corwin, dit-il. Vivant.

– Benedict, dis-je en souriant moi aussi. Sain et sauf. Ça fait un sacré bout de temps.

– Tu l'as dit. Qui est ton ami?

– Il s'appelle Ganelon.

– Ganelon, dit-il en faisant un signe de tête dans sa direction mais sans lui tendre la main.

Il s'approcha de la table et versa trois verres de vin. Il m'en donna un, l'autre à Ganelon, et leva le troisième.

– A ta santé, frère, dit-il.

– A la tienne.

Nous bûmes.

– Asseyez-vous, dit-il finalement en désignant le banc le plus proche et en s'asseyant à la table, et bienvenue en Avalon.

– Merci... Protecteur.

Il fit une grimace.

– C'est un surnom qui n'est pas immérité, dit-il sans fausse modestie. Je me demande si leur protecteur précédent pouvait en dire autant.

– Il ne s'agissait pas vraiment du même endroit, dis-je. Et je crois qu'il le pourrait.

Il haussa les épaules.

– Bien sûr, dit-il. Bon, laissons cela! Où étais-tu passé? Que faisais-tu? Pourquoi es-tu venu ici? Parle-moi de toi. Ça fait si longtemps.

Je hochai la tête. C'était malheureux, mais l'étiquette familiale ainsi que le rapport de forces entre nous exigeaient que je réponde à ses questions avant de poser les miennes. Il était mon aîné, et j'avais empiété – bien que sans le savoir – sur sa sphère d'influence. Non que cela me coutât particulièrement. Parmi les membres de ma nombreuse famille, il était l'un des seuls que je respectais et pour qui j'éprouvais même de l'affection. Mais j'avais mille questions à lui poser. Comme il l'avait dit lui-même, ça faisait si longtemps...

Et dans quelle mesure pouvais-je me confier à lui, à l'heure qu'il était? Je n'avais aucun moyen de savoir à qui allaient ses sympathies. Je ne voulais pas découvrir les raisons de son exil volontaire d'Ambre en mettant les pieds dans le plat. Il me faudrait commencer par quelque chose d'assez neutre et sonder ses sentiments au fur et à mesure.

– Il doit y avoir un commencement, dit-il alors. Peu m'importe le visage que tu lui donneras.

– Il y a de nombreux commencements, dis-je. C'est

difficile... Je suppose que je devrais prendre les choses depuis le tout début et partir de là.

Je bus une nouvelle gorgée de vin.

— Oui, décidai-je. Cela paraît le plus simple — bien que je ne me rappelle que depuis peu ce qui s'est passé.

« C'est plusieurs années après la défaite des Moonriders de Ghenesh et ton départ, qu'Éric et moi sommes entrés en conflit, commençai-je. Oui, c'était une querelle de succession. Papa s'était remis à parler d'abdication, mais refusait toujours de nommer un successeur. Naturellement, la vieille question de la légitimité des uns par rapport aux autres a été remise sur le tapis. Évidemment, Éric et toi êtes tous deux mes aînés, mais étant donné que Faiella, mère d'Éric et de moi-même, est devenue sa femme après la mort de Clymnea, ils...

— Assez! cria Benedict en frappant du poing sur la table avec une telle force qu'elle gémit sous le choc. La lampe vacilla et faillit s'éteindre, mais par miracle ne se renversa pas. La tenture d'entrée fut immédiatement écartée et un garde coula un œil inquiet à l'intérieur de la tente. Benedict lui jeta un regard et il disparut.

— Épargne-moi le récit de nos bâtardises respectives, dit doucement Benedict. Ce passe-temps obscène est une des raisons pour lesquelles je me suis absenté de la félicité. Je te prie de bien vouloir poursuivre ton récit en sautant les notes d'explication.

— Euh!... oui, dis-je en toussotant légèrement. Comme je disais, nous avons eu des discussions plutôt orageuses à propos de cette question. Et puis un soir ça a dépassé le stade des mots. Nous en sommes venus aux mains.

— Un duel?

— Rien d'aussi cérémonieux. Je dirais plutôt une décision simultanée de s'assassiner l'un l'autre. Quoi qu'il en soit, on s'est battus pendant longtemps et Éric a finalement eu le dessus et s'est mis en devoir de me réduire en bouillie. Au risque d'anticiper sur mon récit, il me faut préciser que le souvenir de tout cela ne m'est revenu qu'il y a cinq ans environ.

Benedict hocha la tête comme s'il comprenait.

— Je ne puis que me perdre en conjectures quant à ce qui s'est passé tout de suite après que j'eus perdu conscience, poursuivis-je. Mais Éric a renoncé au dernier moment à me tuer de ses mains. Quand je suis revenu à moi, je me trouvais sur l'ombre Terre dans une ville, appelée Londres. Une épidémie de peste ravageait le pays à l'époque, et j'avais contracté le mal. Je guéris sans aucun souvenir antérieur à mon réveil à Londres. J'ai vécu sur ce monde-ombre pendant des siècles en cherchant des indices sur ma propre identité. Je l'ai parcouru en tous sens, souvent dans le cadre de quelque campagne militaire. J'ai fréquenté leurs universités, j'ai parlé à certains de leurs hommes les plus sages, j'ai consulté des médecins célèbres. Mais nulle part je n'ai pu trouver la clé de mon passé. Il me paraissait évident que j'étais différent des autres hommes et je faisais de mon mieux pour dissimuler cette différence. J'étais furieux car je pouvais avoir tout ce que je voulais sauf ce que je voulais le plus — ma propre identité, mes souvenirs.

« Les années passèrent, mais pas cette colère ni ce sentiment de frustration. C'est finalement un accident dans lequel je me fracturai le crâne, qui provoqua les changements marquant le retour de mes premiers souvenirs. Il y a environ cinq ans de cela, et l'ironie de la chose, c'est que j'ai de bonnes raisons de croire que c'est Éric qui est responsable de l'accident. Apparemment, Flora résidait sur l'ombre Terre depuis le début de mon amnésie et me surveillait de près.

« Pour en revenir aux conjectures, Eric avait dû renoncer à me tuer au dernier moment, non pas parce qu'il ne voulait pas ma mort, mais parce qu'il ne voulait pas qu'on pût l'en accuser plus tard. Il m'a donc transporté à travers Ombre jusqu'à un endroit où m'attendait une mort soudaine et non moins certaine, projetant sans doute de revenir en disant que nous nous étions disputés et que j'étais parti furieux en grommelant que puisque c'était comme ça, j'allais m'absenter de nouveau. Nous étions partis chasser ensemble dans la forêt d'Arden ce jour-là — rien que nous deux.

– C'est tout de même curieux, interrompit Benedict, que deux rivaux tels que vous aient choisi de chasser ensemble étant donné les circonstances.

Je bus une gorgée de vin et souris.

– C'était peut-être un peu moins franc et ouvert que je n'ai l'air de le dire, concédai-je. Disons qu'on cherchait tous les deux une occasion de chasser ensemble – seuls.

– Je vois, dit-il. La situation aurait donc pu être renversée?

– Eh bien, dis-je, c'est difficile à dire. Je ne crois pas que j'aurais été aussi loin que lui. Évidemment, c'est le Corwin d'aujourd'hui qui dit cela. Les gens changent, tu sais. A l'époque?... Oui, je lui aurais peut-être infligé le même sort. Je n'en suis pas sûr, mais c'est possible.

Il hocha de nouveau la tête, et l'espace d'un instant je sentis la colère monter en moi, mais elle se métamorphosa vite en amusement.

– Heureusement, je n'ai pas à me justifier de quoi que ce soit, poursuivis-je. Pour en revenir à mes spéculations, j'imagine que, par la suite, Éric a dû se tenir au courant de mes moindres faits et gestes, et qu'après la déception initiale qu'il a dû ressentir en me voyant tiré d'affaire, il m'a jugé relativement inoffensif. Il me fit donc surveiller par Flora et le monde tourna longtemps sans anicroche. Ensuite, d'après ce que j'ai cru comprendre, Papa a abdiqué et a disparu sans que la question de la succession ait été réglée...

– Tu parles! dit Benedict. Il n'y a pas eu d'abdication. Il s'est tout simplement volatilisé. Un matin il avait disparu de ses appartements. Son lit n'était même pas défait. Il n'avait laissé aucun message. On l'avait vu pénétrer dans ses appartements la veille, mais personne ne l'en avait vu sortir. Et pendant longtemps, cela n'a même pas semblé étrange. Au début les gens ont pensé qu'il était simplement reparti faire un séjour dans Ombre, peut-être pour se trouver une autre femme. Bien de l'eau a coulé sous les ponts avant que quiconque ait osé soupçonner qu'il y avait quelque chose de louche là-dessous ou choisi de présenter ça comme une nouvelle forme d'abdication.

— Je ne savais rien de tout cela, dis-je. Tu sembles tenir tes informations de source plus sûre que les miennes.

Il se contenta de hocher la tête, ce qui suscita en moi des spéculations inconfortables sur son informateur en Ambre. Après tout, il avait peut-être pris fait et cause pour Éric, depuis le temps.

— Quand es-tu retourné là-bas pour la dernière fois? demandai-je à tout hasard.

— Il y a un peu plus de vingt ans, répliqua-t-il. Mais j'ai gardé des contacts là-bas.

Pas avec des gens que j'avais rencontrés depuis — ou alors c'est qu'ils ne m'en avaient pas parlé! Il devait le savoir fort bien. Mais alors, devais-je interpréter ce qu'il venait de dire comme une mise en garde — ou comme une menace? Je réfléchis à toute vitesse. Évidemment il possédait une série des Atouts Principaux. J'en fis mentalement une main et les passai rapidement en revue. Random avait affirmé ne pas savoir où se trouvait Benedict. Brand avait disparu de la circulation depuis longtemps. J'avais entendu dire qu'il était encore en vie, emprisonné dans je ne sais quel endroit désagréable et hors d'état de tenir qui que ce fût au courant de ce qui se passait en Ambre. Flora n'aurait pas pu être son contact, puisqu'elle avait elle-même été virtuellement en exil dans Ombre juste récemment. Llewella était à Rebma. Deirdre était également à Rebma, et avait été en disgrâce en Ambre la dernière fois que je l'avais vue. Fiona? Julian m'avait dit qu'elle se trouvait « quelque part dans le Sud ». Il ne savait pas exactement où. Qui restait-il?

Éric lui-même, Julian, Gérard ou Caine, d'après moi. Ce n'était certainement pas Éric. Il n'aurait pas communiqué les détails de la non-abdication de papa d'une manière qui aurait permis à Benedict de les interpréter comme il l'avait fait. Julian soutenait Éric, mais n'était pas sans avoir lui-même les plus hautes prétentions. Il livrerait des informations si cela pouvait lui profiter d'une façon ou d'une autre. *Idem* pour Caine. Gérard, en revanche, m'avait toujours paru plus préoccupé de la prospérité d'Ambre elle-même que de la question de savoir qui s'assiérait sur son trône. Il n'avait pas pour Éric une sympathie débordante, toutefois, et s'était montré prêt naguère à me soutenir ou à soutenir Bleys dans le conflit qui nous opposait à Éric. Cela ne m'aurait pas étonné qu'il ait considéré que tenir Benedict au courant des événements équivalait un peu à prendre un contrat d'assurance pour le royaume. Oui, c'était presque certainement un de ces trois-là. Julian me haïssait, Caine n'avait pas de sentiments particulièrement positifs ou négatifs à mon égard, quant à Gérard et moi, nous partagions de tendres souvenirs qui remontaient à mon enfance. Il me faudrait découvrir qui c'était – et vite, et il n'était pas encore disposé à me le dire, bien sûr, puisqu'il ne savait rien de mes intentions présentes. Une liaison avec Ambre pourrait servir à m'avantager ou à me nuire, à très court terme, suivant la nature de ses intentions et la personne avec qui il communiquait. Ce contact lui servait donc à la fois d'épée et de bouclier, et je trouvai un peu blessant qu'il ait choisi de me montrer cette arme si tôt. Je pris le parti d'attribuer à sa récente blessure sa méfiance excessive, car jamais je ne lui avais donné motif à se plaindre de moi. Malgré tout, son attitude me poussa à me tenir, moi aussi, sur mes gardes, ce qui était plutôt triste pour deux frères qui se retrouvaient après de nombreuses années de séparation.

– Voilà qui est intéressant, dis-je en faisant tourner le vin dans ma tasse. Il semblerait, à la lumière de ce que tu viens de dire, qu'on ait tous agi prématurément.

– Pas tous, dit-il.

Je sentis le sang me monter au visage.

– Mille excuses, dis-je.

Il fit un signe de tête assez sec.

– Reprends le fil de ton récit.

– Eh bien, pour en revenir à mon enchaînement de suppositions, dis-je, quand Éric a décidé que le trône avait été vacant suffisamment longtemps et que le moment était venu pour lui d'agir, il a dû également décider que mon amnésie ne lui suffisait plus et qu'il valait mieux m'enlever définitivement toute possibilité de faire valoir mes prétentions. Il s'arrangea donc pour que j'aie un accident sur cette ombre, nommée Terre – un accident qui aurait dû me coûter la vie mais dont je réchappai.

– Comment sais-tu tout cela? Quelle est la proportion de suppositions dans tout cela?

– Flora me l'a ni plus ni moins confirmé – ainsi que sa propre complicité dans l'affaire – quand je l'ai interrogée plus tard.

– Très intéressant. Continue.

– Le coup que je reçus à la tête me donna ce que même Sigmund Freud n'avait pu obtenir pour moi auparavant, dis-je. Des souvenirs fragmentaires me revinrent peu à peu, et allèrent en se renforçant – surtout après ma rencontre avec Flora, rencontre au cours de laquelle mille détails vinrent stimuler ma mémoire. Je réussis à la convaincre que j'avais retrouvé celle-ci dans son intégralité, et ainsi elle me parla sans rien me dissimuler. C'est alors que Random a fait son apparition, fuyant devant je ne sais quel danger...

– Fuyant? Fuyant quoi? Pourquoi?

– Fuyant des créatures étranges sorties d'Ombre. Je n'ai jamais pu découvrir pourquoi.

– Intéressant, dit-il, et je ne pouvais qu'en convenir. J'y avais souvent réfléchi, entre les quatre murs de ma cellule, et m'étais demandé pourquoi diable Random était entré sur scène poursuivi par des Furies à ce moment-là. A partir du moment où nous nous étions rencontrés jusqu'au moment où nous nous étions séparés, nous avions été en danger; j'étais préoccupé par mes propres ennuis et il ne m'avait proposé aucune explication concernant sa soudaine apparition. Ça m'avait chiffonné, bien sûr, à l'époque, mais comme cela avait peut-être quelque chose à voir avec des événements que j'étais censé connaître, je n'avais fait aucun commentaire. Ensuite j'avais oublié la question dans le feu de l'action et n'y avais repensé que plus tard, dans ma cellule, et à l'heure présente. Intéressant? C'était le moins que l'on pût dire. Troublant, même.

J'ai réussi à dissimuler mon amnésie et Random n'y a vu que du feu, poursuivis-je. Il a cru que je visais à monter sur le trône, alors que tout ce que je cherchais consciemment, c'était ma mémoire. Il accepta de m'aider à retourner en Ambre et y réussit. Enfin, presque. On s'est retrouvés à Rebma. Entre-temps, j'avais mis Random au courant de mon état réel, et il me proposa de traverser la Marelle pour retrouver toute ma mémoire. C'était l'occasion ou jamais, et je la saisis. Ça a marché, et j'ai utilisé le pouvoir de la Marelle pour me transporter en Ambre.

Il sourit.

— Random devait être plutôt malheureux à ce stade, dit-il.

— On ne peut pas dire qu'il sautait de joie, dis-je. Il avait accepté le jugement de Moire, comme quoi il devait épouser une femme choisie par elle — une jeune aveugle, appelée Vialle — et demeurer sur place avec elle pendant au moins un an. Je suis parti en les laissant, et plus tard j'ai appris qu'il s'était conformé au jugement. Deirdre y était également. Nous l'avions rencontrée en chemin, alors qu'elle fuyait Ambre, et nous sommes entrés tous les trois ensemble à Rebma. Elle y est restée, elle aussi.

Je vidai mon verre et Benedict fit un signe de tête en direction de la bouteille. Mais comme elle était presque vide, il alla en chercher une nouvelle dans son coffre et nous remplîmes nos verres. J'avalai une grande gorgée. C'était un meilleur vin que le précédent. Il devait venir de sa réserve privée.

— Une fois dans le palais, poursuivis-je, je me rendis à la bibliothèque où j'obtins un jeu de cartes. C'était surtout pour cela que j'étais venu. Je fus surpris par Éric avant de pouvoir faire grand-chose d'autre et nous nous sommes battus, là, dans la bibliothèque. J'ai réussi à le blesser, et je crois que j'aurais pu l'achever si des renforts n'étaient pas arrivés et ne m'avaient pas obligé à fuir. Je contactai alors Bleys, qui me ménagea un passage jusque dans Ombre, où il se trouvait. Tu connais peut-être la suite par tes propres sources. Comment Bleys et moi sommes devenus alliés, avons pris Ambre d'assaut, et l'avons perdue. Il est tombé du haut du Kolvir. Je lui ai jeté mes cartes et il les a attrapées au vol. J'ai cru comprendre qu'on n'avait jamais retrouvé son corps. Mais ça faisait une sacrée chute – bien que la marée fût haute à ce moment-là, je crois. Je ne sais s'il est mort ce jour-là ou non.

– Moi non plus, dit Benedict.

– Quant à moi, je fus emprisonné et Éric fut couronné. On m'a obligé à assister au couronnement, malgré un geste symbolique de protestation de ma part. Je suis arrivé à me couronner moi-même avant que ce fils de pute – au sens généalogique du terme – ne me reprenne la couronne et ne la pose sur sa propre tête. Ensuite il m'a crevé les yeux et m'a jeté au fond d'une oubliette.

Il se pencha en avant et examina mon visage.

– Oui, dit-il. J'avais entendu parler de ça. Comment s'y sont-ils pris?

– Avec des fers chauffés au rouge, dis-je en faisant une grimace involontaire et en réprimant une envie de porter les mains à mes yeux. Je me suis évanoui avant la fin du supplice.

– Il y a eu effectivement contact avec la pupille?

– Oui, dis-je. Je crois.

– Et la régénération a pris combien de temps?

– Presque quatre ans ont passé avant que je ne puisse voir quoi que ce soit, dis-je, et ma vue n'est redevenue normale que très récemment. Donc, je dirais que ça a pris cinq ans en tout.

Il recula, soupira et sourit légèrement.

– C'est bien, dit-il. Tu me donnes un léger espoir. Il y en a d'autres parmi nous qui ont perdu des morceaux de leur anatomie et qui ont connu une régénération, bien sûr, mais personnellement je n'avais rien perdu d'important – jusqu'à maintenant.

– Oh! oui, dis-je. La liste est assez impressionnante. Je l'ai passée et repassée dans ma tête pendant des années. Il y a un peu de tout, et je ne crois pas trop m'avancer en disant que ces histoires d'organes régénérés ont été oubliées de tous – à l'exception des intéressés et de moi-même : il y a des bouts de doigts, des orteils, des lobes d'oreilles. A mon avis il y a de l'espoir pour ton bras. Mais évidemment ça ne se fera pas de si tôt.

« C'est une bonne chose que tu sois ambidextre », ajoutai-je.

Son sourire apparut et disparut et il but une gorgée de vin. Non, il n'était pas encore disposé à me raconter ce qui lui était arrivé.

Je bus à mon tour. Je ne voulais pas lui parler de Dworkin. Je voulais me garder Dworkin comme atout maître, en cas de besoin. Aucun d'entre nous ne savait exactement de quel pouvoir il disposait, et il était de toute évidence fou. Mais on pouvait le manipuler. Même papa en était venu à le craindre au bout d'une certaine période et il l'avait fait enfermer. Que m'avait-il dit au fond de ma cellule? Que père l'avait fait emprisonner après qu'il eut annoncé avoir découvert un moyen de détruire Ambre tout entière. Si ce n'était pas simplement là les divagations d'un psychotique mais la vraie raison de son emprisonnement, alors papa avait été bien plus magnanime que je ne l'aurais été à sa place. Le bonhomme était bien trop dangereux pour qu'on le laisse en vie. D'un autre côté, cependant, papa avait essayé de le faire guérir. Dworkin avait parlé de médecins, de gens qu'il avait fait fuir ou détruits lorsqu'il avait retourné ses pouvoirs contre eux. Je me souvenais de lui surtout comme d'un vieil homme sage et bon, très dévoué à papa et au reste de la famille. Il serait difficile de tuer un homme pareil s'il restait quelque espoir. Il avait été enfermé dans un endroit d'où personne n'était censé pouvoir s'échapper. Pourtant un jour où il en avait eu assez, il en était sorti en sifflotant. Personne ne peut traverser Ombre au sein d'Ambre, par définition l'absence même d'Ombre. Il avait donc dû faire quelque chose que je ne comprenais pas, quelque chose mettant en cause le principe sous-tendant les Atouts, et avait quitté sa prison. Avant qu'il ne l'eût regagnée, je réussis à le persuader de me fournir un moyen semblable de quitter ma propre cellule et de me transporter jusqu'au phare de Cabra, où je pris le temps de récupérer un peu, puis entrepris le voyage qui m'amena en Lorraine. On ne l'avait probablement pas encore retrouvé. D'après ce que je pouvais comprendre, ma famille avait toujours disposé de pouvoirs exceptionnels, mais c'était lui qui les analysait et précisait leurs fonctions au moyen de la Marelle et des cartes. Il avait souvent essayé de nous entreprendre sur ce sujet, mais la plupart d'entre nous trouvaient que c'était abstrait et terriblement ennuyeux. Nous étions une famille très pragmatique, crénom! Brand était le seul qui avait jamais paru s'intéresser à la question. Et Fiona. Je l'avais presque oubliée. Parfois Fiona écoutait. Et papa. Papa savait un tas de choses dont il ne parlait jamais. Il n'avait jamais eu beaucoup de temps à nous consacrer, et il y avait tant de choses que nous ne savions pas sur son compte. Mais sur la question des principes de base, il devait s'y connaître autant que Dworkin. Ce qui les distinguait, c'était essentiellement une question d'application. Dworkin était un artiste. Je ne sais pas vraiment ce qu'était papa. Il n'encourageait pas aux confidences, bien qu'il ne fût pas à proprement parler un mauvais père. Chaque fois qu'il s'avisait de notre existence, il nous couvrait de cadeaux et de distractions. Mais il s'était déchargé de notre éducation sur divers membres de sa cour. J'avais l'impression qu'il nous tolérait comme les conséquences inévitables de la passion. En fait, je trouve surprenant que la famille ne soit pas plus nombreuse. Les treize enfants que nous sommes, plus deux frères et une sœur que j'ai connus mais qui sont morts, représentent près de quinze cents ans de production parentale. Il y en avait eu quelques autres dont j'avais entendu parler, mais qui avaient succombé bien avant ma naissance. Ça faisait un palmarès assez mince pour un souverain aussi porté que lui sur le beau sexe, mais après tout, aucun d'entre nous ne s'était montré particulièrement fécond. Dès que nous avions été capables de nous défendre et de déambuler dans Ombre, papa nous avait encouragés à le faire, à trouver des coins où nous installer et être heureux. C'était ce qui me liait à l'Avalon qui avait disparu. Pour autant que je susse, les origines de papa n'étaient connues que de lui seul. Je n'avais jamais rencontré personne dont les souvenirs remontaient à une époque où Oberon n'existait pas encore. Étrange? Étrange de ne pas savoir d'où vient son propre père quand on a eu des siècles pour satisfaire sa curiosité? Oui. Mais il était réservé, puissant, roublard — traits de caractère que nous possédions tous à des degrés divers. J'ai le sentiment qu'il voulait nous voir tous dans une situation satisfaisante et contents de notre sort, mais pas dans une position où nous aurions pu présenter une menace pour son propre règne. Il y avait sans doute chez lui une sorte de malaise, une prudence non totalement dénuée de fondement qui le poussaient à faire en sorte qu'on n'en sache pas trop long sur lui ni sur une époque depuis longtemps révolue. Je ne crois pas qu'il ait jamais vraiment envisagé le moment où il ne régnerait plus sur Ambre. De temps à autre il parlait, en plaisantant ou en maugréant, d'abdication. Mais j'avais toujours pensé qu'il le faisait de façon calculée, histoire de voir quelles réactions cela provoquerait. Il devait savoir dans quelle situation il plongerait le royaume s'il venait à disparaître, mais refusait d'envisager cette possibilité. Et aucun d'entre nous ne connaissait vraiment tous ses devoirs et toutes ses responsabilités, tous ses engagements secrets. Si désagréable que fût pour moi cet aveu, j'en étais venu à penser qu'aucun de nous n'était vraiment capable de le remplacer sur le trône. J'aurais voulu pouvoir imputer à papa la responsabilité de ce triste état de choses, mais malheureusement j'avais connu Freud trop longtemps pour pouvoir le faire sans arrière-pensées. Et puis, je commençais à m'interroger maintenant sur la légitimité de nos prétentions, aux uns et aux autres. S'il n'y avait pas eu abdication et s'il était encore en vie, tout ce que nous pouvions espérer, c'était d'assurer la régence. L'idée qu'il pouvait revenir et trouver qu'il en était autrement ne me souriait guère, surtout si je devais me trouver sur le trône. Pour être tout à fait honnête, j'avais peur de lui, et non sans raison. Seul un imbécile ne craindrait pas une force réelle qu'il ne comprendrait pas. Mais que le titre fût celui de roi ou de régent, c'est à moi qu'il revenait et non à Éric, et j'étais bien décidé à m'en emparer. Si une force surgie de l'obscur passé de mon père, que personne ne comprenait vraiment, pouvait m'y aider, et si Dworkin représentait cette force, il devait rester caché jusqu'à ce que je puisse l'utiliser à mon profit.

Même, me demandai-je, si la force qu'il représente n'est autre que le pouvoir de détruire Ambre elle-même, et avec elle tous les mondes-ombres et d'anéantir tout ce qui existe?

Surtout dans ce cas, me répondis-je à moi-même. Car à qui d'autre pouvait-on confier un tel pouvoir?

Comme vous le voyez, nous sommes très pragmatiques dans la famille.

Encore une gorgée de vin, puis je tripotai ma pipe, la vidai, la bourrai.

– Voilà, dans les grandes lignes, le récit de mes aventures, dis-je en examinant le fruit de mes travaux, après quoi je me levai et allai allumer la pipe à l'une des lampes.

– Lorsque j'eus retrouvé la vue, je réussis à m'échapper, quittai Ambre, restai quelque temps dans un pays appelé la Lorraine, où je rencontrai Ganelon, puis vins ici.

– Pourquoi?

Je me rassis et le regardai de nouveau.

– Parce que c'est près de l'Avalon que j'ai connue jadis, dis-je.

J'avais délibérément omis de mentionner que j'avais connu Ganelon en d'autres circonstances, et espérai que celui-ci calquerait sa conduite sur la mienne. Cette ombre était assez proche de notre Avalon pour que Ganelon soit familiarisé avec sa topographie et la plupart de ses coutumes. Quelle que fût la valeur de cette information, il paraissait politique de la dissimuler à Benedict.

Celui-ci passa dessus comme j'espérais qu'il le ferait, et la laissa enterrée où elle était, à côté de gisements plus intéressants.

– Et ton évasion? demanda-t-il. Comment t'y es-tu pris?

– Naturellement, admis-je, on m'a aidé à sortir de ma cellule. Une fois dehors... eh bien, il est encore quelques passages dont Éric ignore l'existence.

– Je vois, dit-il en hochant la tête, espérant évidemment que sur ma lancée je citerais le nom de mes partisans, mais trop fin manœuvrier pour me le demander carrément.

Je tirai sur ma pipe et me calai dans mon siège en souriant.

— C'est une bonne chose d'avoir des amis, dit-il comme pour marquer son adhésion à quelque pensée non exprimée que j'aurais pu avoir.

— Sans doute en avons-nous tous quelques-uns en Ambre.

— Je me plais à le penser, dit-il. Puis il ajouta : J'ai cru comprendre que tu avais laissé la porte de la cellule à moitié rognée et verrouillée derrière toi, que tu avais mis le feu à ta paillasse et fait des graffiti sur les murs.

— C'est vrai, dis-je. Un emprisonnement prolongé ne va pas sans conséquences pour l'équilibre psychologique. Pour le mien, en tout cas. Il y a eu de longues périodes pendant lesquelles je sais que j'ai été irrationnel.

— Je n'aurais pas aimé être à ta place, frère, dit-il. Pas du tout. Et maintenant, quels sont tes projets?

— Je ne sais pas encore.

— As-tu l'intention de rester ici quelque temps?

— Je ne sais pas, dis-je. Comment se présente la situation ici?

— J'ai pris les choses en main, dit-il — la simple exposition d'un état de fait, sans la moindre trace de forfanterie.

— Je crois avoir réussi tout récemment à détruire la seule menace sérieuse qui pesait sur le royaume, poursuivit-il. Sauf erreur de ma part, nous devrions entrer bientôt dans une période relativement calme. Il nous aura fallu payer le prix — il jeta un regard à ce qui restait de son bras — mais cela aura valu la peine, comme nous le verrons bientôt, quand tout sera rentré dans l'ordre.

Il se mit alors en devoir de raconter en gros la même histoire que l'adolescent, et la compléta en expliquant comment ils avaient gagné la bataille. Une fois la meneuse des filles infernales tuée, ses cavalières avaient tourné bride et s'étaient enfuies. La plupart d'entre elles avaient été tuées dans la débandade, et on avait bouché de nouveau l'entrée des grottes. Benedict avait décidé de maintenir une petite partie de ses forces sur place pour nettoyer le champ de bataille pendant que des éclaireurs quadrillaient la région à la recherche de survivantes éventuelles.

Il ne fit pas mention de sa rencontre avec leur chef, Lintra, et lui-même.

— Qui a tué leur chef? demandai-je.

— C'est moi, dit-il en faisant un geste brusque avec son moignon, mais malheureusement j'ai hésité une seconde de trop au moment de lui porter le premier coup.

Je détournai les yeux et Ganelon fit de même. Quand je le regardai de nouveau, son visage était redevenu normal, et il avait abaissé son bras.

— Nous t'avons cherché partout, sais-tu, Corwin? dit-il. Brand t'a cherché dans de multiples ombres, et Gérard aussi. Tu as deviné juste en ce qui concerne la version que Éric a donnée de ta disparition ce jour-là. Cependant nous avions de bonnes raisons de mettre sa parole en doute. Nous avons essayé à plusieurs reprises de te joindre par l'entremise de ton Atout, mais sans résultat. Les lésions au cerveau doivent en bloquer le fonctionnement. Intéressant ça. Comme tu ne répondais pas à ton Atout, nous en avons conclu que tu étais mort. C'est à ce moment que Julian, Caine et Random se sont associés aux recherches.

— Eux tous? Vraiment? C'est à peine croyable.

Il sourit.

— Ah! fis-je, puis je souris à mon tour.

Qu'ils se soient lancés à ma recherche à ce stade ne voulait pas dire que c'était mon sort qui les intéressait, mais la possibilité de trouver des preuves permettant d'accuser Éric de fratricide et ainsi de le destituer ou de le faire chanter.

— Je t'ai cherché pour ma part dans les environs d'Avalon, poursuivit-il, et c'est alors que j'ai trouvé cet endroit et que j'ai été séduit par lui. Il était dans un état pitoyable à l'époque, et pendant des générations j'ai œuvré pour lui rendre sa gloire d'antan. Quand j'avais commencé cette tâche, c'était en souvenir de toi, mais peu à peu j'en suis venu à aimer ce pays et ses habitants. Eux-mêmes en sont venus à me considérer comme leur protecteur, et je n'ai pas tardé à faire de même.

J'étais à la fois troublé et touché par ce qu'il venait de dire. Impliquait-il que j'avais semé une pagaille terrible et qu'il était resté ici pour remettre de l'ordre, pour payer une dernière fois les pots cassés par son petit frère? Ou voulait-il dire qu'il savait que j'aimais ce pays — ou un pays qui lui ressemblait comme un frère — et qu'il avait travaillé pour y apporter un certain équilibre parce que c'était une œuvre que j'aurais désiré voir accomplie? Peut-être devenais-je trop impressionnable.

— C'est agréable d'apprendre qu'on m'a recherché, dis-je, et c'est très agréable d'apprendre que tu es le défenseur de cette contrée. J'aimerais la connaître, car elle me rappelle l'Avalon que j'ai connue. T'opposerais-tu à ce que je la visite?

— C'est tout ce que tu désires faire? Visiter?

— Je n'avais pas d'autres projets.

— Sache dans ce cas que les souvenirs qu'on a de l'ombre de toi-même qui a régné ici ne sont pas bons. Corwin a été rayé de la liste des prénoms ici, et on ne me connaît aucun frère répondant à ce nom.

— Je comprends, dis-je. Mon nom est Corey. Rien ne nous empêche d'être de vieux amis, je suppose?

Il hocha la tête.

— Mes vieux amis sont toujours les bienvenus ici, dit-il.

Je souris et hochai la tête à mon tour. Je me sentais insulté qu'il ait pu penser que j'avais des vues sur cette ombre d'une ombre; moi, qui avais, ne fût-ce qu'un instant, senti le feu glacial de la couronne d'Ambre sur mon front.

Je me demandais quelle aurait été son attitude s'il avait su que, fondamentalement, c'était moi qui étais responsable des raids. Je suppose que par voie de conséquence, je devais être également considéré comme responsable de la perte de son bras. Je préférais remonter d'encore un maillon dans la chaîne des responsabilités, toutefois, et incriminer Éric. Après tout, c'étaient ses actions qui avaient provoqué ma malédiction.

N'empêche que je préférais que Benedict ne le sût jamais.

J'avais terriblement besoin de savoir quelle était sa position vis-à-vis d'Éric. Allait-il le défendre, m'apporter son soutien, ou me laisser faire sans intervenir quand je passerais à l'action? Inversement, j'étais sûr qu'il se demandait si le feu de mes ambitions s'était éteint ou s'il couvait encore et, dans le dernier cas, ce que j'entendais faire pour le raviver. Alors...

Lequel de nous deux allait mettre la question sur le tapis?

Je tirai plusieurs bonnes bouffées de ma pipe, vidai mon verre, me reversai du vin, tirai encore une bouffée. J'écoutai les bruits du campement, le vent, les grondements de mon ventre...

Benedict avala une gorgée de vin.

— Quels sont tes projets à long terme? finit-il par me demander, presque nonchalamment.

Je pouvais dire que je ne m'étais pas encore décidé, que j'étais simplement heureux d'être libre, vivant, d'avoir retrouvé la vue... Je pouvais lui dire que, pour l'instant, cela me suffisait, que je n'avais pas de projets particuliers...

... Et il saurait fort bien que je mentais comme un arracheur de dents. Car il me connaissait mieux que cela.

— Tu sais bien quels sont mes projets, répondis-je donc.

— Si tu devais me demander de te soutenir, je refuserais, dit-il. Ambre va déjà assez mal comme ça sans qu'on lui inflige une nouvelle révolution de palais.

— Éric est un usurpateur.

— Je ne le considère que comme un régent, pour ma part. Jusqu'à nouvel ordre, quiconque d'entre nous qui revendique le trône est un usurpateur.

— Tu crois donc que papa est vivant?

— Oui. Vivant et désemparé. Il a essayé à plusieurs reprises d'entrer en contact avec moi.

Je réussis à garder un visage impassible. Je n'étais donc pas le seul. Faire état à l'heure qu'il était de mes propres expériences dans ce domaine paraîtrait hypocrite, opportuniste, ou carrément mensonger, puisque au cours du contact que nous avions apparemment eu cinq ans auparavant, il m'avait donné le feu vert pour occuper le trône. Évidemment, il ne songeait peut-être qu'à une régence à l'époque...

— Tu n'as pas soutenu Éric quand il a pris le pouvoir, dis-je. Le soutiendrais-tu maintenant qu'il le détient, si une tentative devait être faite pour le détrôner?

— C'est comme je te l'ai dit, répondit-il. Je le considère comme un régent. Je ne dis pas que j'approuve, mais je désire éviter à Ambre toute nouvelle épreuve de force.

— Donc, tu le soutiendrais?

— Je n'ai rien à dire de plus sur la question. Tu es le bienvenu en Avalon si tu désires la visiter, mais pas si tu comptes t'en servir comme point de départ pour lancer une attaque contre Ambre. Me suis-je bien fait comprendre?

— Parfaitement bien, répondis-je.

— Cela étant dit, désires-tu toujours visiter ce pays?

— Je ne sais pas, dis-je. Ton désir d'éviter toute épreuve de force en Ambre est-il à double sens?

— Que veux-tu dire?

— Je veux dire que si je retournais en Ambre contre mon gré, tu peux être sûr que je provoquerais une épreuve de force, et non des moindres, pour éviter de me retrouver dans la même situation qu'avant.

Son visage s'affaissa et il baissa lentement les yeux.

— Il n'a jamais été dans mes intentions de te trahir. Crois-tu que je sois sans cœur, Corwin? Je ne supporterais pas de te voir de nouveau emprisonné, privé de l'usage de tes yeux, ou pis encore. Tu es toujours le bienvenu pour visiter mon pays, et tu peux laisser tes craintes comme tes ambitions à la frontière.

— Dans ce cas, j'accepte ton invitation, dis-je. Je n'ai pas d'armée, et ne suis pas venu ici pour en recruter une.

— Dans ce cas, tu sais que tu es le bienvenu.

— Merci, Benedict. Je ne m'attendais pas à te trouver ici, mais cela a été une bonne surprise.

Il rougit imperceptiblement et hocha la tête.

— Cela m'a fait plaisir aussi, dit-il. Suis-je le premier d'entre nous que tu aies rencontré... depuis ton évasion?

J'opinai de la tête.

— Oui, et je suis curieux de savoir ce que tout le monde est devenu. Il y a du nouveau, de ce côté-là?

— Aucun décès à signaler, dit-il.

Cela nous fit rire tous les deux, et je sus qu'il me faudrait me mettre au courant tout seul des potins familiaux. Enfin, ça ne m'avait rien coûté d'essayer.

— J'ai l'intention de rester sur place quelque temps encore, dit-il, histoire de patrouiller dans la région pour m'assurer que nos envahisseurs ont disparu jusqu'au dernier. Il se pourrait que nous ne pliions pas bagages avant une semaine.

— Ah! Mais alors, ce n'était pas une victoire complète?

— Je crois que si, mais je ne prends jamais de risques inutiles. Cela vaut la peine d'y passer quelque temps encore pour s'en assurer.

— Prudent, dis-je en hochant la tête.

— ... Donc à moins que tu n'aies fortement le désir de rester ici, au campement, je ne vois pas pourquoi tu ne te rendrais pas directement en ville, là où les choses se passent. J'ai plusieurs résidences en Avalon. Je pensais mettre l'une d'elles à votre disposition — il s'agit d'un petit manoir que je trouve fort agréable, non loin de la ville.

— J'ai hâte de le voir, dis-je.

— Demain matin, je te donnerai une carte et une lettre pour mon régisseur.

— Merci, Benedict.

— Je t'y rejoindrai dès que j'aurai réglé cette question, dit-il, et en attendant, j'ai des messagers qui assurent une liaison quotidienne avec Avalon. Je resterai en contact avec toi par leur entremise.

— Très bien.

— Maintenant trouvez-vous un coin de sol confortable, dit-il. Je suis sûr que vous ne raterez pas la sonnerie du petit déjeuner.

— Je la rate rarement, dis-je. Ça te va si nous dormons à l'endroit où nous avons laissé notre matériel?

– Certainement, dit-il, et nous vidâmes la bouteille de vin.

Tandis que nous quittions la tente, je levai la tenture assez haut en sortant et pus la tirer légèrement de côté en l'écartant pour passer. Benedict nous souhaita bonne nuit et se retourna en la laissant retomber, sans remarquer la fente large de plusieurs centimètres que j'avais créée le long d'un de ses côtés.

J'installai mon sac de couchage à quelque distance sur la droite de nos harnais, face à la tente de Benedict, et je déplaçai le matériel lui-même en sortant divers ustensiles. Ganelon me jeta un regard interrogateur, mais je me contentai de faire un signe de tête et de bouger les yeux en direction de la tente. Il regarda dans cette direction, me rendit mon signe de tête, et se mit en devoir de déplacer ses propres couvertures vers la droite.

J'évaluai la distance du regard, allai jusqu'à lui, et dis :

– Vous savez, je préférerais de loin dormir ici. Ça ne vous ferait rien de changer avec moi?

Je ponctuai ma phrase d'un clin d'œil significatif.

– Si ça peut vous faire plaisir, dit-il en haussant les épaules.

Les feux de camp s'étaient éteints, ou étaient en voie de s'éteindre, et la plupart des hommes s'étaient endormis. La sentinelle ne prêta guère attention à nous que pendant deux tours de ronde. Un silence presque total régnait sur le campement et il n'y avait aucun nuage pour voiler l'éclat des étoiles. J'étais fatigué, et l'odeur agréable de la fumée et de la terre humide parvenait jusqu'à mes narines, me rappelant d'autres temps et d'autres lieux tels que celui-ci, et le repos bien mérité en fin de journée.

Au lieu de fermer les yeux, toutefois, j'allai chercher mon harnais et m'y adossai, bourrai de nouveau ma pipe, et l'allumai.

J'ajustai ma position par deux fois tandis qu'il allait et venait dans la tente. A un moment, il disparut de mon champ de vision et resta caché pendant quelques instants. Mais quand la lampe du fond bougea, je sus qu'il avait ouvert le coffre. Ensuite il revint dans mon champ de vision, déblaya la table, disparut un instant, reparut et se rassit dans sa position initiale. Je me déplaçai légèrement de façon à pouvoir surveiller son bras gauche.

Il feuilletait un livre, ou manipulait quelque chose approximativement de la même taille.

Des cartes, peut-être?

Naturellement.

J'aurais payé cher pour voir ne fût-ce qu'un instant l'Atout qu'il finit par sélectionner et tint devant lui. J'aurais payé cher pour avoir Grayswandir sous la main, au cas où une tierce personne aurait fait irruption dans la tente autrement qu'en empruntant l'entrée, qui me permettait en ce moment même de l'espionner. J'avais les mains et les pieds qui me démangeaient à l'idée qu'il me faudrait peut-être fuir ou me battre.

Mais il resta seul.

Il resta assis là sans bouger pendant environ un quart d'heure, et quand finalement il se leva ce ne fut que pour remettre les cartes à leur place et pour éteindre les lampes.

La sentinelle continua ses rondes monotones, et Ganelon commença à ronfler.

Je vidai ma pipe et me tournai sur le flanc.

Demain, me dis-je. Si je me réveille ici demain, tout ira bien...

5.

Je mâchonnais un brin d'herbe tout en regardant tourner la roue du moulin. J'étais couché sur le ventre sur la rive opposée de la rivière, le menton appuyé sur la paume de mes mains. Il y avait un minuscule arc-en-ciel dans le brouillard surplombant l'écume bouillonnante de la chute d'eau, et de temps à autre une gouttelette arrivait jusqu'à moi. Le grondement continu de l'eau et le bruit de la roue éclipsaient tous les autres bruits de la forêt. Le moulin avait été abandonné par ses propriétaires pour la journée, et je le contemplais parce que cela faisait des siècles que je n'en avais pas vu de pareil. Regarder tourner la roue et écouter le bruit de l'eau faisaient plus que me détendre. Dans un sens, cela m'hypnotisait.

Cela faisait trois jours que nous vivions chez Benedict, et Ganelon était parti faire la noce en ville. Je l'avais accompagné la veille et avais appris ce que je désirais savoir à ce moment-là. Maintenant je n'avais plus le temps de faire du tourisme. Il me fallait réfléchir et agir au plus vite. Nous n'avions rencontré aucune difficulté au campement. Benedict avait veillé à ce qu'on nous nourrisse et nous avait fourni une carte et la lettre qu'il nous avait promise. Nous étions partis à l'aube et étions arrivés à destination vers midi. Nous avions été bien reçus, et après nous être installés dans les appartements mis à notre disposition, nous nous étions rendus en ville pour passer le reste de la journée.

Benedict comptait rester en campagne encore quelques

jours. Il me faudrait avoir mené à bien la tâche que je m'étais fixée avant son retour. Le moment était venu d'une descente aux enfers. Je n'avais guère le temps de me prélasser. Il me fallait me souvenir des ombres adéquates et me mettre en route sous peu. Cela m'aurait été rafraîchissant de vivre dans cet endroit qui ressemblait tant à mon Avalon si mes projets contrecarrés n'avaient atteint la limite de l'obsession. Et le fait de me rendre compte que c'était devenu une idée fixe n'en réduisait en rien le caractère obsessionnel. Spectacles et sons familiers ne m'avaient diverti qu'un moment, et je m'étais bientôt remis à combiner mes plans.

En principe, ça devait marcher comme sur des roulettes. Avec ce voyage je devais pouvoir faire d'une pierre deux coups, si j'arrivais à le faire sans éveiller de soupçons. Cela signifiait que je devrais m'absenter une nuit entière, mais j'avais déjà prévu le coup et demandé à Ganelon de me couvrir.

Hochant la tête à chaque grincement de la roue, j'écartai toute autre pensée de mon esprit et me mis en devoir de me rappeler la consistance exacte du sable, sa couleur, la température, les vents, l'odeur de sel charriée par la brise, les nuages...

Je finis par m'endormir et rêvai, mais pas de l'endroit que je voulais atteindre.

Je regardais une grande roue de fête foraine, et nous étions tous dessus – mes frères, mes sœurs, moi-même, ainsi que d'autres que je connaissais ou que j'avais connus – à monter et à descendre, chacun dans la tranche qui lui était allouée. Chacun criait pour qu'elle s'arrête pour lui, mais tous nous redescendions du sommet en nous lamentant. La roue commençait à ralentir et j'étais en train de monter. Un adolescent blond était suspendu à l'envers devant moi et m'adressait en criant des supplications et des mises en garde qui se perdaient dans la cacophonie des voix. Son visage noircit, se déforma, devint une chose horrible à regarder. Je tranchai la corde qui le maintenait attaché par la cheville et il tomba hors de mon champ de vision. La roue ralentissait de plus en plus au fur et à mesure que je m'approchais du sommet, et c'est à ce moment que j'aperçus Lorraine. Elle gesticulait, m'appelait frénétiquement et criait mon nom. Je me penchai vers elle, la voyant parfaitement, la désirant, désirant l'aider. Mais la roue continua à tourner et je la perdis de vue.

– Corwin!

J'essayai d'ignorer son cri, car j'avais presque atteint le sommet. Il se reproduisit, mais je bandai mes muscles et me préparai à bondir. Si la roue ne s'arrêtait pas pour moi, j'allais tenter de trafiquer cette fichue mécanique, même au risque de tomber et d'anéantir mes espoirs pour toujours. Je m'apprêtai à sauter. Encore un cran...

– Corwin!

Le rêve vacilla, revint, se dissipa, et je regardais de nouveau la roue du moulin tandis que mon nom sonnait dans mes oreilles et se mêlait au bruissement de l'eau, se confondait avec lui.

Je clignai les yeux et me passai la main dans les cheveux. Une poignée de pissenlits me tomba sur les épaules au même instant, et un rire cristallin retentit derrière moi.

Je me retournai vivement.

Elle se tenait à une douzaine de pas de moi, une grande fille mince avec des yeux noirs et des cheveux bruns très courts. Elle portait une veste d'escrimeur et tenait une épée dans sa main droite, un masque dans sa main gauche. Elle me regardait en riant. Elle avait des dents blanches, égales, et un tantinet trop longues; son nez et ses pommettes bronzées étaient saupoudrés de taches de rousseur. Il y avait chez elle cette vitalité qui se distingue du simple charme et plaît au moins autant. Surtout, sans doute, à quelqu'un qui a de longues années d'expérience derrière lui.

Elle me salua avec son épée.

– En garde, Corwin! dit-elle.

– Qui diable êtes-vous? demandai-je en remarquant pour la première fois une veste, un masque et une épée posés à côté de moi.

– Pas de questions, pas de réponses, dit-elle. Pas avant qu'on se soit affrontés à l'escrime.

Elle ajusta le masque sur son visage et attendit.

Je me levai et ramassai la veste. De toute évidence, il serait plus facile de lui obéir que de lui arracher la moindre information. Le fait qu'elle connaissait mon nom me troublait, et plus j'y pensais, plus elle me semblait vaguement familière. Mieux valait accéder à sa demande, décidai-je en enfilant la veste et en la bouclant.

Je ramassai l'épée, mis le masque.

– C'est bon, dis-je en esquissant un bref salut et en avançant. C'est bon.

Elle s'avança également et nos lames se croisèrent. Je la laissai porter la première attaque.

Celle-ci vint très vite sous la forme d'un battement, double feinte, estocade. Ma riposte fut deux fois plus rapide, mais elle arriva à la parer et à contre-attaquer tout aussi vite. Je commençai alors à reculer lentement pour l'obliger à se fendre. Elle rit et suivit le mouvement en me pressant sans répit. C'était une excellente lame, et elle le savait. Elle voulait m'épater. Par deux fois elle faillit même me prendre en défaut d'une manière – basse et longue – que je n'aimais pas du tout. Dès que je pus, je lui portai un coup d'arrêt suivi d'un coup de pointe et la touchai. Elle jura doucement, avec bonne humeur, tandis qu'elle accusait le coup, et repartit à l'attaque. D'ordinaire je n'aime pas me mesurer à une femme, quelque bonne lame qu'elle puisse être, mais cette fois je dus admettre que je m'amusais bien. La perfection technique et la grâce avec laquelle elle portait ses attaques et parait les miennes m'enchantaient, et je me surpris à me demander quel genre d'esprit se cachait derrière ce style éblouissant. Au début, mon intention avait été de la fatiguer rapidement afin de conclure le duel et de l'interroger. A présent je m'apercevais que je désirais prolonger l'affrontement.

Elle ne fatiguait pas rapidement. Cela n'était pas fait pour m'inquiéter. Je perdis la notion du temps tandis que nous avancions et reculions tour à tour sur la berge, nos lames cliquetant avec régularité.

Un long moment dut passer, toutefois, avant qu'elle ne

donne un coup de talon et ne lève sa lame en un salut final. Elle arracha alors son masque et me sourit derechef.

— Merci! dit-elle en haletant.

Je lui rendis son salut et enlevai le mien. Je baissai la tête pour défaire les boucles de la veste, et avant que j'aie pu comprendre ce qui m'arrivait, elle s'était approchée et m'avait embrassé sur la joue; qui plus est, elle n'avait même pas eu à se hausser sur la pointe des pieds. Je fus momentanément troublé mais lui souris. Avant que j'aie pu dire quoi que ce fût, elle m'avait pris par le bras et m'avait entraîné dans la direction d'où nous venions.

— J'ai apporté un panier à pique-nique, dit-elle.

— Excellent. J'ai faim. Je suis aussi curieux...

— Je vous dirai tout ce que vous voudrez vous entendre dire, répliqua-t-elle gaiement.

— Pour commencer, si vous me disiez votre nom?

— Dara, dit-elle. Je m'appelle Dara, d'après ma grand-mère.

Elle me jeta un regard furtif en disant cela, comme si elle espérait une réaction de ma part. Je m'en voulais de la décevoir, mais ne pus que répéter son nom en hochant la tête.

— Pourquoi m'avez-vous appelé Corwin, demandai-je.

— Parce que c'est votre nom. Je vous ai reconnu.

— C'est donc que vous me connaissez?...

Elle lâcha mon bras.

— Le voilà, dit-elle en passant derrière un arbre pour prendre un panier qui reposait sur deux racines proéminentes. J'espère que les fourmis ne nous auront pas devancés, et elle choisit un coin ombragé près de l'eau et déploya une nappe sur le sol.

J'accrochai le matériel d'escrime sur un bosquet tout proche.

— Vous semblez vous déplacer avec une quantité impressionnante d'accessoires, dis-je.

— Mon cheval est plus loin, par là-bas, dit-elle en faisant un signe de tête vers l'aval.

Elle immobilisa la nappe avec des pierres et déballa les victuailles.

— Pourquoi l'avoir laissé là-bas? lui demandai-je.

— Pour pouvoir vous surprendre, pardi. Si vous aviez entendu un bruit de sabots, vous vous seriez réveillé, et pas qu'un peu.

— Vous avez sans doute raison.

Elle s'arrêta comme pour réfléchir profondément, puis rompit le charme en gloussant.

— Remarquez bien, la première fois vous ne vous êtes pas réveillé.

— La première fois? dis-je, voyant que c'était ce qu'on attendait de moi.

— Oui, je vous suis presque passé sur le corps avec mon cheval, tout à l'heure. Vous dormiez à poings fermés. Quand j'ai vu qui c'était, je suis allée chercher le panier et le matériel d'escrime.

— Aha! je vois.

— Venez vous asseoir, dit-elle, et ouvrez la bouteille, d'accord?

Elle posa la bouteille à côté de ma place et déballa avec de multiples précautions deux gobelets en cristal qu'elle posa au milieu de la nappe.

Je m'assis à ma place.

— Ça vient du meilleur service en cristal de Benedict, fis-je remarquer tout en ouvrant la bouteille.

— Oui, dit-elle. Tâchez de ne pas les renverser en nous servant, et je crois qu'on ne devrait pas les entrechoquer pour trinquer.

— Non, ce ne serait pas prudent, dis-je en versant le vin.

Elle leva son verre.

— Aux retrouvailles! dit-elle.

— Quelles retrouvailles?

— Les nôtres.

— C'est la première fois de ma vie que je vous vois.

— Ne soyez pas si prosaïque, dit-elle, et elle but une gorgée.

Je haussai les épaules.

— Aux retrouvailles!

Elle commença à manger, et je l'imitai. Elle prenait plaisir à l'ambiance de mystère qu'elle avait créée et je voulais jouer le jeu ne fût-ce que pour la rendre heureuse.

— Voyons, où pourrais-je vous avoir rencontrée, commençai-je. A la cour de quelque grand monarque? Dans un harem, peut-être?...

— Peut-être était-ce en Ambre, dit-elle. Vous étiez...

— En Ambre? dis-je, me rappelant que je tenais un verre en cristal appartenant à Benedict et tâchant de limiter à ma seule voix l'expression de mes émotions.

— Qui êtes-vous, au juste? demandai-je finalement.

— ... Vous étiez là, beau, sûr de vous, la coqueluche de toutes les dames, poursuivit-elle, et moi j'étais un tendron timide qui vous admirait de loin. Dara la grise, Dara la pâlotte — je me suis épanouie sur le tard, je m'empresse de le préciser —, qui se morfondait d'amour pour vous...

Je proférai une bénigne obscénité et elle rit de nouveau.

— Ce n'était pas ça? demanda-t-elle.

— Non, dis-je en mordant dans mon sandwich au bœuf. Je pense plutôt que c'était dans ce bordel où je me suis démis la colonne vertébrale. J'étais ivre ce soir-là...

— Vous vous souvenez! s'écria-t-elle. C'était un boulot à mi-temps. Le jour, je dressais des chevaux.

— Je donne ma langue au chat, dis-je en me versant de nouveau à boire.

Le plus irritant, c'est qu'il y avait effectivement quelque chose de bougrement familier chez elle. Mais à en juger d'après son apparence et son comportement, je lui donnais dans les dix-sept ans. Ce qui excluait toute possibilité que nos chemins aient jamais pu se croiser.

— C'est Benedict qui vous a appris l'escrime? demandai-je.

— Oui.

— Qu'est-ce qu'il est pour vous?

— Mon amant, bien sûr, répondit-elle. Il me couvre de fourrures et de bijoux - et on s'exerce à l'épée.

Elle rit de nouveau.

Je continuai à étudier son visage.

Oui, c'était possible...

— Je me sens offensé, dis-je enfin.

— Pourquoi?

— Parce que Benedict ne m'a pas offert de cigare.

— Un cigare?

— Vous êtes sa fille, n'est-ce pas?

Elle rougit, mais secoua la tête en signe de dénégation.

— Non, dit-elle. Mais vous brûlez.

— Petite-fille? demandai-je.

— Enfin... Si l'on veut.

— J'ai bien peur de ne pas comprendre.

— Il veut que je l'appelle grand-père. Mais en réalité il était le père de ma grand-mère.

— Je vois. Il y en a d'autres comme toi à la maison?

— Non, je suis la seule.

— Et ta mère? Et ta grand-mère?

— Mortes, toutes les deux.

— Comment est-ce arrivé?

— Violemment. Les deux fois, c'est arrivé pendant qu'il faisait un séjour en Ambre. Je crois savoir que c'est pour ça qu'il n'y est pas retourné depuis longtemps. Il n'aime pas me laisser sans protection, même s'il sait que je suis de taille à me défendre. Vous le savez, maintenant, vous aussi, pas vrai?

Je hochai la tête. Voilà qui expliquait plusieurs choses, entre autres pourquoi il s'était érigé en Protecteur de ce pays. Il fallait qu'il la garde quelque part, et ce ne pouvait certainement pas être en Ambre. Il ne devait même pas vouloir que son existence fût connue de nous autres. Cela aurait été trop facile de l'utiliser comme moyen de pression sur lui. Et il n'était guère logique de la part de Benedict de me révéler aussi gratuitement qu'il avait une arrière-petite-fille.

— Je ne pense pas que tu sois ici avec son autorisation, dis-je, et je crois que Benedict serait très fâché de savoir que tu m'as abordé...

— Vous êtes exactement comme lui! Je suis une adulte, nom d'un chien!

— Ai-je dit le contraire? Mais tu es censée être autre part en ce moment — dis-moi si je me trompe.

Elle se remplit la bouche au lieu de répondre. J'en fis

autant. Après quelques minutes de mastication inconfortable, je décidai de changer de sujet.

— Comment m'as-tu reconnu? lui demandai-je.

Elle déglutit, avala une gorgée de vin, fit un large sourire.

— Grâce à votre portrait, bien sûr, dit-elle.

— Quel portrait?

— Sur la carte, dit-elle. On jouait avec quand j'étais toute petite. C'est comme ça que j'ai appris à connaître toute ma famille. Éric et vous, êtes les deux autres bonnes lames de la famille, je le savais. C'est pour ça que...

— Tu possèdes un jeu d'Atouts? lui demandai-je à brûle-pourpoint.

— Non, dit-elle en faisant la moue. Il n'a jamais voulu m'en donner un — et je sais qu'il en a plusieurs.

— Vraiment? Où est-ce qu'il les range?

Son regard se fit plus acéré et elle plongea ses yeux dans les miens. Bon sang! je n'avais pas voulu paraître si avide.

— Il garde un jeu sur lui la plupart du temps, dit-elle néanmoins, et je ne sais pas où il range les autres. Pourquoi? Il ne veut pas vous laisser les voir?

— Je ne lui ai pas demandé, lui dis-je. Tu comprends leur signification?

— Il y avait certaines choses que je n'avais pas le droit de faire quand j'étais à proximité des cartes. Je crois comprendre qu'elles sont réservées à un usage spécial, mais il ne m'a jamais dit lequel. Elles sont très importantes, n'est-ce pas?

— Oui.

— C'est ce que je pensais. Il en prend un tel soin. Vous en avez un jeu?

— Oui, mais je l'ai prêté.

— Je vois. Et vous voudriez les utiliser pour quelque chose de compliqué et de sinistre.

Je haussai les épaules.

— Je voudrais les utiliser, mais à des fins tout ce qu'il y a de plus simples et de plus banales.

— Par exemple?

Je secouai la tête.

— Si Benedict ne veut pas encore t'expliquer leur fonction, ce n'est pas moi qui le ferai.

Elle émit un petit grognement.

— Vous avez peur de lui, dit-elle.

— J'ai beaucoup de respect pour Benedict, sans parler de l'affection que je lui porte.

Elle éclata de rire.

— Il est plus fort que vous, à l'épée?

Je détournai mon regard. Elle devait revenir tout juste de quelque endroit assez éloigné. En ville, toutes les personnes que j'avais rencontrées avaient entendu parler du bras de Benedict. Ce genre de nouvelle se répandait comme une traînée de poudre. Je ne voulais certes pas être le premier à lui annoncer.

— Si ça te plaît de le penser, dis-je. Où étais-tu ces derniers temps?

— Au village, répondit-elle. Dans les montagnes. Grand-père m'y a emmenée pour me confier à des amis à lui qu'il appelle les Tecy. Vous connaissez les Tecy?

— Non.

— J'y avais déjà été plusieurs fois. Il m'emmène toujours là-bas pour que je reste au village quand les choses vont mal ici. C'est un endroit qui n'a pas de nom. Je l'appelle le village, tout simplement. Ils sont très étranges — les gens comme le village. Ils semblent en quelque sorte nous vouer un culte. Ils me traitent comme si j'étais quelque chose de sacré, et ils ne me disent jamais rien de ce que je veux savoir. Ce n'est pas loin, mais les montagnes sont différentes, le ciel est différent — tout! — et c'est comme s'il n'y avait aucun moyen de revenir une fois que je suis là-bas. J'avais essayé de revenir par mes propres moyens auparavant, mais je n'étais arrivée qu'à me perdre. Grand-père devait venir me chercher à chaque fois, et alors on revenait facilement. Les Tecy lui obéissent au doigt et à l'œil en ce qui me concerne. Ils le traitent comme s'il était une sorte de dieu.

— Il l'est, dis-je. Pour eux.

— Vous avez dit que vous ne les connaissiez pas.

— Je n'ai pas besoin de les connaître. Je connais Benedict.

— Comment fait-il? Dites-le-moi.

Je secouai la tête.

— Et toi, comment as-tu fait, lui demandai-je. Comment es-tu revenue cette fois?

Elle vida son verre et le tendit. Lorsque je levai la tête après l'avoir rempli, sa tête était penchée vers la gauche, ses sourcils froncés, et ses yeux perdus dans le lointain.

— Je ne sais pas exactement, dit-elle en portant le verre à ses lèvres et en buvant machinalement. Je ne suis pas tout à fait sûre de la façon dont je m'y suis prise...

De la main gauche, elle commença à tripoter son couteau, et finit par le ramasser.

— J'étais folle de rage de m'être de nouveau fait mettre au vert, dit-elle. Je lui ai dit que je voulais rester et me battre, mais il m'a fait monter à cheval et au bout d'un certain temps on est arrivés au village. Je ne sais pas comment. On a chevauché assez peu de temps, et puis tout à coup on y était. Je connais cette région. J'y suis née, j'y ai été élevée. Je l'ai sillonnée en tous sens, j'ai parcouru des centaines de lieues dans toutes les directions. Je n'ai jamais pu retrouver le village quand je l'ai cherché. Et pourtant on est arrivé de nouveau chez les Tecy après ce qui ne m'a paru être qu'un court moment. Mais cela faisait plusieurs années que je n'y étais pas retournée, et maintenant que j'ai grandi, je suis plus décidée. J'ai résolu de rentrer par mes propres moyens.

Avec son couteau, elle commença à gratter et à creuser distraitement le sol à côté d'elle.

— J'ai attendu la tombée de la nuit, poursuivit-elle, et j'ai étudié les étoiles pour m'orienter. Ça m'a donné une sensation d'irréalité. Les étoiles étaient complètement différentes. Je n'ai reconnu aucune des constellations. Je suis retournée à l'intérieur et j'ai réfléchi. J'avais un peu peur et je ne savais que faire. J'ai passé la journée suivante à essayer de soutirer des renseignements supplémentaires aux Tecy et aux autres habitants du village. Mais c'était comme dans un mauvais rêve. Ou bien ils étaient idiots, ou bien ils essayaient délibérément de me désorienter. Non seulement il n'y avait aucun moyen de venir de là-bas jusqu'ici, mais ils ne savaient pas du tout où se trouvait « ici » et n'étaient même pas très sûrs de savoir où était « là-bas ». Cette nuit-là, j'ai étudié de nouveau les étoiles pour m'assurer que je ne m'étais pas trompée, et j'étais sur le point de les croire.

Elle décrivait maintenant un mouvement de va-et-vient avec le couteau, comme pour l'aiguiser, en lissant le sol et en le tassant.

— Les jours suivants, j'ai essayé de revenir, poursuivit-elle. Je pensais pouvoir trouver le chemin que nous avions emprunté et le suivre en sens inverse, mais il finissait par se dissoudre dans la nature. J'essayai alors la dernière solution qui me restait. Tous les matins, je partais dans une direction différente, chevauchais jusqu'à midi, puis rebroussais chemin. Je ne rencontrai rien de familier. C'était extrêmement déconcertant. Chaque soir, je me couchais plus irritée et plus désemparée devant le tour que prenaient les événements... et plus décidée que jamais à retrouver seule le chemin qui menait en Avalon. Il fallait que je montre à grand-père qu'il ne pouvait plus se débarrasser de moi comme d'une gosse et s'attendre que j'accepte ça sans broncher.

« Ensuite, au bout d'une semaine environ, j'ai commencé à faire des rêves. Des cauchemars, plutôt. Vous n'avez jamais rêvé que vous courez comme un fou sans jamais arriver nulle part? C'était un peu comme ça, dans mes rêves — avec la toile d'araignée qui brûlait. Sauf que ce n'était pas vraiment une toile d'araignée, qu'il n'y avait pas d'araignée et qu'elle ne brûlait pas. Mais j'étais emprisonnée dans cette chose, je la contournais et je la traversais. Mais je ne me déplaçais pas vraiment. Ça n'était pas exactement ça, mais je ne sais comment l'expliquer. Et il fallait que j'essaye sans relâche — en fait, je le désirais — de me déplacer sur cette toile d'araignée. Quand je me réveillais j'étais éreintée, comme si j'avais vraiment passé la nuit à courir. Ça a continué comme ça pendant plusieurs nuits de suite, et chaque nuit le rêve était plus fort et plus long et plus vrai.

« Et voilà que ce matin je me suis réveillée, la tête encore pleine du rêve, et j'ai su que je pouvais rentrer chez moi. Je me suis mise en route, presque comme si mon rêve continuait. J'ai fait tout le chemin sans m'arrêter et cette fois au lieu de prêter attention au paysage je me suis concentrée sur Avalon, et au fur et à mesure que je chevauchais, le décor est devenu de plus en plus familier, et finalement je me suis retrouvée ici. C'est seulement à ce moment que j'ai eu l'impression d'être tout à fait réveillée. Maintenant le village, les Tecy, ce ciel, ces étoiles, les bois, les montagnes semblent n'avoir existé que dans un rêve. Je ne suis pas du tout sûre que je saurais y retourner si je le voulais. N'est-ce pas étrange? Peut-être pouvez-vous me dire ce qui est arrivé? »

Je me levai et contournai les reliefs de notre déjeuner. Je m'assis à côté d'elle.

— Tu te souviens de quoi elle avait l'air, cette toile d'araignée brûlante qui n'était pas vraiment une toile d'araignée et qui ne brûlait pas? lui demandai-je.

— Oui, plus ou moins.

— Donne-moi ton couteau, dis-je.

Elle me le passa.

De la pointe de son couteau, je me mis en devoir de modifier le gribouillis qu'elle avait tracé sur le sol. Je prolongeai certaines lignes, en effaçai d'autres, en ajoutai d'autres encore. Elle ne desserra pas les dents pendant toute la durée de l'opération, mais observa intensément chacun de mes gestes. Lorsque j'eus fini, je posai le couteau et attendis un long moment en silence.

Elle finit par parler, presque à voix basse.

— Oui, c'est bien ça, dit-elle en levant les yeux pour me dévisager. Comment le savez-vous? Comment savez-vous ce que j'ai rêvé?

— Parce que, dis-je, tu as rêvé de quelque chose qui est inscrit jusque dans tes propres gènes. Pourquoi, comment — je ne sais. Mais c'est la preuve, en tout cas, que tu es bien une fille d'Ambre. Ce que tu as fait, ç'a été de marcher dans Ombre. Ce dont tu as rêvé, c'est la Grande Marelle d'Ambre. C'est grâce au pouvoir qu'elle confère que ceux de sang royal exercent leur domination sur les ombres. Est-ce que tu comprends ce que je te dis?

— Je n'en suis pas sûre, dit-elle. Je ne crois pas. J'ai déjà entendu grand-père proférer des imprécations contre des ombres, mais je n'ai jamais compris de quoi il retournait.

— Tu ne sais donc pas où se trouve réellement Ambre?

— Non. Il a toujours été très évasif sur ce point. Il m'a parlé d'Ambre et de la famille. Mais je ne sais même pas dans quelle direction se situe Ambre. Je sais seulement que c'est loin.

— Elle se situe dans toutes les directions, dis-je, ou dans celle qu'il vous plaira de choisir. Il suffit de...

— Oui! s'écria-t-elle. J'avais oublié, ou je pensais qu'il disait ça pour rire ou pour me faire marcher, mais Brand m'a dit exactement la même chose voici longtemps. Qu'est-ce que ça veut dire?

— Brand! Quand est-il passé ici?

— Il y a des années, dit-elle, alors que je n'étais encore qu'une petite fille. Il venait souvent ici dans ce temps-là. J'étais très amoureuse de lui et je le poursuivais inlassablement. Il me racontait des histoires, m'apprenait des jeux...

— Quand l'as-tu vu pour la dernière fois?

— Oh! il y a bien huit ou neuf ans.

— Tu as rencontré d'autres membres de la famille?

— Oui, dit-elle. Julian et Gérard sont passés il n'y a pas si longtemps. Il y a quelques mois seulement.

Tout à coup je me sentis très vulnérable. Benedict avait vraiment gardé le silence sur beaucoup de choses. J'eus préféré qu'il m'ait menti plutôt qu'être tenu dans une ignorance totale de ce qui se passait. Il est plus facile de s'indigner quand on découvre le pot aux roses. Le problème avec Benedict, c'est qu'il était trop honnête. Il préférait ne rien me dire plutôt que me mentir. En tout cas, pour moi ça sentait le roussi, et il n'était plus question de traînasser; il me fallait agir, et vite. Oui, ce serait une descente aux enfers difficile pour obtenir ces cristaux. Mais j'avais peut-être encore des choses intéressantes à apprendre ici avant de tenter l'aventure. Du temps... Crénom!

— C'était la première fois que tu les rencontrais? lui demandai-je.

— Oui, et j'étais très blessée dans mon amour-propre.

Elle fit une pause, soupira.

— Grand-père ne voulait pas que je parle de notre lien de parenté. Il m'a présentée comme sa pupille. Et il a refusé de me dire pourquoi. La vache!

— Je suis sûr qu'il avait de bonnes raisons de le faire.

— Oh! moi aussi. Mais ce n'est pas pour ça que c'était plus facile à avaler, surtout quand on a attendu toute sa vie de rencontrer des membres de sa famille. Vous savez, vous, pourquoi il m'a traitée comme ça?

— Ambre traverse actuellement une période de troubles, dis-je, et les choses vont empirer avant de s'améliorer. Moins il y aura de gens qui sauront que tu existes, moins tu auras de chances d'être mêlée à tout ça et de courir un danger. Il n'a agi de la sorte que pour te protéger.

Elle fit mine de cracher.

— Je n'ai pas besoin qu'on me protège, dit-elle. Je peux me défendre toute seule.

— Tu es une bonne lame, dis-je. Malheureusement, la vie est plus compliquée qu'un combat d'escrime à fleurets mouchetés.

— Je sais. Je ne suis pas une enfant. Mais...

— Il n'y a pas de « mais »! Il a fait exactement ce que j'aurais fait si tu étais à moi. En te protégeant, il se protège lui-même. Je suis surpris qu'il ait laissé Brand avoir vent de la chose. Il va être fou furieux quand il apprendra que j'ai découvert le pot aux roses.

Elle redressa vivement la tête et me regarda fixement, les yeux ronds.

— Mais, mais vous ne nous feriez pas de mal, dit-elle. Nous... nous sommes apparentés...

— Que diable sais-tu de ce qui me motive ou de ce que je pense? dis-je. Tu viens peut-être de passer un nœud coulant autour de ta propre gorge et de celle de Benedict!

— Vous plaisantez, n'est-ce pas? dit-elle lentement en levant la main gauche entre nous.

— Je ne sais pas, dis-je. Rien ne m'y obligerait — et je

n'en parlerais pas si je mijotais un sale coup — qu'en penses-tu?

— Non... Probablement pas, dit-elle.

— Je vais te dire quelque chose que Benedict aurait dû te dire il y a longtemps. Ne te fie jamais à un membre de ta famille. C'est bien plus dangereux que de se fier à un étranger. Avec un étranger, il y a au moins une petite chance qu'il ne te veuille pas de mal.

— Vous le pensez sérieusement, n'est-ce pas?

— Oui.

— Et ça s'applique à vous aussi?

Je souris.

— Bien sûr que non. Je suis un homme d'honneur, je suis la bonté, la bienveillance, l'altruisme incarnés. Tu peux te reposer sur moi en toutes circonstances.

— C'est exactement ce que je vais faire, dit-elle, et j'éclatai de rire.

— Si, insista-t-elle. Vous ne pourriez pas nous faire du tort. Je le sais.

— Parle-moi de Gérard et de Julian, dis-je, mal à l'aise, comme chaque fois que je suis confronté à une confiance aveugle. Quelle était la raison de leur visite?

Elle m'observa en silence pendant quelques instants, puis dit :

— Je vous ai déjà raconté pas mal de choses, pas vrai? Vous avez raison. On n'est jamais trop prudent. Je trouve que c'est à votre tour de parler.

— Excellent. Tu es en train d'apprendre comment agir avec nous. Que veux-tu savoir?

— Où est le village — où se trouve-t-il vraiment? Et Ambre? Dans un sens, ils se ressemblent, n'est-ce pas? Que vouliez-vous dire quand vous avez dit qu'Ambre se situe dans toutes les directions, ou dans celle qu'il vous plaira de choisir? Qu'est-ce que c'est que les ombres?

Je me levai et la regardai. Je lui tendis la main. Elle paraissait très jeune et très peu rassurée, mais elle la prit.

— Où?... demanda-t-elle en se levant.

— Par ici, dis-je, et je l'emmenai à l'endroit où j'avais dormi et contemplé la chute d'eau et la roue à aubes.

Elle ouvrit la bouche pour dire quelque chose, mais je l'en empêchai.

— Regarde, dis-je. C'est tout.

Nous restâmes donc là à regarder les tourbillons écumants tandis que je préparais mon cerveau.

— Viens, lui dis-je enfin, et je la pris par le coude et l'entraînai vers la forêt.

Tandis que nous marchions parmi les arbres, un nuage cacha le soleil et les ombres devinrent plus noires. Le chant des oiseaux se fit plus strident et une vapeur humide se mit à sourdre du sol. Tandis que nous passions d'arbre en arbre, leurs feuilles s'allongeaient et s'élargissaient. Lorsque le soleil reparut, il diffusait une lumière plus jaune, et à un détour du chemin nous trouvâmes des lianes qui pendaient des arbres. Les chants d'oiseaux devinrent plus profonds, plus nombreux. Notre sentier commença à monter, et nous contournâmes un affleurement de silex. Un grondement lointain, presque inaudible, semblait résonner derrière nous. Le bleu du ciel parut différent lorsque nous traversâmes une clairière, et un gros lézard brun, qui dormait au soleil sur un rocher, détala à notre approche. Tandis que nous contournions un autre gros rocher, elle dit :

— Je ne savais pas que cet endroit existait. Je n'ai jamais pris ce chemin avant.

Mais je ne lui répondis pas, car j'étais occupé à triturer la substance d'Ombre.

Nous étions de nouveau face à la forêt, mais maintenant le sentier montait à travers elle. A présent les arbres étaient des monstres tropicaux poussant dans une mer de fougères, et de nouveaux bruits — des aboiements, des sifflements, des bourdonnements — se faisaient entendre. Tandis que nous gravissions la colline le long de ce sentier, le grondement s'amplifia autour de nous au point que le sol commença à vibrer. Dara m'agrippait le bras sans rien dire, mais en dévorant des yeux ce qui se passait autour de nous. Il y avait de grandes fleurs plates de couleur pâle, et des mares formées par la condensation qui gouttait des arbres. La température avait considérablement augmenté et nous transpirions abondamment. Le grondement s'était mué en un fracas assourdissant, et quand finalement nous sortîmes du bois, c'est un roulement de tonnerre continu qui nous submergea. Je la guidai jusqu'au bord du gouffre et désignai d'un geste ce qui s'étalait en contrebas.

Une cataracte titanesque, qui s'écrasait sur le fleuve gris comme un marteau sur l'enclume, faisait un plongeon de plus de quatre cents mètres. Des courants rapides et puissants charriaient des bulles et de l'écume sur une distance énorme avant de les dissoudre. En face de nous, à près d'un kilomètre de distance, partiellement masquée par la brume irisée, comme une île plantée là par quelque colosse, une gigantesque roue à aubes tournait lentement, lourde et luisante. Très haut au-dessus de nos têtes, des oiseaux énormes se laissaient porter par les courants d'air comme des crucifix à la dérive.

Nous restâmes à contempler ce spectacle pendant un assez long moment. Toute conversation était rendue impossible par le bruit, ce qui n'était pas pour me déplaire. Finalement, quand elle se détourna pour poser sur moi un regard scrutateur et perplexe, je hochai la tête et d'un mouvement des yeux désignai la forêt. Nous tournâmes le dos à la cataracte et rebroussâmes chemin.

Pour notre retour, je dus utiliser le même processus, mais à l'envers, et j'y parvins avec plus de facilité. Quand il fut de nouveau possible de se parler, Dara ayant apparemment compris que j'étais responsable du changement qui avait eu lieu, garda le silence.

Ce ne fut qu'une fois de retour auprès de notre propre rivière et de sa petite roue à aubes qu'elle consentit à parler.

— Cet endroit était comme le village?

— Oui. Une ombre.

— Et comme Ambre?

— Non. Ambre projette Ombre. Celle-ci peut être façonnée à volonté si on sait comment s'y prendre. L'endroit d'où nous venons était une ombre, ton village était une ombre — et cet endroit-ci est une ombre. Il n'y a pas d'endroit imaginable qui n'existe quelque part dans Ombre.

— Et vous, et grand-père et les autres pouvez aller et venir parmi ces ombres en choisissant ce qui vous plaît?

— Oui.

— Et c'est ce que j'ai fait, en revenant du village?

— Oui.

Tous les traits de son visage traduisirent une soudaine prise de conscience. Ses sourcils presque noirs s'abaissèrent d'un bon centimètre et ses narines se dilatèrent sous l'effet d'une forte inspiration.

— Moi aussi, je peux le faire... dit-elle. Moi aussi, je peux aller où je veux, faire ce qui me plaît!

— Ce pouvoir est en toi, dis-je.

Elle m'embrassa sous l'effet d'une soudaine impulsion, puis s'écarta en tournant sur elle-même, ses cheveux dansant sur son cou mince tandis qu'elle essayait de tout regarder à la fois.

— Alors je peux tout faire, dit-elle en s'immobilisant.

— Il y a des limites, des dangers...

— C'est la vie, dit-elle. Comment puis-je apprendre à contrôler ce pouvoir?

— La clé de tout, c'est la Grande Marelle d'Ambre. Tu dois la traverser si tu veux acquérir le pouvoir. Elle est gravée dans le sol d'une salle située dans les entrailles du palais d'Ambre. Elle est assez grande. Il faut partir de la périphérie et marcher jusqu'au centre sans s'arrêter. On rencontre une résistance considérable, et c'est très dur. Si on s'arrête, si on essaie de quitter la Marelle sans avoir été jusqu'au bout, elle vous détruit. Mais si on va jusqu'au bout, on détient alors un pouvoir sur Ombre qui obéit à un contrôle conscient.

Elle courut jusqu'à l'endroit où nous avions pique-niqué et examina la marelle que nous avions dessinée dans la poussière.

Je la suivis plus lentement. Comme je m'approchais, elle dit :

— Il faut que j'aille en Ambre pour traverser la Marelle!

— Je suis sûr que Benedict a prévu que tu le fasses un jour, dis-je.

— Un jour? C'est maintenant que je veux la traverser! Pourquoi ne m'a-t-il jamais parlé de tout ça?

— Parce qu'il est encore trop tôt. La situation en Ambre est telle que vous ne pourriez vous y montrer ni l'un ni l'autre sans courir un grand danger. L'accès d'Ambre t'est interdit pour le moment.

— Ce n'est pas juste! dit-elle en me regardant rageusement.

— Bien sûr que non, dis-je. Mais c'est comme ça. Je n'y suis pour rien.

Je proférai ces paroles avec une certaine mauvaise conscience, vu que j'étais, bien sûr, en partie responsable de la situation.

— Il aurait presque mieux valu que vous ne me parliez pas de toutes ces choses, dit-elle, si je ne peux pas les avoir.

— Ce n'est pas si catastrophique que ça, dis-je. La situation en Ambre redeviendra stable avant longtemps.

— Comment le saurai-je?

— Benedict le saura. Il te le dira.

— Il n'a pas cru bon de me dire grand-chose jusqu'à maintenant!

— A quoi cela aurait-il servi? Tu aurais passé ton temps à ronger ton frein. Tu sais qu'il a été bon envers toi, qu'il tient à toi. Quand le moment sera venu, il agira en ton nom.

— Et s'il ne le fait pas? Vous m'aiderez?

— J'essaierai.

— Comment pourrai-je vous trouver? Pour vous avertir?

Je souris. On en était arrivé là sans même que j'aie eu besoin de manœuvrer. Inutile de lui dire ce qui était vraiment important. Juste assez pour qu'elle puisse éventuellement m'être utile à l'avenir...

— Les cartes, dis-je. Les Atouts familiaux. Ils n'ont pas qu'une valeur affective. Ils sont un moyen de communication. Trouve le mien, regarde-le fixement, concentre-toi en essayant d'exclure toute autre pensée de ton esprit, parle-lui comme si tu me parlais. Tu t'apercevras que c'est vraiment moi, et que je te réponds.

— C'est ça que grand-père m'a dit de ne pas faire quand je jouais avec!

— Bien sûr.

— Comment ça marche?

— Une autre fois, dis-je. Donnant-donnant, tu te souviens? Je t'ai parlé d'Ambre et d'Ombre. Parle-moi du séjour que Gérard et Julian ont fait ici.

— Oui, dit-elle. Mais il n'y a pas vraiment grand-chose à raconter. Un beau matin, il y a cinq ou six mois, grand-père s'est tout simplement arrêté de faire ce qu'il faisait. Il taillait des arbres dans le verger — il aime le faire lui-même — et je l'aidais. Il était perché sur une échelle et coupait des branches, quand soudain il s'est arrêté, a abaissé le sécateur, et n'a pas bougé pendant quelques minutes. J'ai cru qu'il se reposait, et j'ai continué à rassembler les branches coupées. C'est alors que je l'ai entendu parler — pas marmonner, parler, comme s'il conversait avec quelqu'un. Tout d'abord, j'ai cru que c'était à moi qu'il parlait, et je lui ai demandé de répéter. Mais il ne m'a prêté aucune attention. Maintenant que vous m'avez parlé des Atouts, je me rends compte qu'il devait être en train de parler à l'un d'eux. Probablement à Julian. Quoi qu'il en soit, il est descendu de son échelle tout de suite après, m'a dit qu'il devait s'absenter un jour ou deux, et il est reparti vers le manoir. Il s'est arrêté après avoir fait quelques pas et il est revenu vers moi. C'est là qu'il m'a dit que si Julian et Gérard venaient à passer, je devais passer pour sa pupille, l'orpheline d'un fidèle serviteur. Il est parti à cheval peu après en menant deux chevaux supplémentaires par la bride. Il a emporté son épée.

« Il est rentré au milieu de la nuit avec les deux autres. Gérard était à peine conscient. Il avait une fracture à la jambe gauche et tout le côté gauche de son corps était couvert d'ecchymoses et de bleus. Julian était aussi en piteux état, mais il n'avait rien de cassé. Ils sont restés avec nous presque un mois et ils ont guéri en un temps record. Ensuite ils ont emprunté deux chevaux et ils sont partis. Je ne les ai pas revus depuis.

— Ils ont dit comment ils avaient été blessés?

— Seulement qu'ils avaient eu un accident. Ils n'ont pas voulu m'en dire plus.

— Où ça? Où était-ce arrivé?

— Sur la route noire. Je les ai entendus en parler à plusieurs reprises.

— Où se trouve cette route noire?

— Je ne sais pas.

— Qu'est-ce qu'ils en disaient?

— Ils juraient beaucoup après. C'est tout.

En baissant les yeux, je vis qu'il restait du vin dans la bouteille. Je m'arrêtai, en versai deux derniers verres, et lui en passai un.

— Aux retrouvailles! dis-je en souriant.

— Aux retrouvailles!

Nous vidâmes nos verres.

Elle commença à ranger tout ce que nous avions déballé, et je lui donnai un coup de main, envahi de nouveau par le sentiment d'urgence qui m'avait submergé un peu plus tôt.

— Combien de temps faut-il que j'attende avant de vous contacter? demanda-t-elle.

— Trois mois. Donne-moi trois mois.

— Où serez-vous à ce moment-là?

— En Ambre, j'espère.

— Combien de temps allez-vous rester ici?

— Pas longtemps. A vrai dire, il faut que, dès maintenant, je fasse un petit voyage. Je devrais être de retour demain. Mais je ne resterai probablement que quelques jours après ça.

— Je voudrais tellement que vous restiez plus longtemps.

— Je voudrais pouvoir. Surtout maintenant que je t'ai rencontrée.

Elle rougit et feignit d'être fort occupée à remballer les affaires du pique-nique. Je rassemblai le matériel d'escrime.

— Vous retournez au manoir, maintenant? demanda-t-elle.

— Non, aux écuries. Je pars tout de suite.

Elle prit le panier.

— Allons-y ensemble, dans ce cas. Mon cheval est par là.

Je hochai la tête et la suivis jusqu'à un sentier qui débouchait sur notre droite.

— Je suppose, dit-elle, qu'il vaudrait mieux ne parler de tout ça à personne, et surtout pas à grand-père?

— Ce serait prudent, en effet.

Le gazouillement que faisait la rivière en descendant vers le fleuve, puis vers la mer, s'estompa lentement, lentement, puis s'éteignit, et seul le grincement rythmé de la roue à aubes qui la découpait au fur et à mesure qu'elle coulait nous accompagna encore quelque temps dans le sous-bois.

6.

La plupart du temps, la régularité est plus importante que la rapidité. Tant qu'il y a une progression régulière des stimuli à laquelle se cramponner mentalement, on dispose d'une marge de manœuvre latérale. Une fois le processus enclenché, son régime est une question de discrétion.

J'avançai donc lentement, mais sûrement, en usant de discrétion. Pas la peine de fatiguer Star inutilement. Les décalages rapides sont déjà assez éprouvants pour des êtres humains. Les animaux, qui ne sont pas aussi doués quand il s'agit de se mentir à soi-même, ont plus de difficulté à suivre et deviennent parfois incontrôlables.

Je traversai la rivière là où elle était enjambée par un petit pont en bois et la suivis pendant quelque temps sur la rive opposée. Mon intention était de contourner la ville proprement dite, mais de suivre le cours d'eau jusqu'aux abords de la côte. On était au milieu de l'après-midi. Le sentier que je suivais était frais et ombragé. Grayswandir pendait à ma ceinture.

Je me dirigeai vers l'ouest et parvins finalement au pied des collines qui s'élevaient dans cette direction... Je décidai d'attendre, pour entreprendre le décalage, d'être parvenu en un point qui domine cette ville, la plus grosse agglomération du royaume qui ressemblât à mon Avalon. La ville portait le même nom, et plusieurs milliers de personnes y vivaient, y travaillaient. Plusieurs des tours d'argent manquaient, et la rivière coupait la ville en deux vers le sud suivant un angle légèrement différent, après avoir atteint une largeur huit fois supérieure à sa largeur au niveau du moulin. De la fumée montait des ateliers et des débits de boissons, légèrement déformée par une brise soufflant du sud; des gens, à cheval, à pied, conduisant des charrettes ou des diligences, circulaient dans les rues étroites, entraient et sortaient des boutiques, des hôtels, des maisons; des nuées d'oiseaux tournaient, descendaient, montaient autour des endroits où étaient attachés des chevaux; quelques drapeaux et oriflammes de couleurs vives remuaient mélancoliquement dans la brise; les plans d'eau étincelaient et une brume très légère enveloppait la ville. J'étais trop loin pour entendre le bruit des voix, ou le tintement, le son des marteaux et des scies, le cliquetis ou les grincements, qui se fondaient en une sorte de rumeur continue. J'avais beau ne pas pouvoir reconnaître d'odeurs isolées, même si j'avais été aveugle j'aurais su rien qu'en humant l'air qu'une ville était proche.

A la voir de là-haut, une certaine nostalgie me prit, un lambeau languide de souvenir teinté de regret pour la ville, qui était l'homonyme de cette ville dans un pays d'Ombre disparu et en une époque révolue, où la vie avait été tout aussi simple et moi plus heureux que je ne l'étais maintenant.

Mais on ne vit pas aussi longtemps que j'ai vécu sans adopter une certaine attitude intellectuelle qui consiste à dépouiller les sentiments naïfs dès leur apparition et qui répugne, en général, à verser dans le sentimentalisme. Ces temps étaient révolus, ces actes consommés, et maintenant c'était Ambre qui m'obsédait complètement. Je tournai bride et me dirigeai vers le sud, confirmé dans mon désir de réussir. Ambre, je n'oublie pas...

Le soleil devint une boule de feu aveuglante au-dessus de ma tête et les vents commencèrent à hurler autour de moi. Le ciel devenait de plus en plus jaune et éblouissant au fur et à mesure que je chevauchais, jusqu'à donner l'impression qu'un désert s'étendait d'un horizon à l'autre au-dessus de ma tête. Les collines devinrent plus rocheuses pendant ma descente vers les basses terres, érodées qu'elles étaient par le vent, qui leur avait donné des formes tourmentées et des couleurs sombres. Une tempête de sable s'abattit sur moi tandis que j'atteignais le pied des collines, et je dus me protéger le visage avec ma cape et ne laisser qu'une mince fente entre mes paupières. Star hennit, s'ébroua plusieurs fois, poursuivit son chemin de son pas lent et régulier. Le sable, le rocher, les vents, puis un ciel plus orangé, un amoncellement de nuages couleur d'ardoise vers lequel le soleil se dirigeait...

Puis des ombres allongées, le vent tombant lentement, le calme plat... Seulement le cliquetis des sabots sur la pierre et des bruits de respiration... La pénombre, quand nuages et soleil se précipitent l'un vers l'autre et que l'un masque l'autre... Un coup de tonnerre qui fait trembler les murs du jour... Une netteté surnaturelle des objets lointains... Une sorte de fraîcheur bleutée, d'électricité dans l'air... Le tonnerre, encore...

Et là, un rideau vitreux et changeant à ma droite tandis que la pluie avance... Des fissures bleues dans les nuages... La température en chute libre, notre rythme régulier, le monde devenu une toile de fond monochrome...

Coups de tonnerre en chaîne, accompagnés d'éclairs blancs, le rideau qui s'étend vers nous... Deux cents mètres... Cent cinquante... Assez!

Son ourlet qui laboure le sol, le creuse en bouillonnant... L'odeur humide de la terre... Le hennissement de Star... Une pointe de vitesse...

Des filets d'eau qui parviennent jusqu'à moi, qui s'enfoncent, imbibent le sol... Le détrempent, ruissellent... Inondent le sol... Nous entourent en bouillonnant...

Une hauteur droit devant, et les muscles de Star qui se contractent et se détendent sous moi tandis qu'il saute par-dessus les mares et les ruisseaux, galope à travers une mer d'eau, écumante et boueuse, et atteint l'éminence, ses sabots martelant le sol au milieu des étincelles tandis que nous la gravissons et que le gargouillement de l'eau derrière nous se meut en un grondement continu.

Plus haut, à sec, une pause pour essorer les coins de ma cape... En contrebas, derrière et sur la droite, une mer houleuse et grise lèche le pied de la falaise au sommet de laquelle nous nous tenons...

Direction intérieur des terres maintenant, vers les champs de trèfle, et le soir, la rumeur du ressac derrière moi...

Poursuivant les étoiles filantes vers l'est qui s'obscurcit, puis le silence et la nuit...

Clair le ciel et brillantes les étoiles, mais quelques petits nuages ici et là...

Une bande hurlante de créatures aux yeux rouges qui nous barrent le chemin... Ombre... Aux yeux verts... Ombre... Jaunes... Ombre... Partis...

Mais des pics sombres avec des corolles de neige qui se pressent autour de moi... De la neige glacée, sèche comme de la poussière, charriée par les vents glacés qui soufflent des hauteurs... Le souvenir, ici, des Alpes italiennes, du ski... Des vagues de neige enveloppant des visages de pierre... Un feu blanc dans l'air nocturne... Mes pieds qui s'engourdissent dans mes bottes mouillées... Star complètement déboussolé, qui s'ébroue et assure chaque pas en secouant la tête comme s'il refusait d'y croire...

Des ombres au-delà des rochers, une pente plus douce, un vent plus sec, moins de neige...

Un chemin tortueux, en tire-bouchon, un accès à la chaleur... Plus bas, toujours plus bas, sous la nuit et les étoiles changeantes...

Bien loin les neiges d'il y a une heure, maintenant des plantes rabougries et une plaine sans fin... Plus loin, et les rapaces nocturnes titubent vers le ciel où ils tournent au-dessus de la charogne provisoirement abandonnée en poussant des cris rauques de protestation sur notre passage...

Plus lentement, vers l'endroit où l'herbe ondoie, caressée par la brise moins froide... Le grondement d'un félin en chasse... La fuite tout en ombres bondissantes d'une sorte de cerf... Les étoiles qui se mettent en place et mes pieds qui se désengourdissent...

Star qui rue, hennit, fonce droit devant lui, fuyant

quelque chose d'invisible... Un long moment passé à le calmer, et un moment plus long encore avant que ses frissons ne disparaissent...

Maintenant les stalactites d'un croissant de lune qui gouttent sur des arbres lointains... Une terre humide qui exhale une brume luminescente... Des papillons de nuit qui dansent dans la lumière nocturne...

Le sol qui cède et oscille l'espace d'un instant, comme si des montagnes changeaient de position... A chaque étoile son double... Un halo autour de la lune toute bête... La plaine, l'air au-dessus d'elle rempli de formes fuyantes...

La terre, comme une horloge qu'on a oublié de remonter, s'arrête après un dernier tic-tac... Stabilité... Inertie... Les étoiles et la lune réconciliées avec leurs esprits...

Contourner la lisière du bois, vers l'ouest... Impression d'une jungle endormie... images de serpents sous une toile cirée...

Vers l'ouest, encore vers l'ouest... Quelque part une rivière avec des rives larges et dégagées pour faciliter mon passage jusqu'à la mer...

Bruit de sabots, froissements d'ombres... L'air nocturne sur mon visage... Des êtres rayonnants entrevus sur de grands murs sombres, sur des tours flamboyantes... L'air s'adoucit... La vision se trouble... Ombres...

Nous nous fondons, Star et moi, sous une unique pellicule de sueur, tel un centaure... Nous inspirons et expirons dans un concert de halètements... Le cou enveloppé de tonnerre, terrible la gloire des naseaux... Avalant le sol...

Riant, le parfum de l'eau arrivant jusqu'à nous, les arbres très près sur notre gauche...

Puis parmi eux... Écorce lisse, lianes tombantes, larges feuilles, gouttelettes de condensation... Toile d'araignée au clair de lune, enfermant des silhouettes qui se débattent... Humus spongieux... Troncs d'arbres morts mouchetés de lichens phosphorescents...

Un endroit dégagé... De hautes herbes qui bruissent...

Encore des arbres...

De nouveau l'odeur de la rivière...

Des bruits, plus tard... Des bruits... Le gazouillis cristallin de l'eau...

Plus près, plus fort, devant moi enfin... Les cieux tournoyant et bouillonnant en son sein, et les arbres... Clair, avec quelque chose de délicieusement froid et humide... Prendre à gauche, le longer maintenant. Se laisser mener par lui, docilement...

Boire... Pataugeant dedans, puis enfoncé jusqu'aux jarrets, tête baissée, Star buvant comme une pompe, soufflant de la vapeur d'eau par ses narines... Moi, en amont, l'eau caressant la pointe de mes bottes... Gouttant de mes cheveux, coulant le long de mes bras... La tête de Star qui se tourne vers moi quand j'éclate de rire...

Repartir vers l'aval, en suivant la rivière claire, indolente, sinueuse... Puis droite, plus large, encore plus lente...

Des arbres qui se pressent, puis se font plus rares...

Longue, lente, régulière, la rivière...

Une vague lueur à l'est...

Une pente qui descend plus vite, à présent, et moins d'arbres... Plus rocailleux, et l'obscurité redevenue totale...

Le premier signe annonciateur, imperceptible, de la mer, perdu l'odeur d'après... Le pas régulier de Star, dans l'air frisquet de la nuit... Encore une fois, une bouffée d'air salin...

Des rochers, plus d'arbres... Dur, abrupt, aride, le roc... De plus en plus raide la descente...

Filant entre des murs de pierre... Cailloux délogés disparaissant dans le courant maintenant torrentueux, leur faible clapotis noyé dans le grondement amplifié par l'écho... Plus profond le défilé, plus large...

Plus bas, toujours plus bas...

Plus loin...

Une lueur pâle de nouveau à l'est, une pente devenue plus douce... Encore, l'odeur de sel, plus forte cette fois...

Schiste et grès... Un tournant, une descente, de plus en plus de lumière...

Régulier, doux et mal assuré le pas de Star...

La brise et la lumière, la brise et la lumière... Au détour d'un rocher...

S'arrêter.

En contrebas s'étalait la côte désolée où rangée après rangée de dunes vallonnées, harcelées par les vents du sud-ouest, projetaient des embruns de sable, qui estompaient partiellement les contours lointains de la mer, morne et grise dans le petit matin.

Je regardai la pellicule rose surgir de l'est et envahir lentement la mer. Ici et là, les sables mouvants révélaient des plages de gravier sombre. Des masses de rocher au relief tourmenté dressaient la tête au-dessus des vagues. Entre les dunes massives, hautes de dizaines de mètres, et moi qui dominais cette côte sinistre, s'étalait une plaine défoncée et irrégulière faite de gravier et de rochers anguleux, qui émergeait tout juste de l'enfer ou de la nuit, grouillante d'ombres, dans les premières lueurs de l'aube.

Oui, ça collait.

Je mis pied à terre et regardai le paysage recevoir à contrecœur les premiers rayons d'un soleil dur et froid. C'était bien la lumière blanche et crue que je cherchais. Ici, sans êtres humains, se trouvait l'endroit nécessaire, tel que je l'avais vu des dizaines d'années auparavant sur ombre Terre où j'étais exilé. Pas de bulldozers, ni de trieuses, ni de Noirs équipés de balais; pas de ville-prison d'Oranjemund. Pas de détecteurs à rayons X, de fils de fer barbelé ou de gardes armés. Rien de tout cela ici. Non. Car cette ombre n'avait jamais connu un Sir Ernest Oppenheimer, et il n'y avait jamais eu de Société mixte des Mines de Diamant de l'Afrique du Sud-Ouest, ni de gouvernement pour approuver la fusion opérée par eux de l'ensemble des exploitations côtières de gisements diamantifères. Ici il n'y avait que le désert, appelé Namib, à un endroit situé à six cents kilomètres au nord-ouest du Cap, une bande de dunes et de rochers d'une largeur variant entre trois et vingt kilomètres, coincée entre la mer et les montagnes Richtersveld, dans l'ombre desquelles je me tenais présentement. Ici, contrairement aux mines classiques, les diamants jonchaient le sol comme des feuilles mortes à l'automne. Bien entendu, j'avais apporté un râteau et un tamis.

Je déballai mes rations et préparai le petit déjeuner. C'était une journée chaude et poussiéreuse qui s'annonçait.

Tandis que je travaillais dans les dunes, je pensai à Doyle, le petit joaillier aux cheveux rares, au teint rouge brique et aux joues parsemées de kystes que j'avais rencontré en Avalon. Du rouge à polir? Pourquoi voulais-je autant de rouge à polir — de quoi en fournir à une armée de bijoutiers pendant dix générations? J'avais haussé les épaules. Que lui importait ce que je comptais en faire, tant que j'avais de quoi le payer? Enfin, si on avait découvert un nouvel usage pour ce produit et s'il y avait de l'argent à gagner, il faudrait être idiot... En d'autres termes, il ne serait pas en mesure de m'en fournir une telle quantité sous huitaine? De petits gloussements carrés s'étaient échappés des brèches de son sourire édenté. Sous huitaine? Oh! non! Il ne fallait pas y compter! C'était ridicule, hors de question... Je voyais. Bon, eh bien, merci bien, et peut-être que son concurrent d'à côté pourrait satisfaire ma commande, et peut-être aussi s'intéresserait-il à quelques diamants non taillés que je m'attendais à recevoir dans les jours à venir... Des diamants, avais-je dit? Attendez. Lui-même s'intéressait de très près aux diamants... Oui, mais son commerce laissait beaucoup à désirer en ce qui concernait le rouge à polir. Une main levée. Il avait peut-être parlé un peu vite en disant qu'il ne serait pas en mesure de fournir le produit lustrant. C'était la quantité demandée qui lui avait paru exorbitante. Mais les ingrédients ne manquaient pas et la formule était assez simple. Oui, rien ne s'opposait à ce qu'une solution fût trouvée. Sous huitaine, qui plus était. Bon, au sujet de ces diamants...

Lorsque j'avais quitté sa boutique, une solution avait été trouvée.

J'ai rencontré bien des gens qui pensaient que la poudre qu'on utilisait dans les armes à feu explosait, ce qui bien sûr est inexact. Elle se consume rapidement en libérant des gaz dont la pression expulse une balle de l'orifice d'une douille et la propulse à travers le canon d'une arme, après avoir été allumée par le détonateur qui, lui, explose effectivement au moment où le percuteur le frappe. Bon, eh bien, au fil des ans, j'avais, avec ce don de la prévoyance qui caractérise ma famille, expérimenté tout un échantillonnage de combustibles. La déception que j'avais éprouvée en découvrant que la poudre conventionnelle refusait de se consumer en Ambre n'avait été mitigée que par le fait de savoir qu'aucun de mes frères et sœurs ne pouvait, pas plus que moi, en importer en Ambre. Ce n'est que beaucoup plus tard, au cours d'un séjour en Ambre, alors que j'astiquais un bracelet, destiné à Deirdre, que je découvris cette merveilleuse propriété du rouge à polir d'Avalon en jetant le chiffon dont je m'étais servi dans l'âtre. Fort heureusement, il y avait très peu de produit sur le chiffon et j'étais seul dans la pièce.

Tel quel, il constituait un excellent détonateur. Mélangé à un élément inerte en quantité suffisante, on pouvait également le faire se consumer de façon adéquate.

Je gardai cette découverte pour moi, pensant qu'un jour elle pourrait servir à trancher certaines questions décisives en Ambre. Malheureusement, Éric et moi étions entrés en conflit avant que ce jour n'arrive, et elle avait été rangée dans le tiroir de ma mémoire avec tous mes autres souvenirs. Quand finalement les choses s'étaient précisées, mes dés avaient rapidement été jetés avec ceux de Bleys, qui se préparait à attaquer Ambre. Il n'avait pas vraiment eu besoin de moi à l'époque, mais m'avait pris avec lui aux seules fins, je crois, de me surveiller. Si je lui avais fourni des armes à feu, il aurait été invincible et n'aurait plus eu besoin de moi. Plus important encore, si nous avions réussi à prendre Ambre suivant ses plans, la situation serait devenue très tendue, car le gros des troupes d'occupation, ainsi que la loyauté des officiers, lui auraient été acquises. Il m'aurait alors fallu quelque chose pour ramener un plus juste équilibre des forces. Quelques bombes et des armes automatiques, par exemple.

Si j'avais disposé de tous mes moyens, ne fût-ce qu'un mois auparavant, la situation aurait été très différente. J'aurais été confortablement assis sur le trône d'Ambre au lieu de me faire rôtir, de m'écorcher et de me déshydrater, avec une nouvelle descente aux enfers devant moi et un millier de problèmes à résoudre par la suite.

Je crachai du sable pour ne pas m'étouffer en riant. Que ne ferait-on pas avec des *si*. Pour m'occuper l'esprit, j'avais mieux que de stériles regrets. Je pouvais penser à Éric, par exemple...

Je me souviens de ce jour-là, Éric. J'étais enchaîné et on m'avait forcé à me mettre à genoux devant le trône. Je m'étais déjà couronné, pour te tourner en dérision, et on m'avait battu. La deuxième fois que j'ai eu la couronne entre les mains, je te l'ai jetée à la tête, mais tu l'as attrapée au vol et tu as souri. J'étais content qu'elle ne se soit pas abîmée en manquant de t'abîmer toi. Un objet si beau... Tout en argent, avec ses sept branches, et serti d'émeraudes dépassant en beauté tous les diamants de la création. Un gros rubis de chaque côté de la tête.

... Tu t'es couronné toi-même ce jour-là, tout arrogance et faste hâtif et pompeux. Les premiers mots que tu as prononcés alors, c'est à moi que tu les as chuchotés, avant que l'écho de « Vive le Roi! » se fût tu dans la salle du trône. Je m'en souviens comme si c'était hier. « Tes yeux viennent de contempler le plus beau spectacle qu'ils verront jamais », as-tu dit. Puis tu as crié : « Gardes! Emmenez Corwin à la forge, et qu'on lui brûle les yeux! Qu'il se souvienne du spectacle de ce jour comme du dernier qu'il aura contemplé. Jetez-le ensuite dans l'oubliette la plus obscure qui soit, au fond des entrailles d'Ambre, et que son nom soit oublié! »

– Maintenant tu règnes sur Ambre, dis-je à voix haute. Mais j'ai retrouvé l'usage de mes yeux, et je n'ai ni oublié ni été oublié.

Non, pensai-je. Drape-toi dans ta royauté, Éric. Les murs d'Ambre sont épais et hauts. Reste à l'abri de ces murs. Entoure-toi de l'acier dérisoire des épées. Telle une fourmi, tu dotes ta tanière d'un blindage de poussière. Tu sais maintenant que tu ne seras plus en sécurité tant que je serai en vie, et je t'ai dit que je serai de retour. J'arrive, Éric. Et j'apporte avec moi des fusils d'Avalon, et je défoncerai tes portails et anéantirai tes défenseurs. Et, de nouveau, il en sera comme il en a été, aussi rapidement que la fois où tes hommes sont arrivés *in extremis* et t'ont sauvé. Ce jour-là je n'ai eu droit qu'à quelques gouttes de ton sang. Cette fois, j'aurai le tout.

Je dégageai un autre diamant dans sa gangue – c'était environ le seizième – et le mis dans le sac qui pendait à ma ceinture.

Face au soleil couchant, je me posai des questions sur Benedict, Julian et Gérard. Quel rapport y avait-il entre eux? Quoi qu'il en fût, je me méfiais de toute association dans laquelle Julian était partie prenante. Avec Gérard, ce n'était pas pareil. J'avais pu m'endormir presque sur mes deux oreilles l'autre soir au campement en pensant que c'était probablement lui que Benedict essayait de contacter. Mais si maintenant il était l'allié de Julian, il y avait de quoi s'inquiéter sérieusement. Si quelqu'un me haïssait encore plus qu'Éric, c'était Julian. S'il savait où je me trouvais, je courais un danger considérable. Je n'étais pas encore prêt pour un affrontement.

Sans doute Benedict pouvait-il trouver quelque justification morale à vendre la mèche à ce stade. Après tout, il savait que quelles que fussent mes intentions – et il savait que j'en avais –, elles se solderaient par une épreuve de force en Ambre. Son cas de conscience, je le comprenais, et même, dans un sens, je l'approuvais. Il ne voulait que le bien du royaume. Contrairement à Julian, c'était un homme à principes, et je regrettais de ne pas avoir son soutien. Je n'espérais qu'une chose : que ma prise de pouvoir serait aussi rapide et indolore qu'une extraction de dent sous anesthésie, et que peu de temps après on se retrouverait du même côté. Et maintenant que j'avais rencontré Dara, je voulais également qu'il en soit ainsi pour son bien.

Il m'en avait trop peu dit pour que je me sente rassuré. Je ne pouvais pas savoir s'il avait réellement l'intention de rester en campagne jusqu'à la fin de la semaine, ou s'il aidait en ce moment même les forces d'Ambre à me tendre un piège, à bâtir ma prison, à creuser ma tombe. Il me fallait faire vite, bien que j'eusse aimé m'attarder quelque temps en Avalon.

J'enviais Ganelon, quel que fût le bouge ou le lupanar dans lequel il buvait, forniquait ou se battait, quelle que fût la forêt dans laquelle il chassait. Il était rentré chez lui. Devrais-je le laisser à ses plaisirs, malgré son désir de m'accompagner en Ambre? Mais non, on l'interrogerait au sujet de mon départ, on le maltraiterait pour peu que Julian s'en mêlât, après quoi il deviendrait un proscrit dans ce pays qu'il s'imaginait être le sien, dans l'hypothèse assez improbable où on le relâcherait. Il redeviendrait alors sans aucun doute un hors-la-loi, pour la troisième fois de sa vie et sans doute la dernière. Non, je tiendrais parole. Il m'accompagnerait, s'il en exprimait encore le désir. S'il changeait d'avis – eh bien, j'allais même jusqu'à l'envier à l'idée qu'il pourrait devenir un hors-la-loi en Avalon. J'aurais voulu rester plus longtemps, histoire de chevaucher dans les collines avec Dara, de me promener dans la campagne, de voguer sur les rivières...

Je pensai à la jeune fille. D'être au courant de son existence changeait bien des choses. Je ne savais pas exactement quoi. Malgré nos haines spectaculaires et nos petites rancunes, nous autres, Ambriens, avons l'esprit de famille à un degré surprenant. Nous cherchons toujours à avoir des nouvelles les uns des autres, à connaître la position de chacun dans le tableau toujours changeant. Une pause pour échanger des potins a sans aucun doute arrêté plus d'un coup fatal entre nous. Je nous imagine parfois comme une bande de vieilles mégères vivant dans quelque chose qui tiendrait à la fois de la maison de repos et de la course d'obstacles.

Je ne savais pas encore comment situer Dara dans tout

cela, parce qu'elle ne savait pas elle-même où elle se situait. Oh! elle finirait bien par l'apprendre. Ce ne seraient pas les tuteurs qui manqueraient, une fois que son existence serait connue. Maintenant que, grâce à moi, elle avait pris conscience de son unicité, ce ne serait qu'une question de temps avant qu'elle ne fasse son entrée dans le monde et se mêle à nos petits jeux. Je m'étais fait un peu l'effet d'un démon tentateur quand nous avions parlé près de la rivière, mais que diable, elle avait le droit de savoir. Elle l'aurait appris tôt ou tard, et plus tôt elle l'apprendrait, plus tôt elle pourrait commencer à préparer ses défenses. C'était pour son propre bien.

Évidemment, il était possible – probable, même –, que sa mère et sa grand-mère eussent vécu dans l'ignorance de leur héritage...

Et où cela les avait-elles menées? A une mort violente, d'après ce qu'avait dit Dara.

Était-ce possible, me demandai-je, que le long bras d'Ambre soit sorti d'Ombre pour les tuer? Et qu'il soit susceptible de frapper de nouveau?

Benedict pouvait être aussi coriace, aussi opiniâtre, aussi mauvais que n'importe lequel d'entre nous quand il le voulait. Plus, même. Il défendrait les siens avec acharnement, irait même jusqu'à tuer l'un de nous s'il l'estimait indispensable. Il avait dû se dire qu'en ne soufflant mot de son existence et en la maintenant dans l'ignorance de sa vraie nature, il la protégeait. Il m'en voudrait terriblement quand il apprendrait ce que j'avais fait, ce qui me donnait une raison de plus pour ne pas faire de vieux os chez lui. Mais je n'avais pas parlé à Dara de tout ça par simple perversité. Je voulais qu'elle survive, et j'avais le sentiment que Benedict s'y prenait mal. D'ici mon retour, elle aurait eu le temps de réfléchir à ce que je lui avais dit. Elle aurait de nombreuses questions à me poser et je saisirais l'occasion pour la mettre sérieusement en garde et lui donner toutes précisions utiles.

Je grinçai des dents.

Rien de tout cela ne devrait être nécessaire. Quand je régnerais sur Ambre, tout cela changerait. Il le fallait...

Pourquoi n'y avait-il jamais eu personne pour trouver un moyen de changer la nature fondamentale de l'homme? Même l'effacement de tous mes souvenirs et une nouvelle vie sur un monde nouveau n'avaient réussi à produire que le même vieux Corwin. Si je n'avais pas été content d'être moi, il y aurait eu de quoi désespérer.

Dans un coin tranquille de la rivière, je me débarrassai de la sueur et de la poussière tout en me posant des questions sur la route noire qui avait mis mes frères dans un si piteux état. J'avais encore beaucoup de choses à apprendre.

Pendant tout le temps que je me baignai, je gardai Grayswandir à portée de la main. L'un d'entre nous peut en suivre un autre à la trace à travers Ombre quand la piste est encore fraîche. Je me baignai cependant sans être dérangé, mais, en revanche, utilisai Grayswandir par trois fois sur le chemin du retour, sur des choses beaucoup moins mondaines que des frères.

Mais il fallait s'y attendre, car j'avais considérablement accéléré l'allure...

Il faisait encore nuit, bien que l'aube fût proche, lorsque je pénétrai dans les écuries du manoir de mon frère. Je m'occupai de Star, qui était surexcité. Je lui parlai pour le calmer tout en le bichonnant, puis lui donnai une bonne quantité d'eau et de fourrage. Firedrake, le cheval de Ganelon, salua mon retour depuis le mur opposé. Je fis une toilette sommaire devant la pompe de l'écurie en essayant de décider où j'allais dormir un peu.

J'avais besoin de repos. Quelques heures de sommeil me suffiraient pour le moment, mais je refusais de dormir sous le toit de Benedict. Je refusais d'être une proie aussi facile, et si j'avais souvent répété que je désirais mourir dans mon lit, ce que je voulais vraiment dire par là, c'était que je voulais me faire marcher dessus par un éléphant pendant que je ferais l'amour.

Par ailleurs, je n'avais rien contre son alcool et j'avais bien besoin d'une lampée de quelque chose de fort. Le manoir était plongé dans l'obscurité; j'entrai en catimini et trouvai la réserve à liqueurs.

Je me versai un verre à réveiller un mort, l'avalai d'un trait, m'en versai un deuxième que j'apportai devant la fenêtre. Je pouvais voir fort loin. Le manoir se dressait à flanc de coteau et Benedict avait fait appel aux meilleurs paysagistes.

— Blanche dans la lune s'étire la longue route, récitai-je, étonné par le son de ma propre voix. La lune blafarde suspendue dans le ciel...

— Ça vous pouvez le dire, Corwin, mon vieux, dit la voix de Ganelon.

— Je ne savais pas que vous étiez là, dis-je doucement, sans me retourner.

— C'est parce que je ne bouge pas de mon fauteuil, dit-il.

— Ah! fis-je. Vous êtes rond à ce point?

— Pas du tout, dit-il. En tout cas, pas encore. Mais si vous étiez un vrai ami, vous m'apporteriez un verre bien tassé...

Je me retournai.

— Qu'est-ce qui vous empêche d'aller vous servir?

— Ça me fait mal quand je bouge.

— Bon.

J'allai lui remplir un verre et le lui apportai. Il le leva lentement, me remercia d'un signe de tête, avala une gorgée.

— Ah! ça va mieux! soupira-t-il. Si seulement ça pouvait faire passer la douleur...

— Vous vous êtes bagarré, dis-je.

— Oui da. Plusieurs fois.

— Dans ce cas, souffrez en silence comme un bon soldat que vous êtes et laissez-moi garder ma compassion pour d'autres.

— Mais j'ai gagné!

— Tudieu! Où avez-vous laissé les corps?

— Oh! ils ne s'en sont pas si mal tirés que ça. C'est une fille qui est responsable de l'état dans lequel je suis.

— Vous en avez eu pour votre argent, à ce que je vois.

— Ce n'est pas ce que vous croyez, pas du tout. Je crois

que je nous ai mis dans une position embarrassante.

— Nous? Comment ça?

« Je ne savais pas que c'était la maîtresse de maison. Je suis rentré de joyeuse humeur, et j'ai cru avoir affaire à une servante...

— Dara? demandai-je, soudain très inquiet.

— Elle-même. Je lui ai tapé sur les fesses et j'ai cherché à l'embrasser...

Il gémit.

— Et c'est alors qu'elle m'a soulevé. Elle m'a soulevé de terre et m'a tenu à bout de bras au-dessus de sa tête. Et elle m'a dit qu'elle était la maîtresse de maison. Et elle m'a laissé tomber... Je pèse cent dix kilos à jeun, et ça faisait une sacrée chute.

Il avala une nouvelle gorgée et je ris dans ma barbe.

— Elle aussi, elle a rigolé, dit-il amèrement. Elle m'a aidé à me relever et s'est montrée plutôt gentille, et bien sûr je lui ai présenté mes excuses... Votre frère doit être un drôle de type. Je n'ai jamais rencontré une fille aussi forte. Les choses qu'elle pourrait faire à un homme...

Il y avait un respect presque craintif dans sa voix. Il secoua lentement la tête et vida son verre d'un trait.

— C'était effrayant — et pas qu'un peu embarrassant, conclut-il.

— Elle a accepté vos excuses?

— Oh! oui. Elle a pris la chose avec beaucoup d'élégance. Elle m'a dit d'oublier ce qui s'était passé, et m'a promis de l'oublier aussi.

— Dans ce cas, pourquoi n'êtes-vous pas au lit en train de reprendre des forces?

— Je vous attendais, au cas où vous rentreriez à une heure indue. Je voulais vous intercepter dès votre arrivée.

— Eh bien, voilà qui est fait.

Il se leva lentement et prit son verre.

— Allons dehors, dit-il.

— Bonne idée.

Il saisit la carafe de brandy en sortant, ce que je trouvai également être une bonne idée, et nous empruntâmes un chemin qui traversait le jardin derrière la maison. Finalement, il se posa prudemment sur un vieux banc en pierre au pied d'un gros chêne, puis remplit nos deux verres et but une gorgée du sien.

– Ah! il s'y connaît aussi en liqueurs, votre frère, dit-il.

Je m'assis auprès de lui et bourrai ma pipe.

– Une fois les excuses et les présentations faites, on a commencé à bavarder, dit-il. Dès qu'elle a appris que j'étais avec vous, elle a voulu savoir un tas de choses sur Ambre, sur les ombres, sur vous et le reste de la famille.

– Que lui avez-vous dit? demandai-je en allumant ma pipe.

– Rien, dit-il, puisque je ne savais rien.

– Parfait.

– Mais ça m'a quand même fait réfléchir. J'ai l'impression que Benedict ne lui dit pas grand-chose, et je crois comprendre pourquoi. A votre place, je ferais attention à ce que je dis en sa présence, Corwin. Elle est un peu trop curieuse à mon goût.

Je hochai la tête en exhalant de la fumée.

– Elle a de bonnes raisons de l'être, dis-je. D'excellentes raisons. Mais je suis content de voir que vous ne perdez jamais la tête, même quand vous avez bu. Merci de m'avoir averti.

Il haussa les épaules et but une gorgée.

– Une bonne raclée, ça vous dégrise un homme. Et puis, votre sécurité est ma sécurité.

– Exact. Cette version d'Avalon rencontre-t-elle votre approbation?

– Cette version? C'*est* mon Avalon. Une nouvelle génération a remplacé celle que j'ai connue, mais le pays est le même. J'ai visité le Champ d'Épines aujourd'hui, où j'ai écrasé la bande à Jack Hailey en tant que général à votre service. C'était le même endroit.

– Le Champ d'Épines, dis-je, la tête pleine de souvenirs.

– Oui, c'est bien mon Avalon, poursuivait-il, et je reviendrai y passer mes vieux jours, si nous survivons à l'équipée d'Ambre.

– Vous tenez toujours à m'accompagner?

– Ma vie entière j'ai rêvé de voir Ambre – enfin, depuis

le jour où j'en ai entendu parler pour la première fois. C'était de votre bouche, en des temps plus heureux.

— Je ne me souviens pas vraiment de ce que j'ai pu dire. Ce devait être une belle histoire.

— Nous étions tous les deux merveilleusement ivres cette nuit-là, et elle m'a paru courte. Vous avez pleuré ici et là en me parlant de cette montagne formidable, le Kolvir, des flèches vert et or de la ville, des promenades, des corniches, des terrasses, des fleurs, des fontaines... L'histoire m'a paru courte, mais elle a duré la plus grande partie de la nuit, car le jour se levait quand nous sommes allés nous coucher en titubant. Dieu! Je pourrais presque vous dessiner un plan de cette ville! Je dois la voir avant de mourir.

— Je ne me souviens pas de cette nuit-là, dis-je lentement. Je devais être très, très saoul.

Il rit dans sa barbe.

— On en a passé, des bons moments jadis, dit-il, et les gens d'ici se souviennent de nous. Mais comme de gens qui ont vécu il y a très longtemps — et un grand nombre de faits leur sont parvenus déformés. Mais que diable! Combien de gens sont capables de se souvenir correctement de quelque chose d'un jour sur l'autre?

Je ne dis rien, et me contentai de fumer en réfléchissant au passé.

— ... Ce qui m'amène à vous poser une question ou deux, dit-il.

— Allez-y.

— En attaquant Ambre, allez-vous vous mettre Benedict à dos?

— J'aimerais bien le savoir, dis-je. Je crois que oui, au début. Mais je devrais avoir réussi mon coup avant qu'il ne puisse atteindre Ambre en partant d'ici, pour répondre à un éventuel appel à l'aide. Je veux dire, atteindre Ambre avec des renforts. Il pourrait se transporter personnellement sur place en moins de temps qu'il ne faudrait pour le dire, pour peu que quelqu'un en Ambre l'aide à le faire. Mais ça ne lui servirait pas à grand-chose. Non. Plutôt que d'engager Ambre dans une guerre fratricide, il apportera son soutien à quiconque sera capable de la maintenir unie — j'en suis sûr. Une fois que j'aurai détrôné Éric, il voudra mettre un terme aux violences et acceptera de me voir sur le trône ne serait-ce que pour les voir cesser. Évidemment, il n'ira pas jusqu'à approuver, dans son principe, ma prise de pouvoir.

— C'est là que je voulais en venir. Est-ce que ça risque de provoquer un conflit entre vous?

— Je ne crois pas. Cela est uniquement une question de politique et nous nous connaissons presque depuis toujours, lui et moi, et avons toujours entretenu de meilleurs rapports que nous n'avons jamais, l'un ou l'autre, entretenus avec Éric.

— Je vois. Puisque vous et moi sommes alliés dans cette affaire et qu'aujourd'hui Benedict semble avoir la haute main sur Avalon, je me demandais quel accueil il me réserverait si je devais revenir ici un jour. Me détesterait-il parce que je vous aurais aidé?

— Cela me paraît très peu probable. Ce n'est pas son genre.

— Dans ce cas, laissez-moi faire un pas de plus. Dieu sait que j'ai une grande expérience sur le plan militaire, et si nous réussissons à prendre Ambre, il en aura amplement la preuve. Étant donné sa blessure au bras droit et tout, pensez-vous qu'il envisagerait de me prendre à son service comme commandant de sa milice? Je connais si bien cette région. Je pourrais l'emmener au Champ d'Épines et lui décrire la bataille par le menu. Par tous les diables, je le servirais bien — aussi bien que je vous ai servi.

Il éclata de rire.

— Pardon. Mieux que je ne vous ai servi.

Je ris et avalai une gorgée de brandy.

— Ça me paraît difficile, dis-je. Bien sûr, l'idée me plaît. Mais je ne sais pas s'il vous accordera jamais sa confiance. Ça ressemblerait trop à une manœuvre de ma part.

— Maudite politique! Ce n'est pas ce que je voulais dire! Je suis un soldat, rien de plus, et j'aime Avalon!

— Je vous crois. Mais lui, vous croira-t-il?

— Avec son bras amputé il aura besoin d'un homme capable pour le seconder. Il pourrait...

Je commençai à rire et m'arrêtai presque aussitôt, car un éclat de rire semble porter loin. Et puis, je ne voulais pas blesser Ganelon dans son amour-propre.

— Je suis désolé, dis-je. Vraiment, excusez-moi. Vous ne comprenez pas. Vous ne pouvez pas vraiment comprendre qui est l'homme que nous avons rencontré sous la tente ce soir-là. Il a pu vous paraître un homme ordinaire — et diminué, qui plus est. Mais la vérité est tout autre. J'ai peur de Benedict. Il est unique en son genre, que ce soit dans Ombre ou dans la réalité. Il est le Maître d'Armes du royaume d'Ambre. Pouvez-vous imaginer un millénaire? Mille ans? Plusieurs millénaires? Pouvez-vous comprendre un homme qui, pratiquement chaque jour d'une vie comme celle-là, a passé un certain temps à s'occuper d'armes, de tactique, de stratégie? Vous le voyez dans un minuscule royaume, à la tête d'une petite milice, avec un verger bien taillé derrière sa maison, mais ne vous y trompez pas. Tout ce qui a jamais concerné la science militaire est là, dans son cerveau. Il est souvent passé d'ombre en ombre, observant de multiples variantes de la même bataille dans des circonstances chaque fois légèrement différentes aux seules fins de vérifier ses théories sur la guerre. Il a commandé des armées si grandes que vous pouviez les regarder défiler jour après jour, sans jamais en voir la fin. Il a beau être handicapé par la perte de son bras droit, je ne voudrais pour rien au monde l'affronter en combat singulier, que ce soit avec des armes ou à main nue. C'est heureux qu'il n'ait pas de visées sur le trône, sans quoi il serait assis dessus en ce moment même. Si c'était le cas, je crois bien que j'abandonnerais mon projet séance tenante et lui rendrais hommage. J'ai peur de Benedict.

Ganelon resta silencieux un long moment, et je bus de nouveau une gorgée, car j'avais la gorge sèche.

— Évidemment, j'ignorais cet aspect de l'affaire, dit-il enfin. Je serais heureux s'il me laisse simplement revenir en Avalon.

— Ça, il le fera. Je le sais.

— Dara m'a dit qu'elle avait reçu un message de lui aujourd'hui. Il a décidé d'abréger sa campagne. Il sera probablement de retour demain.

— Crénom! dis-je en me levant. Il va falloir nous dépêcher, dans ce cas. J'espère que Doyle tient la marchandise à notre disposition. Nous irons le voir demain matin pour accélérer les choses. Je veux avoir filé avant le retour de Benedict!

— Alors vous avez les diams?

— Oui.

— Je peux les voir?

Je détachai la bourse que je portais à la ceinture et la lui tendis. Il l'ouvrit et en sortit plusieurs pierres qu'il mit dans la paume de sa main et les tourna ensuite lentement entre ses doigts.

— On ne peut pas dire que ce soit impressionnant, dit-il, à les voir comme ça, dans cette lumière. Attendez! Il y a une lueur! Non...

— Ils sont encore dans leur gangue, bien sûr. Vous tenez une fortune entre vos mains.

— Stupéfiant, dit-il en les remettant dans le sac et en refermant celui-ci. Ça vous a été si facile.

— Ça n'a pas été si facile que ça.

— Quand même. Récolter une fortune pareille en si peu de temps, ça paraît presque immoral.

Il me le rendit.

— Je veillerai à ce que vous ayez une fortune à vous quand nous en aurons terminé avec l'affaire qui nous préoccupe, dis-je. Ça vous ferait une compensation, au cas où Benedict ne vous offrirait pas un emploi.

— Maintenant que je sais qui il est, je suis plus décidé que jamais à travailler pour lui un jour.

— On verra ce qu'on peut faire.

— Oui. Merci, Corwin. Comment allons-nous organiser notre départ?

— Je veux que vous alliez vous reposer, car je compte vous tirer du lit très tôt. Star et Firedrake rechigneront sans doute à faire les chevaux de trait, mais nous emprunterons ensuite un fourgon à Benedict et descendrons en ville. Avant de partir, je vais tâcher de créer un écran de fumée ici pour masquer notre repli stratégique. On ira ensuite activer Doyle, le bijoutier, prendre livraison de la marchandise, et on passera dans Ombre aussi vite que possible. Plus on aura d'avance, plus Benedict aura du mal à nous suivre. Si j'arrive à avoir une demi-journée d'avance dans Ombre, ça lui sera pratiquement impossible.

— Mais pourquoi voudrait-il tant nous poursuivre?

— Il ne me fait pas confiance, ce en quoi il a raison. Il attend simplement que j'agisse. Il sait qu'il y a quelque chose dont j'ai besoin ici, mais il ne sait pas quoi. Il veut le découvrir afin de pouvoir écarter une menace de plus pour Ambre. Dès qu'il aura compris que nous sommes partis pour de bon, il saura que nous avons trouvé ce que nous cherchions et se mettra en chasse.

Ganelon bâilla, s'étira, vida son verre.

— Oui, dit-il alors. Mieux vaut aller se reposer maintenant si on veut se dépêcher plus tard. Maintenant que vous m'en avez dit plus sur le compte de Benedict, je suis moins surpris par l'autre chose dont je voulais vous parler, quoique toujours aussi déconcerté.

— Qu'est-ce à dire?

Il se leva, saisit précautionneusement la carafe, puis montra du doigt l'endroit où le chemin disparaissait dans la verdure.

— En continuant dans cette direction, dit-il, au-delà de la haie qui marque la fin de la propriété et en entrant dans le bois qui s'étend un peu plus bas, puis en marchant pendant encore deux cents pas environ, on tombe sur un endroit où il y a un petit bosquet de jeunes arbres sur la gauche poussant dans une cuvette située à un mètre à peu près en contrebas du chemin. Au fond de cette cuvette, piétinée et couverte de feuilles et de branchages, il y a une tombe toute fraîche. Je l'ai trouvée en cherchant un endroit où me soulager, quand j'ai été me promener un peu plus tôt dans la journée.

— Comment savez-vous que c'est une tombe?

Il émit un petit rire.

— En général, c'est comme ça qu'on appelle des trous dans lesquels on a mis des cadavres. Elle est très peu profonde, et j'ai un peu remué la terre avec un bâton. Il y a quatre corps dedans — trois hommes et une femme.

— Morts depuis combien de temps?

— Depuis très peu de temps. Quelques jours, je dirai.

— Vous l'avez laissée dans l'état où vous l'avez trouvée?

— Je ne suis pas idiot, Corwin.

— Désolé, mais je trouve ça extrêmement troublant, car je n'y comprends rien.

— De toute évidence, ils ont causé des ennuis à Benedict, qui leur a rendu la pareille.

— Peut-être. De quoi avaient-ils l'air? Comment sont-ils morts?

— Ils n'avaient rien de spécial. Ils étaient d'âge mûr, et on leur a tranché la gorge — à l'exception d'un des types, qui a été poignardé dans le ventre.

— Étrange. Oui, c'est une bonne chose que nous partions bientôt. On a assez de problèmes comme ça sans être mêlés à ceux du coin.

— Exact. Allons nous coucher.

— Allez-y, vous. J'irai dans un moment.

— Écoutez vos propres conseils et prenez un peu de repos, dit-il en se tournant vers le manoir. Ne restez pas là à vous faire du mauvais sang.

— C'est promis.

— Alors bonne nuit.

— A demain.

Je le regardai regagner la maison. Il avait raison, bien sûr, mais je n'étais pas encore prêt à abandonner le contrôle de ma conscience. Je passai de nouveau en revue les détails de l'opération à venir, pour être certain de n'avoir rien laissé au hasard, finis mon verre et le posai sur le banc. Je me levai et me mis à marcher en laissant des écharpes de fumée de tabac dans mon sillage. Il y avait un faible clair de lune et, d'après mes estimations, le jour ne poindrait que dans quelques heures. J'étais fermement décidé à passer le reste de la nuit dehors, et me mis en devoir de trouver un coin où dormir.

Naturellement, je finis par suivre le chemin jusqu'au bosquet de jeunes arbres. Un examen sommaire des lieux révéla que la terre y avait été récemment retournée, mais je ne me sentais pas d'humeur à exhumer des corps au clair de lune, et étais tout à fait disposé à croire Ganelon sur parole. Je ne sais même pas ce qui m'avait poussé à aller voir cet endroit. Tendance morbide, je suppose. Je ne poussai quand même pas le vice jusqu'à vouloir dormir dans le coin.

Je me dirigeai vers le secteur nord-ouest du jardin, et y trouvai un coin qui était hors de vue du manoir. Il était entouré de grandes haies et l'herbe y était haute, douce et parfumée. Je déployai ma cape, m'assis dessus et enlevai mes bottes. Je posai mes pieds dans l'herbe fraîche et soupirai d'aise.

Il n'y en avait plus pour longtemps, décidai-je. Des ombres aux diamants, des diamants aux fusils, des fusils à Ambre. Je progressais. Un an auparavant à la même date je pourrissais dans une oubliette, traversant et retraversant tant de fois la limite entre folie et raison que je l'avais presque effacée. Aujourd'hui j'étais libre, fort, j'avais retrouvé l'usage de mes yeux, et j'avais un plan. J'étais redevenu une menace cherchant à s'accomplir. Cette fois, mon sort n'était pas lié à celui d'un autre. A présent, j'étais seul responsable de mon succès ou de mon échec.

La sensation que j'en retirais était agréable, ainsi que l'herbe, ainsi que l'alcool qui avait filtré dans mon organisme et me réchauffait de sa flamme amicale. Je nettoyai ma pipe, la rangeai, m'étirai, bâillai, et m'apprêtai à m'allonger.

Je décelai un mouvement dans le lointain et me dressai sur les coudes dans l'espoir de le voir se reproduire. Je n'eus pas à attendre longtemps. Une silhouette suivait lentement le chemin, silencieusement, en s'arrêtant fréquemment. Elle disparut sous l'arbre où Ganelon et moi avions bavardé, et ne reparut qu'au bout d'un certain moment. Elle continua alors pendant quelques dizaines de pas, s'arrêta et sembla regarder fixement dans ma direction. Elle se dirigea alors vers moi.

En sortant de l'ombre d'un bosquet, son visage fut soudain éclairé par le clair de lune. Probablement consciente de ce fait, elle sourit dans ma direction, ralentit en s'approchant, s'arrêta devant moi.

Elle dit :

— D'après ce que je vois, vos appartements ne sont pas à votre convenance, Seigneur Corwin.

— Tu te trompes, dis-je. La nuit est si belle qu'elle a séduit l'amateur de vie au grand air que je suis.

— Quelque chose a également dû vous séduire la nuit dernière, dit-elle, malgré la pluie.

Elle s'assit à côté de moi sur la cape.

— Vous avez dormi dedans ou dehors? demanda-t-elle.

— J'ai passé la nuit dehors, dis-je. Mais je n'ai pas dormi. En fait, je n'ai pas dormi depuis que je t'ai vue pour la dernière fois.

— Où étiez-vous?

— Sur le bord de mer, à trier des cailloux.

— Plutôt déprimant, comme activité.

— Effectivement.

— Je me suis pas mal remué les méninges depuis notre promenade dans Ombre.

— Oui, j'imagine.

— Je n'ai pas beaucoup dormi, moi non plus. C'est pour ça que je vous ai entendu entrer, parler avec Ganelon, et que j'ai su que vous étiez resté par ici quand il est rentré seul.

— Tu avais raison.

— Je dois me rendre en Ambre, vous savez. Pour traverser la Marelle.

— Je sais. Tu le feras.

— Bientôt, Corwin. Bientôt!

— Tu es jeune, Dara. Tu as tout le temps devant toi.

— Bon sang! Toute ma vie j'ai attendu cela — sans même le savoir! Il n'y a vraiment pas moyen que j'y aille maintenant?

— Non.

— Pourquoi pas? Vous pourriez nous faire faire un voyage éclair à travers Ombre, me faire pénétrer dans Ambre, me laisser traverser la Marelle...

— Si on ne nous tuait pas immédiatement, on aurait peut-être la chance d'être enfermés dans des cellules — ou enchaînés à des chevalets — contiguës avant d'être exécutés.

— Mais pourquoi? Vous êtes un Prince de la Ville. Vous avez le droit de faire ce que bon vous semble.

J'éclatai de rire.

— Je suis un hors-la-loi, ma chère. Si je retourne en Ambre, je serai exécuté, avec un peu de chance. Ou pis, si je n'en ai pas. Mais à en juger d'après la façon dont les choses se sont passées la dernière fois, j'imagine qu'ils me tueraient rapidement. On ferait sans aucun doute bénéficier mes éventuels compagnons des mêmes civilités.

— Oberon ne ferait pas une chose pareille.

— Si la provocation était suffisante, je l'en crois parfaitement capable. Mais de toute façon, la question ne se pose pas. Oberon n'est plus, et mon frère Éric règne en Ambre en se faisant passer pour le prince héritier.

— Quand cela est-il arrivé?

— Il y a quelques années, d'après le calendrier d'Ambre.

— Pourquoi voudrait-il vous tuer?

— Pour éviter que je ne le tue, bien sûr.

— Vous feriez ça?

— Certes, j'en ai fermement l'intention. Et bientôt.

Elle se tourna alors pour me dévisager.

— Pourquoi?

— Pour pouvoir occuper moi-même le trône. Il me revient de droit, vois-tu. Éric l'a usurpé. Je viens tout juste d'échapper à plusieurs années d'emprisonnement et de tortures infligés sur son ordre. Il a commis l'erreur, cependant, de se payer le luxe de ne pas me tuer pour pouvoir se complaire au spectacle de ma déchéance. Jamais il n'a pensé que je pourrais me libérer et revenir pour le défier. Moi non plus, d'ailleurs. Mais puisque le sort m'a donné une seconde chance, je veillerai à ne pas commettre la même erreur que lui.

— Mais c'est votre frère.

— Peu de gens sont aussi conscients de ce fait que lui et moi, je t'assure.

— Dans combien de temps comptez-vous atteindre vos... objectifs?

— Comme je te le disais l'autre jour, si tu peux mettre la main sur les Atouts, contacte-moi dans trois mois environ. Si quelque chose t'en empêche et si tout se passe comme je l'espère, je te joindrai dans les premiers mois de mon règne. Tu devrais pouvoir traverser la Marelle d'ici un an.

— Et si vous échouez?

— Il te faudra prendre ton mal en patience. Attendre que Éric ait assuré la pérennité de son propre règne et que Benedict l'ait reconnu comme roi. Tu comprends, Benedict se refuse à le faire pour le moment. Il est resté longtemps à l'écart d'Ambre, et Éric ne sait même pas s'il est encore de ce monde. S'il se montrait maintenant, il serait contraint de prendre position pour ou contre Éric. S'il se prononçait pour lui, le règne d'Éric serait assuré de façon permanente, et Benedict ne veut pas être responsable d'un tel état de fait. S'il se prononçait contre lui, il y aurait conflit, et il ne veut pas non plus être responsable de cela. Il n'a aucune prétention personnelle en ce qui concerne la couronne. Ce n'est qu'en restant complètement à l'écart qu'il peut maintenir la situation de tranquillité relative qui prévaut en ce moment. S'il se manifestait et refusait de prendre position, *lui* s'en tirerait peut-être, mais cela reviendrait à nier la légitimité du règne d'Éric et il y aurait quand même du grabuge. En se montrant avec toi, il se mettrait lui-même le couteau sous la gorge, car Éric t'utiliserait pour faire pression sur lui.

— Mais alors, si vous échouez, je n'irai peut-être jamais en Ambre!

— Je ne fais que décrire la situation telle que je la vois. Il y a sûrement un tas de facteurs que je connais pas. Ça fait longtemps que je n'ai plus été en circulation.

— Vous *devez* réussir! dit-elle, puis elle ajouta tout à coup : Est-ce que grand-père accepterait de vous aider?

— J'en doute. Mais la situation serait très différente. Je

suis au courant de son existence, et de la tienne. Je ne lui demanderai pas son soutien. Tant qu'il ne s'oppose pas à mes projets, je m'estimerai heureux. Et si je mène mon affaire rondement, il ne s'y opposera pas. Il sera furieux d'apprendre que j'ai découvert ton existence, mais quand il s'apercevra que je ne te veux aucun mal, il ne s'en fera plus.

— Pourquoi est-ce que vous ne m'utiliseriez pas? Ça me semblerait logique.

— Certes. Mais je me suis aperçu que je t'aime bien, dis-je. Alors c'est hors de question.

Elle rit.

— Je vous ai ensorcelé! dit-elle.

Je souris.

— Oui, avec la délicatesse qui te caractérise – l'épée sous la gorge.

D'un seul coup, elle redevint sérieuse.

— Grand-père revient demain, dit-elle. Votre homme, Ganelon, vous a prévenu?

— Oui.

— En quoi cela affecte-t-il vos plans?

— Je compte déguerpir avant son retour.

— Que va-t-il faire?

— Tout d'abord, se mettre dans une colère noire en te trouvant ici. Ensuite, il voudra savoir comment tu as fait pour revenir et ce que tu m'as raconté à ton sujet.

— Que faut-il que je lui réponde?

— Dis-lui la vérité au sujet de ton retour. Ça lui donnera à réfléchir. Pour ce qui est de ton identité, ton intuition féminine t'aura dicté une certaine méfiance à mon égard, et tu m'auras raconté la même histoire qu'à Gérard et à Julian. Quand il te demandera où nous sommes, tu lui diras que Ganelon et moi avons emprunté un fourgon et nous sommes rendus en ville en disant qu'on ne serait de retour que tard dans la soirée.

— Et en réalité, où irez-vous?

— En ville, rapidement. Mais nous ne reviendrons pas. Je veux prendre le plus d'avance possible, sinon il pourrait me suivre à la trace dans Ombre.

— Je le retarderai autant que possible. Vous ne comptiez pas me revoir avant de partir?

— J'allais avoir cette conversation avec toi tôt le matin. Ton impatience n'a fait qu'accélérer les choses.

— Alors je suis contente de l'avoir été — impatiente, je veux dire. Comment allez-vous conquérir Ambre?

Je secouai la tête.

— Non, ma chère Dara. Tous les princes qui complotent doivent garder au moins quelques petits secrets. C'est l'un des miens.

— Je suis étonnée qu'il y ait tant de méfiance et d'intrigues en Ambre.

— Pourquoi? Les mêmes conflits existent partout, sous diverses formes. Ils sont partout autour de toi, en permanence, car il n'y a pas de lieu qui ne prenne modèle sur Ambre.

— C'est dur à comprendre...

— Un jour tu comprendras. Accepte ce que je te dis pour le moment.

— Alors expliquez-moi autre chose. Puisque je suis capable de manipuler plus ou moins les ombres sans même avoir traversé la Marelle, dites-moi plus précisément comment il faut s'y prendre. Je veux apprendre à le faire mieux.

— Non! dis-je. Je ne veux pas que tu fasses joujou avec les ombres avant d'être prête. C'est dangereux, même une fois qu'on a traversé la Marelle. Ce serait de la folie que de le faire avant. Tu as eu de la chance, mais la prochaine fois tu risques d'y laisser des plumes. Je t'aiderai, même, en ne te disant pas un mot de plus sur la question.

— Bon, bon! dit-elle. Désolée. J'attendrai.

— C'est ça. Sans rancune?

— Non. Ma foi — elle rit — ça ne me servirait pas à grand-chose de vous en vouloir. Vous devez savoir de quoi vous parlez. Je suis contente que mon sort ne vous laisse pas indifférent.

Je grognai, et elle tendit la main et effleura ma joue. Je tournai de nouveau la tête vers elle et son visage s'approchait lentement du mien, sourire évanoui, lèvres entrouvertes, yeux presque clos. Tandis que nous nous embrassions, je sentis ses bras m'entourer les épaules et le cou, et les miens l'étreignirent de la même façon. Mon étonnement fondit dans la chaleur, le bien-être, et une certaine ivresse.

Si jamais Benedict avait vent de la chose, ce n'est pas seulement de l'irritation qu'il allait concevoir à mon égard...

7.

Le fourgon émettait un grincement monotone, et le soleil avait déjà amorcé sa descente vers l'ouest depuis longtemps, ce qui ne l'empêchait pas de darder sur nous ses rayons torrides. Derrière moi, Ganelon ronflait parmi les caisses, et je lui enviais sa bruyante occupation. Cela faisait plusieurs heures qu'il dormait, et c'était ma troisième journée sans sommeil.

Nous avions déjà mis une vingtaine de kilomètres entre la ville et nous, et nous dirigions vers le nord-est. Doyle n'avait pas tout à fait fini de confectionner le produit, mais Ganelon et moi l'avions persuadé de fermer boutique afin d'accélérer la production. Cela nous avait coûté quelques heures de délai et quelques jurons supplémentaires. J'avais été trop nerveux pour dormir, et il n'était pas question de m'abandonner au sommeil maintenant puisque je me frayais un chemin à travers les ombres.

Je refoulai la fatigue, et dans la venue du soir me trouvai quelques nuages pour me donner de l'ombre. Nous cheminions sur une route en terre séchée, marquée de profondes ornières. La glaise jaunâtre se craquelait et s'effritait sur notre passage. De hautes herbes marron pendaient mollement de part et d'autre de la piste, les arbres qui la bordaient étaient tordus et rabougris et dotés d'une écorce épaisse et rêche. Nous passâmes devant de nombreux affleurements de schiste.

J'avais royalement payé Doyle pour son mélange, et avais également acheté un superbe bracelet, qui devait être livré à Dara le lendemain. J'avais mes diamants à ma ceinture, Grayswandir à portée de la main. Star et Firedrake avançaient d'un pas ferme et régulier. J'étais sur le chemin de la réussite.

Je me demandai si Benedict avait regagné le manoir à l'heure qu'il était. Je me demandai combien de temps cela prendrait avant qu'il ne s'aperçoive de la supercherie. J'étais loin d'être hors de danger. Il pouvait suivre une piste sur une longue distance dans Ombre, et je lui en laissais une de choix. Mais je ne pouvais pas faire autrement. J'avais besoin du fourgon, je ne pouvais rien faire pour forcer l'allure, et je n'étais pas en état de faire une nouvelle descente aux enfers. J'effectuais les décalages avec lenteur et prudence, conscient que j'étais de l'usure de mes sens et de ma lassitude de plus en plus grande. Je comptais sur l'accumulation progressive des changements et de la distance pour établir une barrière entre Benedict et nous, barrière que j'espérais rendre bientôt infranchissable.

Dans les trois kilomètres qui suivirent, je réussis à revenir de cinq heures du soir à midi, mais à un midi nuageux, car c'était seulement la lumière que je recherchais – pas la chaleur. J'arrivai ensuite à déceler une légère brise. Elle augmentait les chances d'averse, mais le jeu en valait la chandelle. On ne peut pas tout avoir.

Je luttais contre le sommeil, et la tentation était grande de réveiller Ganelon et d'accumuler simplement les kilomètres en le laissant conduire pendant que je dormirais. Mais je préférais ne pas prendre ce risque après avoir parcouru si peu de chemin. Il y avait encore trop de choses à faire.

Je voulais une journée plus longue, mais je voulais aussi une meilleure route, et j'en avais marre de cette maudite glaise jaune, et il fallait que je m'occupe sérieusement de ces nuages, et je devais veiller à garder le cap...

Je me frottai les yeux, inspirai profondément plusieurs fois. Ça commençait à danser sérieusement dans ma tête, et le clop-clop régulier des sabots commençait à me faire l'effet d'un soporifique. Je ne sentais déjà plus les cahots et les secousses. Je tenais les rênes d'une main molle, et je les avais déjà lâchées une fois en piquant du nez. Heureusement, les chevaux semblaient avoir une idée assez précise de ce qu'on attendait d'eux.

Au bout d'un moment, nous gravîmes une longue pente douce qui débouchait sur le milieu de la matinée. Le ciel était devenu très sombre et il fallut plusieurs kilomètres et une demi-douzaine de virages pour dissiper l'écran de nuages. Un orage aurait tôt fait de transformer notre chemin de terre en un fleuve de boue. Je fis la grimace en pensant à cette éventualité, puis laissai le ciel tranquille et concentrai de nouveau mes efforts sur la route.

Nous parvînmes à un pont abandonné qui enjambait un ruisseau à sec. De l'autre côté, la route était plus unie, moins jaune. Au fur et à mesure que nous avancions elle devenait plus sombre, plus lisse, plus dure, et l'herbe poussait plus verte sur les bas-côtés.

Mais il avait commencé à pleuvoir.

Je luttai contre la pluie pendant un moment, bien décidé à ne pas lâcher mon herbe verte et la route noire et confortable. J'en attrapai un mal de tête, mais l'averse s'arrêta quelque quatre cents mètres plus loin et le soleil refit son apparition.

Le soleil... oh! oui, le soleil.

Nous poursuivîmes notre chemin, cahin-caha et arrivâmes finalement jusqu'à une crête d'où la route descendait en serpentant parmi des arbres plus verts. Nous descendîmes dans une vallée assez fraîche où il nous fallut franchir un autre petit pont, qui enjambait cette fois le lit d'une rivière où coulait un mince filet d'eau. J'avais fini par enrouler les rênes autour de mon poignet, car je ne cessais de piquer du nez. Je devais faire un effort terrible de concentration pour redresser, trier... Comme si j'opérais à une grande distance.

Dans une forêt à ma droite, des oiseaux lançaient des notes comme autant de points d'interrogation. Des gouttelettes luisantes de condensation couvraient l'herbe et les feuilles. Le fond de l'air devint tout à coup assez frais, et les rayons du soleil matinal tombaient, obliques, à travers les arbres...

Mais mon corps, lui, ne fut pas leurré par le réveil de cette ombre, et c'est avec soulagement que j'entendis finalement Ganelon remuer derrière moi en jurant. S'il ne s'était pas réveillé de lui-même il aurait fallu que je le fasse avant peu.

Fort bien. Je tirai doucement sur les rênes et les chevaux comprirent et s'arrêtèrent. Je mis le frein, car la route était toujours en pente, et trouvai la bouteille d'eau.

— Eh là! cria Ganelon tandis que je buvais. Laissez-m'en un peu!

Je lui tendis la bouteille.

— A vous de jouer, maintenant, dis-je. Il faut que je dorme.

Il but pendant une bonne demi-minute, puis expira bruyamment.

— D'accord, dit-il en se laissant glisser jusqu'au sol. Mais attendez un moment. Je dois satisfaire un besoin naturel.

Il gagna le bord de la route et je rampai jusqu'au lit aménagé dans le chariot, m'étendis à la place qu'il venait de quitter et roulai ma cape en boule pour me faire un oreiller.

Quelques instants plus tard, je l'entendis monter sur le siège du cocher, et il y eut une secousse lorsqu'il desserra le frein. Je l'entendis claquer la langue et secouer légèrement les rênes.

— C'est le matin? demanda-t-il en se retournant vers moi.

— Oui.

— Dieu du ciel! J'ai dormi toute une journée et toute une nuit!

Je ris sous cape.

— Non. J'ai fait un peu de décalage d'ombres, dis-je. Vous n'avez dormi que six ou sept heures.

— Je ne comprends pas. Mais ça ne fait rien, je vous crois. Où sommes-nous?

— On se dirige toujours vers le nord-est, dis-je. Nous sommes à une trentaine de kilomètres de la ville et à une vingtaine de chez Benedict. Nous avons aussi fait pas mal de chemin dans Ombre.

— Qu'est-ce que je dois faire?

— Suivre la route, tout simplement. Chaque kilomètre est bon à prendre.

— Benedict pourrait encore nous rejoindre?

— Je crois que oui. C'est pour ça qu'on ne peut pas encore se permettre de laisser les chevaux se reposer.

— D'accord. Dois-je être sur mes gardes pour une raison particulière?

— Non.

— Quand dois-je vous réveiller?

— Jamais.

Il se tut, et en attendant que le sommeil s'empare de moi, je pensai à Dara, naturellement. Mes pensées n'avaient cessé de revenir à elle toute la journée.

Je n'avais pas du tout prémédité ce qui était arrivé. Je n'avais même pas pensé à elle comme à une femme jusqu'au moment où elle m'était tombée dans les bras en me forçant à réviser la question. L'instant d'après, mon système nerveux prenait le dessus, en réduisant ce qui passe pour de la cérébralité à sa plus simple expression, suivant la phrase que Freud avait utilisée un jour qu'il m'expliquait ses théories. Je ne pouvais pas mettre la chose sur le compte de l'alcool, puisque j'avais fort peu bu et n'étais pas le moins du monde éméché. Pourquoi éprouvais-je le besoin de me justifier? Parce que, dans un sens, j'avais mauvaise conscience, voilà pourquoi. Le lien de parenté entre nous était beaucoup trop lointain pour que je me sente coupable du crime d'inceste. Ce n'était donc pas cela. Je n'avais pas le sentiment d'avoir abusé d'elle, car elle avait su exactement ce qu'elle faisait en venant me trouver. C'étaient les circonstances dans lesquelles ça s'était passé qui me poussaient à analyser mes propres mobiles, même dans le feu de l'action. Je n'avais pas seulement cherché à gagner sa confiance et peut-être son amitié quand je lui avais parlé et l'avais emmenée faire cette promenade dans Ombre. J'avais voulu l'amener à m'aliéner une partie de sa loyauté, de sa confiance et de son affection pour Benedict, à les reporter sur moi. J'avais cherché à m'attirer ses bonnes grâces pour qu'elle soit mon alliée dans ce qui pouvait devenir le camp ennemi. J'avais espéré pouvoir l'utiliser au besoin si ça tournait mal pour moi. Tout cela était vrai. Mais je refusais de croire que je l'avais prise uniquement à cette fin. Je me soupçonnais de l'avoir fait en partie pour ça, toutefois, et cette pensée me remplissait d'un profond malaise et m'inspirait en même temps un certain dégoût de moi-même. Pourquoi donc? J'avais fait bien des choses au cours de ma vie que la plupart des gens considéreraient comme pires, et je n'en concevais aucun remords. Je tournai autour du pot, connaissant déjà la réponse mais répugnant à l'admettre. Je tenais à la fille. C'était aussi simple que ça. C'était différent de l'affection que j'avais éprouvée pour Lorraine, affection principalement fondée sur la compréhension un peu lasse entre deux êtres qui sont revenus de tout, ou de la sensualité nonchalante qui avait existé un court moment entre Moire et moi alors que je m'apprêtais à traverser la Marelle pour la seconde fois. C'était très différent. Je l'avais si peu connue que c'en était presque illogique. J'avais des siècles de vie derrière moi. Et pourtant... ça faisait des siècles que je ne m'étais pas senti comme ça. Elle avait ravivé en moi un sentiment oublié. Je ne voulais pas tomber amoureux d'elle. Pas maintenant. Plus tard, peut-être. Ou mieux encore, jamais. On n'était pas fait l'un pour l'autre. C'était une enfant. Tout ce qu'elle voudrait faire, tout ce qui l'émerveillerait par sa nouveauté, je l'aurais déjà fait. Non, nous n'étions pas faits l'un pour l'autre. Je n'avais pas le droit de tomber amoureux d'elle. Je devais m'en empêcher...

Ganelon chantonnait – mal – quelque chanson paillarde. Le chariot grinçait et cahotait, la route commença à monter. Un rayon de soleil tomba sur mon visage et je me couvris les yeux avec l'avant-bras. C'est vers ce moment-là que l'oubli s'empara de moi et m'enserra.

Il était midi passé lorsque je me réveillai avec le sentiment d'être tout crasseux. Je bus goulûment à la bouteille d'eau, puis en versai un peu dans la paume de ma main et me frottai les yeux avec. Je me passai les doigts dans les cheveux. Je regardai autour de moi.

Nous étions entourés de verdure, de petits bosquets d'arbres et d'endroits dégagés où poussaient de hautes herbes. Nous cheminions toujours sur un chemin en terre battue assez lisse. Le ciel était dégagé malgré quelques tout petits nuages, et les moments de soleil alternaient régulièrement avec les moments d'ombre. Il y avait une brise légère.

– Enfin de retour au royaume des vivants! dit Ganelon comme j'escaladais le panneau avant et m'asseyais à côté de lui.

– Les chevaux sont fatigués, Corwin, et je voudrais bien me dégourdir les jambes, dit-il. Et puis je commence à avoir faim, pas vous?

– Si. Arrêtons-nous dans ce coin d'ombre, là-bas, sur la gauche. On va souffler un peu.

– Je voudrais quand même aller un peu plus loin, dit-il.

– Vous avez une idée derrière la tête?

– Oui. Je voudrais vous montrer quelque chose.

– Allons-y.

Nous parcourûmes encore sept ou huit cents mètres, jusqu'à une courbe qui nous emmena davantage vers le nord. Peu après, la route commença à monter, et une fois arrivés au sommet de la colline nous en découvrîmes une seconde, encore plus haute.

– Vous avez l'intention d'aller encore loin comme ça? dis-je.

– Allons jusqu'au prochain sommet, dit-il. On pourra peut-être la voir de là-haut.

– Bon.

Les chevaux peinèrent dans la montée de cette deuxième colline, et je dus descendre pour pousser. Quand finalement nous parvînmes au sommet, je me sentais encore plus crasseux qu'avant avec le mélange de sueur et de poussière, mais j'étais de nouveau complètement réveillé. Ganelon arrêta les chevaux et serra le frein. Il passa alors dans le fourgon et monta sur une caisse. Il resta là, face à l'ouest, une main en visière au-dessus des yeux.

– Montez voir, Corwin, dit-il.

J'escaladai le panneau arrière et il s'accroupit pour me tendre la main. Je la pris et il m'aida à monter sur la caisse où je me mis debout à côté de lui. Il tendit le doigt, et je regardai dans la direction indiquée.

A un kilomètre de distance environ, une large bande noire traversait le paysage de droite à gauche, à perte de vue. Nous dominions la chose de plusieurs centaines de mètres, ce qui nous permettait de la voir nettement sur une longueur d'environ huit cents mètres. Elle était large d'une bonne centaine de mètres, et bien qu'elle déviât deux fois de sa trajectoire dans la partie que nous pouvions voir, sa largeur semblait rester constante. Il y avait des arbres dedans, et ils étaient complètement noirs. Je crus y déceler un mouvement. Je n'aurais su dire de quel genre. Peut-être était-ce seulement le vent qui jouait avec les herbes noircies dont elle était bordée. Mais elle donnait également le sentiment très net de couler, comme un fleuve noir et plat parcouru de courants profonds.

— Qu'est-ce que c'est? demandai-je.

— J'espérais que vous pourriez me le dire, rétorqua Ganelon. Je croyais que c'était encore une de vos sorcelleries.

Je secouai lentement la tête.

— J'étais très fatigué, mais je m'en souviendrais si j'avais passé commande de quelque chose d'aussi étrange. Comment avez-vous su que c'était là?

— On s'en est approché plusieurs fois pendant que vous dormiez, mais chaque fois on s'en est écarté. Ça ne me dit rien qui vaille. Ce truc a un petit air familier que je n'aime pas du tout. Ça ne vous rappelle rien?

— Si. Malheureusement.

Il hocha la tête.

— Ça ressemble à ce satané Cercle qu'on a combattu en Lorraine.

— La route noire..., dis-je.

— Quoi donc?

— La route noire, répétai-je. Je ne savais pas de quoi il s'agissait quand elle en a parlé, mais maintenant je commence à comprendre. Ça n'augure rien de bon.

— Un autre mauvais présage?

— J'en ai peur.

Il jura, puis demanda :

— Est-ce que ça risque de nous poser des problèmes dans l'immédiat?

— Je ne crois pas, mais je n'en suis pas sûr.

Il descendit de la caisse et je suivis son exemple.

— Essayons de trouver du fourrage pour les chevaux, dit-il, et occupons-nous un peu de nos propres ventres.

— Oui.

Nous passâmes à l'avant du chariot et il prit les rênes. Nous trouvâmes un coin agréable au pied de la colline. Nous restâmes là pendant presque une heure à parler surtout d'Avalon. Il ne fut plus fait mention de la route noire, malgré le fait que j'y pensai sans arrêt. Naturellement, il me fallait l'examiner de plus près.

Quand ce fut l'heure de repartir, je pris de nouveau les rênes. Les chevaux, reposés, avancèrent assez rapidement.

Ganelon était assis à ma gauche et ne s'était pas départi de son humeur communicative. Je commençais tout juste à prendre conscience de toute l'importance qu'avait eue pour lui cet étrange retour au pays. Il avait été revoir bon nombre des lieux qu'il avait fréquentés du temps où il était brigand, ainsi que quatre champs de bataille où il s'était illustré après être passé du côté des forces de l'ordre. J'étais, à bien des égards, ému par ses souvenirs. Un mélange inhabituel d'or et d'argile que cet homme-là. Il aurait dû être un prince d'Ambre.

Les kilomètres passaient rapidement, et on s'approchait de nouveau de la route noire lorsque mon esprit sentit soudain un coup de sonde familier. Je passai les rênes à Ganelon.

— Prenez-les! dis-je. Allez-y!

— Qu'y a-t-il?

— Plus tard! Conduisez!

— Vous voulez qu'on aille plus vite?

— Non. Avancez normalement. Ne dites plus rien pendant quelque temps.

Je fermai les yeux et mis ma tête dans mes mains, en faisant le vide dans mon esprit et en érigeant un mur autour de ce vide. Il n'y a pas d'abonné au numéro que vous demandez. Fermé entre midi et deux heures. Immeuble interdit aux démarcheurs. Propriété à vendre. Ne pas déranger. Défense d'entrer sous peine de poursuites. Chien méchant. Chutes de pierres. Attention, verglas. Chantier interdit au public...

La vague passa, revint en force, et je la bloquai de nouveau. Une troisième vague suivit. Je l'arrêtai elle aussi.

Puis ce fut fini.

Je soupirai, me massai les paupières.

– C'est passé, dis-je.

– Qu'est-ce que c'était?

– Quelqu'un a essayé de se mettre en rapport avec moi par un moyen très spécial. C'était presque certainement Benedict. Il vient peut-être de découvrir quelque chose qui pourrait le pousser à vouloir nous arrêter. Je vais reprendre les rênes. Je crains qu'il ne se lance incessamment à notre poursuite.

Ganelon me les tendit.

– Quelles sont nos chances de lui échapper?

– Plutôt bonnes, je dirais, maintenant qu'on a mis toute cette distance derrière nous. Je vais de nouveau brasser les ombres dès que ma tête aura fini de tourner.

Notre chemin serpenta parallèlement à la route noire pendant quelque temps, puis s'en rapprocha. Finalement on se retrouva à quelques centaines de mètres seulement de la « chose ».

Ganelon l'étudia en silence pendant un long moment, puis dit :

– Ça me rappelle trop le Cercle. Ces petites écharpes de brume qui s'enroulent autour des choses, cette impression que quelque chose est toujours en train de bouger à la limite de votre champ de vision...

Je me mordis la lèvre. Je commençais à transpirer abondamment. J'essayais de nous écarter de la « chose » à présent et me heurtais à une sorte de résistance. Ce n'était pas ce sentiment d'inamovibilité monolithique, qui se manifeste quand on essaie de voyager dans Ombre à l'intérieur d'Ambre. C'était totalement différent. Ça ressemblait davantage à un sentiment de... d'inéluctabilité.

Nous cheminions bien dans Ombre. Le soleil remonta à son zénith — car l'idée de passer la nuit à côté de cette bande noire ne me chantait guère — et le bleu du ciel devint un peu moins profond, et les arbres devinrent plus élancés autour de nous et des montagnes firent leur apparition dans le lointain.

La route noire traversait-elle Ombre elle-même?

C'était plus que probable. Sinon comment Julian et Gérard l'auraient-ils repérée, et auraient-ils été assez intrigués pour l'explorer?

C'était malheureux à dire, mais j'avais le sentiment pénible que nous avions beaucoup de choses en commun, cette route et moi.

Crénom!

Nous la longeâmes pendant un certain temps, tout en s'en rapprochant insensiblement. Bientôt trente mètres seulement nous en séparaient. Quinze...

... Et, comme pour confirmer mes pires craintes, nos chemins finirent par se croiser.

J'arrêtai les chevaux. Je bourrai ma pipe et l'allumai, et examinai la chose en fumant. Star et Firedrake n'aimaient visiblement pas cette bande de terrain noire qui nous coupait le chemin. Ils avaient henni et essayé de s'écarter de la piste.

Il nous faudrait traverser la route noire en diagonale sur une assez longue distance si nous voulions retrouver notre chemin de l'autre côté. Une partie du terrain était dissimulée à notre vue par une série de monticules rocheux. L'herbe poussait très dru au bord de la zone noire, et il y en avait quelques touffes ici et là au pied des monticules. Des écharpes de brume planaient au-dessus d'eux et des nuages vaporeux, intangibles, croupissaient dans les creux. Le ciel paraissait nettement plus sombre, vu à travers l'atmosphère qui surplombait l'endroit, comme s'il charriait des particules de suie. Un silence qui n'avait rien à voir avec l'immobilité planait dessus, presque comme si quelque entité invisible retenait son souffle.

C'est alors que nous entendîmes un cri. Un cri de femme. Le coup de la vieille dame en détresse?

Ça venait de quelque part sur la droite, derrière les monticules. Ça me paraissait louche. Mais que diable, quelqu'un était peut-être réellement en danger.

Je passai les rênes à Ganelon et sautai à terre en tirant Grayswandir de son fourreau.

– Je vais aller voir, dis-je en m'éloignant vers la droite et en sautant par-dessus le fossé qui longeait la route.

– Revenez vite.

Je me frayai un chemin à travers quelques broussailles et escaladai une pente rocheuse. Je me faufilai à travers d'autres buissons en descendant de l'autre côté et gravis un deuxième monticule, plus haut que le premier. Le cri retentit de nouveau comme je l'escaladai, et cette fois j'entendis d'autres bruits.

J'atteignis enfin le sommet et découvris une vue assez dégagée.

La zone noire commençait quelque dix mètres en contrebas, et la scène que je cherchais des yeux se déroulait une cinquantaine de mètres plus loin, en plein dedans.

N'étaient les flammes, ç'aurait été un spectacle monochrome. Une femme, tout en blanc, ses cheveux noirs tombant librement jusqu'à la taille, était attachée à un de ces arbres noirs, les pieds entourés de fagots enflammés. Une demi-douzaine d'albinos velus, presque complètement nus et continuant à se déshabiller tout en bougeant, allaient et venaient en marmonnant entre leurs dents et en ricanant tout en excitant la femme et le feu du bout de leurs bâtons et en se tenant les reins à tout bout de champ. Les flammes étaient assez hautes à présent pour roussir les vêtements de la femme. Sa longue robe était suffisamment déchirée pour me permettre de voir qu'elle possédait un corps magnifiquement voluptueux, bien que la fumée m'empêchât d'apercevoir son visage.

Je me mis à courir, franchis les limites de la route noire, sautai par-dessus les hautes herbes tentaculaires et fonçai dans le tas, décapitant l'homme le plus proche et en transperçant un autre avant qu'ils aient compris ce qui leur arrivait. Les autres se tournèrent vers moi et essayèrent de m'atteindre en faisant des moulinets avec leurs bâtons tout en criant.

Grayswandir les tailla en pièces jusqu'au dernier. Leur sang était noir.

Je me tournai en retenant ma respiration et éloignai les fagots à coups de pied. Puis je m'approchai de la dame et coupai ses liens. Elle tomba dans mes bras en sanglotant.

Ce n'est qu'à ce moment que je remarquai son visage — ou plutôt, son absence de visage. Elle portait un masque en ivoire, ovale et galbé, totalement lisse à l'exception de deux minuscules grilles rectangulaires à la place des yeux.

Je l'éloignai de la fumée et des cadavres. Elle s'accrocha à moi en haletant, son corps tout entier pressé contre le mien. Au bout de ce qui semblait être un délai convenable, je tentai de me dégager, mais elle ne voulait pas me lâcher et s'agrippait à moi avec une force surprenante. Je dis : « Il n'y a plus de danger, maintenant », ou une inanité du même genre, mais elle ne répondit pas. Elle ne cessait de faire passer son étreinte d'un endroit de mon corps à un autre avec des mouvements à la fois rudes et caressants qui avaient sur moi un effet des plus déconcertants. Elle devenait de plus en plus désirable d'un instant à l'autre. Je me retrouvai en train de lui caresser les cheveux ainsi que le reste de sa personne.

— Il n'y a plus de danger, répétai-je. Qui êtes-vous? Pourquoi voulaient-ils vous brûler? Qui étaient-ils? Mais elle ne répondit pas. Elle avait cessé de sangloter, mais haletait encore, quoique de façon différente.

— Pourquoi portez-vous ce masque?

Je fis mine de vouloir le lui enlever mais elle recula la tête d'un mouvement brusque.

Cela ne me paraissait pas particulièrement important. Toutefois, bien qu'une partie froide et logique de moi-même sût que cette passion avait un caractère irrationnel, j'étais aussi impuissant que les dieux des Épicuriens. Je la désirais et j'étais prêt à la prendre.

J'entendis alors Ganelon crier mon nom et essayai de me tourner dans la direction d'où venait sa voix, mais elle m'en empêcha. Sa force me stupéfiait.

– Fils d'Ambre, dit-elle d'une voix vaguement familière. Nous te devons ceci pour ce que tu nous as fait, et tu ne nous échapperas pas cette fois.

La voix de Ganelon me parvint de nouveau, un chapelet continu d'obscénités.

Je luttai de toutes mes forces contre cette étreinte et la sentis finalement faiblir. D'un geste rapide comme l'éclair, je lui arrachai son masque.

Il y eut une brève exclamation de colère lorsque je me libérai et quatre mots decrescendo au moment où le masque me resta dans la main :

– Ambre doit être détruite!

Il n'y avait pas de visage derrière le masque. Il n'y avait rien. Sa robe s'affaissa et me resta dans les bras, inerte et vide. Elle – ou « ça » – s'était volatilisé.

Je me retournai prestement et vis Ganelon affalé au bord de la bande noire, ses jambes tordues dans une position anormale. Son épée montait et descendait lentement, mais je ne voyais pas ce qu'il frappait. Je courus à sa rescousse.

Les hautes herbes noires par-dessus lesquelles j'avais sauté étaient entortillées autour de ses chevilles et de ses jambes. Il avait beau les faucher tant et plus, il s'en trouvait toujours davantage pour fouetter l'air comme si elles cherchaient à saisir le bras avec lequel il tenait son épée. Il avait presque réussi à libérer sa jambe droite, et, en me penchant loin en avant, je réussis à parfaire le travail.

J'allai me placer derrière lui, hors d'atteinte de l'herbe, et jetai le masque que je tenais encore à la main. Il roula à terre au-delà du noir et commença instantanément à brûler.

Je saisis Ganelon sous les aisselles et tâchai de le tirer en arrière. Les herbes résistèrent avec acharnement mais finalement je réussis à le libérer. Je le pris alors à bras-le-corps et le portai en sautant par-dessus les plaques d'herbe noire qui nous séparaient de leurs homologues plus vertes et moins agressives en dehors de la route.

Il se remit debout et continua à s'appuyer lourdement contre moi en se baissant pour s'assener des claques sur les jambes.

— Elles sont engourdies, dit-il. Je ne sens plus mes jambes.

Je l'aidai à regagner le chariot. Il me lâcha pour s'agripper à celui-ci et se mit à battre la semelle.

— J'ai des fourmis, annonça-t-il. Ça y est, ça commence à revenir... Hou! là!

Il finit par boitiller jusqu'à l'avant du fourgon. Je l'aidai à monter sur le siège et m'assis à côté de lui.

Il soupira.

— Ça va mieux, dit-il. Je commence à les sentir. Cette saleté les a tout simplement vidées de leur force — et moi aussi par la même occasion. Qu'est-ce qui s'est passé?

— Notre mauvais présage a tenu sa promesse.

— Et maintenant?

Je pris les rênes et desserrai le frein.

— On traverse, dis-je. Il faut que j'arrive à en savoir davantage sur cette « chose ». Gardez votre épée à portée de la main.

Il grommela quelque chose et posa son arme en travers de ses genoux. Les chevaux renâclèrent quand je leur demandai d'avancer mais j'effleurai leurs flancs avec le fouet et ils se mirent en marche.

Nous pénétrâmes dans la zone noire, et ce fut comme si on entrait dans une bande d'actualités de la Seconde Guerre mondiale. Lointain et pourtant tout près, aride, morne, déprimant. Même les grincements du chariot et le bruit des sabots nous parvenaient étouffés, comme assourdis. Mes oreilles commencèrent à siffler légèrement mais avec insistance. Les herbes tentaculaires qui bordaient la route bougèrent sur notre passage, mais je me gardai de trop m'en approcher. Nous traversâmes plusieurs nappes de brouillard. Elles étaient inodores et pourtant chaque fois nous éprouvâmes des difficultés à respirer. Tandis que nous nous approchions du premier monticule, j'entrepris le décalage qui devait nous transporter en Ombre.

Nous contournâmes le monticule.

Rien.

Le paysage sombre et miasmatique n'avait pas changé.

La moutarde me monta au nez. Je reconstituai la Marelle de mémoire et la fixai, étincelante, dans mon imagination. J'essayai de nouveau d'effectuer le décalage.

Instantanément, j'eus mal à la tête. Une douleur fulgurante passa de mon front à l'arrière de mon crâne et resta là à pendouiller comme un fil électrique surchauffé. Mais cela ne fit que jeter de l'huile sur le feu de ma colère et me poussa à redoubler d'efforts pour essayer de faire basculer la route noire dans le néant.

Autour de moi, le décor vacilla. La brume s'épaissit, déferla en volutes sur la route. Les contours s'estompèrent. Je secouai les rênes. Les chevaux hâtèrent le pas. Des élancements violents me trouaient le crâne comme si ma tête allait se disloquer.

Au lieu de ma tête, c'est tout le reste qui se disloqua...

Le sol trembla en se fissurant par endroits, mais il n'y avait pas que cela. Le décor tout entier sembla pris d'un tremblement convulsif, et il n'y avait pas que le sol qui se lézardait.

C'était comme si quelqu'un avait heurté le pied d'une table sur laquelle aurait reposé un puzzle assemblé. Des trous firent leur apparition dans le paysage : ici, une branche couverte de feuilles; là, les reflets d'un plan d'eau, un coin de ciel bleu, un trou complètement noir, un vide blanc, la façade d'un immeuble en brique, des visages derrière une vitre, des flammes, un morceau de ciel étoilé...

Les chevaux avaient commencé à galoper, et je me retenais pour ne pas hurler de douleur.

Une vague de bruits confus et indistincts — d'origine animale, mécanique, humaine — déferla sur nous. Je crus entendre jurer Ganelon, mais n'en étais pas sûr.

Je crus que j'allais défaillir de douleur, mais ma fureur et mon obstination étaient telles que j'avais pris le parti de ne pas m'arrêter avant. Je continuai à me concentrer sur la Marelle comme un condamné invoquant son Dieu et m'opposai de toute ma volonté à l'existence de la route noire.

L'instant d'après la pression avait cessé et les chevaux emballés nous entraînaient à une allure folle jusque dans un pré verdoyant. Ganelon fit mine de saisir les rênes, mais je les tirai moi-même et parvins à apaiser les chevaux et à les faire s'arrêter.

Nous avions traversé la route noire.

Je me retournai aussitôt pour regarder dans la direction d'où nous venions. Le paysage derrière nous était flou et ondoyant comme un objet qu'on regarde à travers de l'eau trouble. En revanche, la trajectoire que nous avions empruntée en le traversant ressortait avec netteté, comme un pont ou un barrage, et elle était bordée de vert.

– C'était pire que le voyage que nous avons fait quand vous m'avez exilé, dit Ganelon.

– Je le pense aussi, dis-je.

Je réussis à calmer les chevaux et à les persuader de regagner le chemin de terre pour que nous puissions continuer notre route.

Le monde était plus souriant ici, et nous ne tardâmes pas à traverser une forêt de sapins. Ils remplissaient l'air de leur parfum. Des écureuils et des oiseaux passaient de branche en branche. La terre était plus noire, plus riche. Nous semblions avoir gagné en altitude depuis la traversée de la route noire. J'étais content d'avoir réussi à nous décaler – et de surcroît, dans la direction désirée.

Notre chemin tourna, revint un moment en arrière, se redressa. De temps à autre on entr'apercevait la route noire, assez près sur notre droite. Elle était encore plus ou moins parallèle à notre propre chemin. La « chose » coupait manifestement à travers Ombre. D'après ce que nous pouvions voir, elle était redevenue normale, c'est-à-dire aussi sinistre qu'auparavant.

Mon mal de tête se dissipa et je me sentis le cœur un peu

plus léger. Un peu plus haut nous découvrîmes un agréable panorama vallonné et boisé qui me rappela certaines parties de la Pennsylvanie que j'avais traversées en voiture quelques années auparavant.

Je m'étirai, puis demandai :

– Comment vont vos jambes?

– Mieux, dit Ganelon en se retournant sur son siège. Je peux voir très loin, Corwin...

– Oui?

– J'aperçois un cavalier qui arrive au triple galop.

Je me levai et me retournai. Je crois avoir gémi en me laissant retomber sur le siège et en faisant claquer les rênes.

Il était encore trop loin pour que je puisse en être sûr – de l'autre côté de la route noire. Mais qui d'autre pouvait nous poursuivre à une telle allure sur cette route?

Je laissai échapper un juron.

Nous approchions du sommet de la colline. Je me tournai vers Ganelon et dis :

– Préparez-vous à une nouvelle descente aux enfers.

– C'est Benedict?

– Je crois bien. On a perdu trop de temps avec toutes ces histoires. Il peut se déplacer incroyablement vite tout seul – surtout à travers Ombre.

– Vous croyez qu'on pourra encore le semer?

– C'est ce qu'on va voir, dis-je. On va être très vite fixés.

Je fis claquer ma langue et secouai de nouveau les rênes. Nous atteignîmes la crête et un souffle d'air glacial nous enveloppa. La route devint horizontale, et l'ombre d'un gros rocher sur notre gauche obscurcit le ciel. Lorsque nous l'eûmes contourné, l'obscurité demeura et des flocons de neige à structure délicate nous cinglèrent les mains et le visage.

Quelques instants plus tard, nous descendions de nouveau, et la chute de neige se transforma en un blizzard aveuglant. Le vent hurlait à nos oreilles tandis que le chariot gémissait et dérapait dans la neige. Je nous remis bien vite à l'horizontale. Nous étions entourés de congères et la route était blanche. On voyait notre haleine et une fine couche de glace faisait luire les arbres et les rochers.

Du mouvement et une confusion momentanée des sens. Voilà ce qu'il fallait...

Nous foncions droit devant nous, et le vent giflait, mordait, hurlait. Des congères commencèrent à s'accumuler sur la route.

Au détour d'une courbe, nous sortîmes du blizzard. Le monde était encore nappé de neige et de temps à autre un flocon isolé tombait en tournoyant, mais le soleil troua les nuages, inondant la terre de lumière, et nous amorçâmes une nouvelle descente...

... Traversâmes une nappe de brouillard et débouchâmes sur un plateau rocailleux et désolé, au relief accidenté, mais dénué de neige...

... Nous tournâmes à droite, retrouvâmes le soleil, suivîmes un chemin qui serpentait dans une plaine entre des grands menhirs de pierre gris-bleu toute lisse...

... Suivis de loin par la route noire, sur notre droite. Des vagues de chaleur nous enveloppèrent et la terre se mit à fumer. Des bulles éclataient dans des marmites en pierre pleines de boue effervescente, exhalant une odeur pestilentielle qui empoisonnait l'air moite. Des mares peu profondes s'étalaient comme des poignées de vieilles pièces en bronze.

Les chevaux galopaient à présent, à moitié fous de peur, tandis que des geysers faisaient irruption de part et d'autre du chemin. Des rideaux fumants d'eau bouillante inondaient la route, nous manquant de peu. Le ciel était une feuille de cuivre et le soleil une pomme sure. Le vent soufflait comme un chien ayant mauvaise haleine.

Le sol trembla, et loin sur notre gauche, le sommet d'une montagne sauta comme un bouchon de champagne, suivi par une mousse de feu. Une déflagration fracassante nous assourdit momentanément tandis que des ondes de choc nous martelaient le corps. Le chariot oscilla sous l'impact.

Le sol continua à trembler et le vent redoubla de fureur tandis que nous foncions vers une série de collines aux sommets noirs. Nous quittâmes la route quand elle tourna dans la mauvaise direction et nous dirigeâmes, sautant et cahotant, à travers champs. Les collines grossissaient à vue d'œil, en dansant dans l'air trouble.

Je sentis la main de Ganelon sur mon bras et me tournai vers lui. Il criait quelque chose mais je ne l'entendais pas. Il fit alors un geste dans la direction d'où nous venions et je me retournai. Je ne vis rien que je ne m'attendais à voir. L'air était turbulent et rempli de poussière, de cendre et de débris de toutes sortes. Je haussai les épaules et consacrai de nouveau toute mon attention aux collines.

Une tache noire apparut au pied de la colline la plus proche. Je mis le cap dessus.

Elle grossit à vue d'œil tandis que nous arrivions à une nouvelle déclivité : l'entrée d'une énorme caverne, devant laquelle une pluie régulière de gravats et de poussière faisait office de rideau.

Je fis claquer le fouet et nous parcourûmes ventre à terre les cinq ou six cents derniers mètres avant de nous engouffrer dedans.

J'obligeai aussitôt les chevaux à ralentir et finis par les mettre au pas.

Le sol descendait toujours en pente douce; il y eut un tournant et nous débouchâmes dans une grotte de dimensions imposantes. De la lumière filtrait de trous dans la voûte, mouchetant des stalagmites et des bassins d'eau verte et frémissante. Le sol continuait à trembler, et je m'aperçus que mon ouïe s'était améliorée quelque peu lorsque j'entendis le bruit cristallin que fit une grosse stalactite en se brisant sur le sol de la grotte.

Nous traversâmes un gouffre noir et béant grâce à un pont qui devait être en calcaire et qui se désagrégea derrière nous avant de disparaître.

Des cailloux, et parfois de gros rochers, tombaient de la voûte. Des plaques de lichen vert et rouge luisaient dans les recoins et les fissures, des strates de minéraux étincelaient dans la pénombre, de gros cristaux et de larges fleurs de pierre pâle accentuaient la beauté moite et vaguement surnaturelle du lieu. Nous traversâmes des grottes qui se suivaient comme des bulles et longeâmes un torrent écumant jusqu'à ce qu'il disparaisse dans un trou noir.

Une longue galerie en spirale commença à nous ramener vers la surface, et j'entendis la voix de Ganelon, déformée par l'écho, qui disait :

— J'avais cru voir quelque chose bouger — là-bas — au sommet de la montagne — ç'aurait pu être un cavalier.

Nous pénétrâmes dans une salle mieux éclairée.

— Si c'était Benedict, il va avoir du mal à nous suivre, criai-je tandis que derrière nous des morceaux de la voûte s'écroulaient avec un bruit sourd en faisant vibrer le sol.

Nous poursuivîmes notre ascension, et bientôt des ouvertures apparurent au-dessus de nous, laissant apercevoir des morceaux de ciel bleu. Les bruits de sabots et les grincements du fourgon revinrent à un volume presque normal et commencèrent à se distinguer de leurs propres échos. Les vibrations du sol cessèrent, de petits oiseaux virevoltèrent au-dessus de nos têtes et la lumière devint plus vive.

Un dernier virage, et la sortie : une ouverture large et basse qui débouchait sur la lumière du jour. Nous dûmes baisser la tête pour passer sous le linteau dentelé.

Nous escaladâmes en cahotant une corniche en pierre moussue et découvrîmes un lit de gravier qui descendait à flanc de coteau comme l'andain d'une faux et disparaissait en contrebas parmi des arbres gigantesques. Je fis claquer ma langue pour faire avancer les chevaux.

— Ils sont très fatigués, fit remarquer Ganelon.

— Je sais. Bientôt ils se reposeront, d'une façon ou d'une autre.

Le gravier crissa sous les roues du chariot. Je humai avec délices l'odeur des arbres.

— Vous avez remarqué? Là-bas, sur notre droite?

— Quoi donc? dis-je en tournant la tête dans cette direction, puis :

— Ah!

L'infernale route noire était là, fidèle au poste, à un ou deux kilomètres de distance.

— Je me demande combien d'ombres elle traverse comme ça, dis-je d'un air rêveur.

— On dirait qu'elle les traverse toutes, suggéra Ganelon.

Je secouai lentement la tête.

— J'espère bien que non, dis-je.

Nous continuâmes à descendre, sous un ciel bleu et un soleil d'or qui cheminait vers l'ouest, de façon normale.

— J'avais presque peur de sortir de cette grotte, dit Ganelon, sans savoir sur quoi on allait tomber.

— Les chevaux étaient à bout de nerfs. Il leur fallait un peu de calme. Si c'est bien Benedict que nous avons vu, il a intérêt à avoir un cheval en pleine forme. On ne peut pas dire qu'il ménageait sa monture. Et en plus, l'obliger à se taper tout ça... Je pense qu'il aura fait demi-tour.

— Son cheval est peut-être habitué, dit Ganelon tandis qu'une courbe de la route ôtait l'entrée de la grotte de notre champ de vision.

— C'est évidemment une possibilité, dis-je. Je repensai à Dara, et me demandai ce qu'elle était en train de faire à cet instant.

Nous perdions régulièrement de l'altitude tout en nous décalant lentement et imperceptiblement. Notre piste ne cessait de glisser insensiblement vers la droite, et je jurai quand je compris que nous nous rapprochions de la route noire.

— Crénom! Ce truc est aussi obstiné qu'un démarcheur en assurances! dis-je, sentant ma colère virer à la haine. Quand j'aurai le temps, je le détruirai pour de bon!

Ganelon ne répondit pas. Il buvait de l'eau à longs traits. Il me passa la bouteille, et j'en fis autant.

Finalement, le terrain devint plus ou moins plat, et le chemin continua à tourner et à serpenter sous le moindre prétexte. Cela permettait aux chevaux de prendre leur temps et retarderait un poursuivant éventuel.

Environ une heure plus tard, je commençai à me sentir en sécurité et nous nous arrêtâmes pour manger un morceau. Nous avions presque fini notre repas quand Ganelon, qui n'avait pas quitté la colline des yeux, se leva et mit une main en visière sur son front.

— Non, dis-je en bondissant sur mes pieds. Dites-moi que j'ai la berlue!

Un cavalier solitaire venait de surgir de la grotte. Je le vis marquer un temps d'arrêt, puis emprunter le chemin en gravier.

— Qu'est-ce qu'on fait? demanda Ganelon.

— On remballe tout et on file. On peut au moins retarder l'inévitable. Il faut que j'aie le temps de réfléchir.

Nous nous remîmes en route, toujours à notre train de sénateur bien que mon cerveau fonctionnât à plein régime. Il devait y avoir un moyen de l'arrêter. De préférence sans le tuer.

Mais je n'en voyais aucun.

Exception faite de la route noire qui, de nouveau, se rapprochait, nous étions entrés dans un endroit idyllique, par un après-midi merveilleux. Cela aurait été dommage de le maculer de sang, surtout si ce devait être le mien. Même en le sachant obligé de manier l'épée de la main gauche, j'avais peur de lui. Ganelon ne me serait d'aucun secours. C'est à peine si Benedict le remarquerait.

J'effectuai un nouveau décalage comme nous abordions une courbe. Quelques instants plus tard, une vague odeur de brûlé parvint jusqu'à mes narines. Encore un léger décalage et le tour serait joué.

— Il arrive à fond de train! annonça Ganelon. Je viens de le voir... Il y a de la fumée! Des flammes! La forêt est en feu!

J'éclatai de rire et me retournai. La moitié de la colline était cachée par la fumée et quelque chose d'orange filait d'arbre en arbre, rapide comme l'éclair, avec un crépitement qui parvint seulement à l'instant à mes oreilles. De leur propre accord, les chevaux forcèrent l'allure.

— Corwin! C'est vous qui?...

— Oui! Si la pente avait été plus abrupte et s'il y avait eu moins d'arbres, j'aurais essayé une avalanche.

L'air se remplit momentanément d'oiseaux. Nous nous rapprochions de la bande noire. Firedrake hennit et secoua la tête. Il avait de l'écume sur les naseaux. Il voulut s'emballer, se cabra en pédalant des pattes de devant. Star prit peur et tira à droite. Je luttai un moment avec eux, réussis à les maîtriser, décidai de leur laisser un peu la bride sur le cou.

— Il est toujours derrière nous! cria Ganelon.

Je proférai un juron et les chevaux filèrent ventre à terre. On se retrouva bientôt en train de longer la route noire. Nous avions abordé une longue ligne droite, et un regard en arrière m'informa que tout le flanc de la colline était la proie des flammes, et que la piste la traversait comme une méchante cicatrice. C'est alors que j'aperçus le cavalier. Il était déjà à mi-côte et filait comme s'il disputait le Derby du Kentucky. Dieu! quel cheval il devait avoir! Je me demandai dans quelle ombre il avait été le chercher.

Je tirai sur les rênes, d'abord lentement, puis plus fort, et réussis à faire ralentir nos chevaux. Nous n'étions plus qu'à une centaine de mètres de la route noire, et j'avais fait en sorte que l'écart se resserre un peu plus loin jusqu'à ne plus être que d'une dizaine de mètres. Je réussis à arrêter les chevaux à l'endroit en question, et ils restèrent là à frémir de tous leurs muscles. Je passai les rênes à Ganelon, sortis Grayswandir de son fourreau et descendis.

Pourquoi pas? C'était un endroit plat et dégagé, et peut-être cette satanée bande de terrain noir, contrastant avec la végétation verdoyante qui l'entourait, avait-elle flatté quelque instinct morbide au fond de moi.

— Que fait-on? demanda Ganelon.

— On n'arrivera pas à le semer, dis-je. S'il réussit à traverser le feu, il sera ici dans quelques minutes. Inutile de continuer à fuir. Je vais l'attendre ici.

Ganelon attacha les rênes à un montant du siège et fit mine d'empoigner son épée.

— Non, dis-je. Quoi qu'il arrive, vous ne pourrez rien y changer. Voici ce que vous devez faire : emmenez le chariot un peu plus loin et attendez-moi. Si tout se passe bien, nous repartirons sous peu. Si ça tourne mal, rendez-vous immédiatement à Benedict. C'est à moi qu'il en veut, et il sera le seul capable de vous ramener en Avalon. Comme ça, vous pourrez au moins prendre votre retraite dans votre pays natal.

Il hésita.

— Allez! Faites ce que je vous dis.

Il baissa les yeux et regarda le sol. Il prit les rênes. Il leva les yeux vers moi.

— Bonne chance, dit-il, et d'un mouvement du poignet il fit avancer les chevaux.

Je m'éloignai du chemin, me postai devant un petit bosquet et attendis. Je gardai Grayswandir à la main, jetai un coup d'œil à la route noire, puis maintins les yeux rivés à la piste.

Quelques instants plus tard, il apparut près du rideau de feu entouré de flammes et de fumée, évitant les branches enflammées qui tombaient en travers de son chemin. C'était bien Benedict, son visage en partie masqué, le moignon de son bras droit levé pour protéger ses yeux, surgissant du brasier comme je ne sais quel rescapé de l'enfer; il traversa les dernières flammes dans une gerbe d'étincelles et de flammèches, déboucha à l'air libre et poursuivit son chemin ventre à terre.

J'entendis bientôt le bruit de ses sabots. Il serait peut-être plus courtois de rengainer mon épée en l'attendant. Mais si je le faisais, je risquais de ne plus jamais avoir l'occasion de la dégainer de nouveau.

Je me surpris à me demander comment Benedict porterait son épée, et quel genre d'arme ce serait. Lame droite? Lame courbe? Longue? Courte? Il les maniait toutes avec la même aisance. Il avait été mon maître d'armes...

Ce serait peut-être à la fois plus malin et plus courtois de remettre Grayswandir dans son fourreau. Il accepterait peut-être de parlementer d'abord — et avec ma lame nue j'avais une attitude provocatrice.

Mais comme le bruit des sabots se faisait plus fort, je me rendis compte que j'avais peur de la ranger.

Je ne m'essuyai la paume de la main qu'une seule fois avant de le voir apparaître. Il avait ralenti dans la courbe et dut m'apercevoir au moment même où je l'aperçus. Il chevaucha droit vers moi, en ralentissant. Mais il ne semblait pas vouloir s'arrêter tout de suite.

C'était presque une expérience mystique. Il n'y a pas

d'autre façon de la décrire. Mon esprit se libéra des contraintes du temps, et ce fut comme si j'avais l'éternité devant moi pour méditer sur l'approche de cet homme qui était mon frère. Il avait des vêtements couverts de poussière, le visage noirci, et gesticulait comme un forcené avec le moignon de son bras droit. Sa monture était un grand animal rayé noir et rouge, avec une queue et une crinière écarlates. Mais c'était vraiment un cheval, un cheval qui roulait des yeux, écumait et haletait d'une façon pénible à entendre. Je remarquai qu'il portait son épée en bandoulière, car son manche dépassait nettement au-dessus de son épaule droite. Sans cesser de ralentir ni de me regarder fixement, il quitta la route en se dirigeant légèrement vers ma gauche, tira une fois sur la bride puis la relâcha en maîtrisant le cheval avec ses genoux. Sa main gauche monta comme pour me saluer, passa par-dessus sa tête et saisit le manche de son épée. Elle glissa de son fourreau sans un bruit, décrivit un arc de cercle magnifique au-dessus de lui et termina sa course dans une position d'attaque, à l'extrémité de son bras gauche tendu et légèrement penchée en arrière comme une aile d'acier terne bordée d'un tranchant effilé, qui brillait comme un filament chauffé à blanc. Le tableau qu'il formait resta gravé dans mon esprit avec une magnificence, une sorte de splendeur qui m'émouvaient étrangement. Son épée était longue et courbe comme un cimeterre. La dernière fois que je l'avais vu se servir de cette arme, nous étions alliés contre un ennemi commun que je commençais à croire imbattable. Cette nuit-là, Benedict avait prouvé qu'il n'en était rien. Maintenant que je la voyais levée contre moi, j'étais envahi par le sentiment de ma propre mortalité, sentiment que je n'avais jamais éprouvé avec une telle force jusqu'à ce jour. C'était comme si un voile avait été arraché au monde et que je voyais soudain, pour la première fois, la mort en face.

Le charme était rompu. Je reculai dans le bosquet. Je m'étais posté là pour pouvoir profiter des arbres. Je m'y enfonçai de quatre ou cinq mètres et fis deux pas sur la gauche. Au dernier moment, son cheval se cabra, hennit et s'ébroua, les naseaux frémissants. Il se mit de côté en faisant jaillir des mottes de terre. Le bras de Benedict bougea à la vitesse de l'éclair, comme la langue d'un crapaud, et sectionna net un arbrisseau de sept ou huit centimètres de diamètre. L'arbre resta debout un moment, puis s'effondra lentement.

Ses bottes résonnèrent sur le sol et il se dirigea vers moi. J'avais une autre raison pour m'être posté dans ce bosquet : je voulais qu'il vienne vers moi dans un endroit où une lame longue serait gênée par des troncs d'arbres et des branchages.

Mais tout en avançant, il fit aller et venir son épée, presque nonchalamment, fauchant les arbres autour de lui. Si seulement il n'était pas si diaboliquement compétent. Si seulement il n'était pas Benedict...

— Benedict, dis-je d'une voix normale, c'est une adulte maintenant, et elle est capable de prendre ses propres décisions.

Mais il ne parut pas m'avoir entendu. Il se contenta d'avancer en balançant sa longue épée de gauche à droite, de droite à gauche. Elle produisait un sifflement suraigu en coupant l'air, suivi d'un léger « toc! » tandis qu'elle sectionnait encore un arbre, presque sans ralentir sa course.

Je levai Grayswandir et la dirigeai vers sa poitrine.

— N'avance plus, Benedict, dis-je. Je ne veux pas me battre en duel avec toi.

Il ramena son épée à une position d'attaque et lâcha un seul mot :

— Assassin!

Il donna un léger coup de poignet et mon épée fut presque simultanément écartée. Je parai la botte qui suivit et il balaya ma riposte et revint aussitôt à l'attaque.

Cette fois, je ne pris même pas la peine de riposter. Je me bornai à parer, puis reculai et me réfugiai derrière un arbre.

— Je ne comprends pas, dis-je en rabattant sa lame tandis qu'elle glissait le long du tronc à deux doigts de mon estomac. Je n'ai tué personne dernièrement. En tout cas pas en Avalon.

Encore un « toc! » et l'arbre tombait sur moi. Je fis un bond de côté et reculai en multipliant les dégagements et les coups d'arrêt.

— Assassin! répéta-t-il.

— Je ne sais pas de quoi tu veux parler, Benedict.

— Menteur!

Je décidai alors de lui tenir tête et de ne pas lâcher pied. Crénom! C'était idiot de mourir pour une raison qui n'était même pas la bonne! Je ripostai aussi vite que je le pouvais en cherchant des brèches dans sa défense. Il n'y en avait pas.

— Mais explique-toi, au moins! criai-je. De grâce!

Mais il semblait avoir dépassé le stade des paroles. Il lança une nouvelle attaque et je dus reculer une fois de plus. C'était comme si j'essayais de me battre en duel avec un glacier. J'acquis la conviction à ce moment-là qu'il avait perdu la tête — non que cela me donnât le moindre avantage. Chez tout autre que lui, une telle folie destructrice aurait provoqué la perte d'une partie de ses moyens. Mais Benedict avait impitoyablement cultivé ses réflexes au cours des siècles, et j'étais sincèrement convaincu que l'ablation de son cerveau n'aurait pas modifié en quoi que ce fût la perfection de ses gestes.

Il m'obligeait à reculer régulièrement; je me réfugiais derrière des arbres qu'il abattait aussitôt, avant de reprendre son offensive. Je commis l'erreur d'attaquer et bloquai ses contres à quelques centimètres à peine de mon cœur. Je dus lutter contre une première vague de panique lorsque je m'aperçus qu'il me repoussait jusqu'à la lisière du bosquet. Bientôt nous serions à terrain découvert, et il n'y aurait plus d'arbres pour le gêner.

Je concentrais toute mon attention sur lui, de sorte que ce qui arriva alors me surprit autant que Benedict.

Avec un cri guerrier, Ganelon jaillit de je ne sais où et ceintura Benedict, en bloquant son bras le long de son corps.

Même si je l'avais voulu, je n'aurais pas pu le tuer à cet instant car il ne m'en aurait pas laissé le temps. Il était trop rapide, et Ganelon ne se doutait pas de sa force prodigieuse.

Benedict se tordit vers la droite pour interposer Ganelon entre nous et dans le même mouvement ramena son moignon pour l'en frapper à la tempe gauche comme avec une matraque. Puis il libéra d'une secousse son bras gauche, attrapa Ganelon par la ceinture, le souleva à bout de bras et me le jeta littéralement à la tête. Tandis que je m'écartais pour l'éviter, Benedict récupéra son épée là où elle était tombée et revint à la charge. C'est à peine si j'eus le temps de voir que Ganelon avait atterri comme un sac de patates à quelque dix pas derrière moi.

Je parai et recommençai à battre en retraite. Je n'avais plus guère qu'un seul tour dans mon sac, et cela m'attristait de penser que si je ratais mon coup, Ambre serait privée de son souverain légitime.

Il est plus difficile de se battre contre un bon gaucher que contre un bon droitier, et cela contribuait à me rendre les choses plus ardues. Mais il me fallait me livrer à quelques expériences. Il y avait quelque chose que je voulais savoir à tout prix – même au prix de quelques risques.

Je fis un grand pas en arrière pour me mettre momentanément hors de sa portée, puis me penchai en avant et attaquai. C'était une manœuvre soigneusement calculée et exécutée très rapidement.

Un premier résultat inattendu – dû certainement en partie au moins à la chance – fut que je passai à travers sa défense tout en manquant mon but. L'espace d'une fraction de seconde, Grayswandir ricocha sur un de ses contres et lui entailla l'oreille gauche. Cela eut pour effet de le ralentir légèrement pendant quelques instants, mais pas assez pour faire une quelconque différence. A la limite, cela ne servit qu'à lui faire renforcer sa défense. Je poursuivis mon offensive, mais il n'y avait plus moyen de l'atteindre. Ce n'était qu'une petite coupure, mais le sang coulait jusqu'au lobe de son oreille et tombait goutte à goutte sur son épaule. Ç'aurait même pu avoir un effet néfaste sur ma concentration si j'avais fait plus que simplement en prendre note.

C'est alors que je me livrai à l'expérience tant redoutée,

mais nécessaire. Je lui laissai une petite ouverture, l'espace d'un instant, en sachant qu'il s'y précipiterait pour essayer de m'atteindre au cœur.

C'est exactement ce qu'il fit, et je parai son estocade au dernier moment. Je n'aime guère penser à quel point il m'a manqué de peu à cet instant.

Je recommençai à céder du terrain et nous sortîmes du bosquet. Une parade, un pas en arrière. Je passai ainsi devant l'endroit où Ganelon était prostré. Je reculai encore de cinq mètres en me battant de façon classique, défensive.

Puis je laissai une nouvelle ouverture à Benedict. Il s'y rua comme la première fois, et je réussis de nouveau à bloquer son attaque. Il me harcela alors encore plus frénétiquement et me repoussa jusqu'à la limite de la route noire. Une fois arrivé là, je refusai de lâcher pied, et, au lieu de reculer, me déplaçai latéralement jusqu'à l'endroit que j'avais choisi. Il me fallait tenir bon quelques instants encore, pour le préparer...

Je passai un sale moment, mais tins bon et bandai tous mes muscles.

Enfin je lui laissai la même petite ouverture qu'avant. Je savais qu'il attaquerait comme les deux premières fois; ma jambe droite était derrière ma gauche et je me redressai en même temps que lui. Je contrai à peine son estocade et fis un bond en arrière jusque sur la route noire tout en tendant le bras aussi loin que possible pour le décourager de tenter une balaestra.

Et c'est alors qu'il fit ce que j'escomptais. Il écarta mon épée d'un revers de la sienne et avança normalement quand je me mis en quarte... ce qui l'obligea à marcher sur les touffes d'herbe par-dessus lesquelles j'avais sauté.

Je n'osai baisser les yeux tout d'abord. Je me contentai de tenir pied, histoire de donner une chance à la flore.

Cela ne prit que quelques instants. Benedict s'aperçut que quelque chose clochait dès qu'il essaya de nouveau de bouger. La stupeur, puis l'effort se lirent tour à tour sur son visage. Je le tenais.

Je ne pensais pas, cependant, que l'herbe pourrait l'immobiliser longtemps, et passai donc aussitôt à l'action.

Je passai sur sa droite, hors d'atteinte de son épée, puis bondis de nouveau par-dessus l'herbe pour quitter la route noire. Il essaya de se retourner, mais elles s'étaient enroulées autour de ses jambes jusqu'à ses genoux. Il vacilla, mais finit par retrouver son équilibre.

Je passai derrière lui, sur sa droite. Une seule estocade, et c'était un homme mort, mais évidemment je n'avais plus aucune raison de le faire.

Il passa son bras valide par-dessus son épaule et tourna la tête en pointant son arme vers moi. Il commença à libérer sa jambe gauche.

Mais je feintai sur sa droite et quand il voulut parer mon coup je le frappai sur la nuque du plat de Grayswandir.

Cela le sonna, et j'en profitai pour m'approcher et lui donner un coup de poing dans le rein. Il se courba légèrement; je lui bloquai le bras et le frappai derechef sur la nuque, mais du poing, cette fois, et fort. Il perdit connaissance et tomba de tout son long. Je lui pris son épée et la jetai de côté. Le sang de sa blessure coulait sur son cou comme quelque boucle d'oreille exotique.

Je posai Grayswandir, saisis Benedict sous les aisselles et le tirai. Les herbes tentaculaires résistèrent farouchement, mais je réussis finalement à l'arracher à leur étreinte.

Ganelon avait eu le temps de reprendre ses esprits. Il s'approcha en boitillant et contempla Benedict.

— Quel type! dit-il. Quel type!... qu'allons-nous faire de lui?

Je le ramassai, le mis en travers de mes épaules et me levai.

— Le ramener illico au chariot. Prenez les épées, voulez-vous?

— D'accord.

Je regagnai la route et Benedict resta dans le cirage, ce qui ne pouvait mieux tomber étant donné que je voulais éviter de le frapper de nouveau si c'était possible. Je le déposai au pied d'un gros arbre au bord de la route, près du fourgon.

Je rengainai nos épées quand Ganelon me rejoignit,

puis lui demandai d'ôter les cordes de certaines des caisses. Pendant qu'il suivait mes instructions, je fouillai Benedict et trouvai ce que je cherchais.

Puis je le ligotai à l'arbre pendant que Ganelon allait chercher son cheval. J'attachai celui-ci à un buisson tout proche et y accrochai également son épée.

Je montai enfin sur le siège du fourgon et Ganelon s'approcha.

– Vous allez le laisser là? demanda-t-il.

– Pour le moment.

Nous nous remîmes en route. Je ne me retournai pas, mais Ganelon, lui, se retourna.

– Il n'a pas encore bougé, annonça-t-il. Puis il ajouta : Personne ne m'a encore ramassé et balancé comme ça. Et d'une seule main, en plus.

– C'est pour ça que je vous ai dit de rester dans le chariot et de ne pas lui résister s'il avait le dessus.

– Qu'est-ce qu'il va devenir, maintenant?

– Je ferai en sorte qu'on s'occupe de lui, bientôt.

– Il ne lui arrivera pas de mal?

Je secouai la tête.

– Bon.

Au bout d'environ trois kilomètres, je fis arrêter les chevaux. Je descendis.

– Ne vous laissez pas impressionner par ce qui va se passer, dis-je. Je vais prendre des dispositions pour Benedict.

Je m'éloignai un peu de la route et trouvai un coin d'ombre, puis sortis le jeu d'Atouts que j'avais trouvé sur Benedict. Je les passai en revue, trouvai la carte de Gérard et la séparai du jeu, puis remis celui-ci dans le petit coffret en bois garni de soie et incrusté d'ivoire dans lequel Benedict les rangeait.

Je tins l'Atout de Gérard devant moi et le regardai fixement.

Au bout d'un moment, il devint chaud, réel, sembla remuer. Je sentis la présence de Gérard lui-même. Il était en Ambre. Il marchait dans une rue que je connaissais bien. Il me ressemble beaucoup, mais en plus massif, en plus lourd. Je remarquai qu'il portait toujours la barbe.

Il s'arrêta et me dévisagea.

— Corwin!

— Eh oui, Gérard. Tu as l'air en pleine forme.

— Tes yeux! Tu as retrouvé la vue?

— Oui, je vois de nouveau parfaitement.

— Où es-tu?

— Viens vers moi, je te montrerai.

Son regard se fit plus acéré.

— Je ne suis pas sûr de pouvoir faire une chose pareille, Corwin. J'ai pris des engagements...

— C'est pour Benedict, dis-je. Tu es le seul qui puisse l'aider sans arrière-pensée.

— Benedict? Il a des ennuis?

— Oui.

— Alors pourquoi ne m'appelle-t-il pas lui-même?

— Il n'en a pas la possibilité. On lui a enlevé sa liberté d'action.

— Pourquoi cela? Qui?

— C'est une histoire trop longue et trop compliquée pour que je te la raconte maintenant? Crois-moi, il a besoin de toi, et tout de suite.

Il se mordilla la barbe.

— Et tu ne peux pas le tirer d'affaire tout seul?

— Absolument pas.

— Et tu penses que je le peux?

— Je sais que tu le peux.

Il fit jouer son épée dans son fourreau.

— Tu ne me tendrais pas un piège, tout de même, Corwin.

— Bien sûr que non. Avec tout le temps que j'ai eu pour réfléchir, j'aurais trouvé quelque chose d'un peu plus subtil.

Il soupira. Puis il hocha la tête.

— D'accord. Je te rejoins.

— Je t'attends.

Il resta un instant immobile, puis fit un pas en avant. Il était à mes côtés. Il tendit la main et la posa sur mon épaule. Il sourit.

— Corwin, dit-il. Je suis content que tes yeux aient repoussé.

Je détournai mon regard.

— Et moi donc. Et moi donc.

— Qui est-ce, là, dans le chariot?

— Un ami. Il s'appelle Ganelon.

— Où est Benedict? Quel est le problème.

Je fis un geste de la main.

— Là-bas. A environ trois kilomètres d'ici. Il est attaché à un arbre. Son cheval est à côté de lui.

— Alors que fais-tu ici?

— Je fuis.

— Tu fuis quoi?

— Benedict. C'est moi qui l'ai ligoté.

Il fronça les sourcils.

— Je ne comprends pas...

Je secouai la tête.

— Il y a un malentendu entre nous. Je n'ai pas pu le raisonner et on s'est battus. Je l'ai assommé et ligoté. Je ne peux pas le libérer, sinon il m'attaquerait de nouveau. Mais je ne peux pas non plus le laisser comme ça. Il pourrait lui arriver quelque chose avant qu'il ne puisse se libérer. C'est pour ça que je t'ai appelé. S'il te plaît, libère-le et ramène-le chez lui.

— Et qu'est-ce que tu seras en train de faire pendant ce temps?

— De me tirer d'ici aussi vite que possible et de me perdre en Ombre. Tu nous rendras à tous les deux un fier service en l'empêchant de se lancer de nouveau à ma poursuite. Je ne veux pas avoir à l'affronter une seconde fois.

— Je vois. Et maintenant, si tu me disais ce qui s'est passé?

— Je ne sais pas exactement. Il m'a traité d'assassin. Je te donne ma parole que je n'ai tué personne pendant mon séjour en Avalon. Dis-le-lui, veux-tu? Je n'ai aucune raison de te mentir, et je te jure que c'est vrai. Il y aura peut-être autre chose qui l'aura perturbé. S'il y fait allusion, dis-lui qu'il lui faudra s'en remettre à l'explication de Dara.

— Et quelle est-elle?

Je haussai les épaules.

— Tu le sauras s'il en parle. S'il n'en parle pas, laisse tomber.

— Dara, dis-tu?

— Oui.

— Très bien. Je ferai ce que tu me demandes... Et maintenant, si tu m'expliquais comment tu t'y es pris pour t'échapper d'Ambre?

Je souris.

— Simple curiosité? Ou penses-tu que tu auras peut-être à te servir du tuyau un jour?

Il rit dans sa barbe.

— Ça me paraissait le genre d'information qu'il est toujours utile d'avoir.

— Je regrette, cher frère, que le monde ne soit pas encore prêt à en prendre connaissance. Si je devais le dire à quelqu'un, ce serait à toi — mais cela ne te serait d'aucune utilité, alors qu'en m'en réservant l'exclusivité, je me garde un atout pour l'avenir.

— En d'autres termes, tu as un moyen à toi d'entrer en Ambre et d'en sortir. Quels projets caresses-tu, Corwin?

— A ton avis?...

— La réponse est évidente. Mais mes sentiments sur la question sont mitigés.

— Si tu m'en parlais?

Il désigna la portion de route noire qui était visible d'où nous nous tenions.

— Cette « chose », dit-il, elle va jusqu'au pied du Kolvir à présent. Toutes sortes de menaces empruntent cette route pour venir attaquer Ambre. Nous nous défendons, nous sommes toujours victorieux. Mais les attaques se font plus violentes et plus fréquentes. Le moment serait mal choisi pour tenter quelque chose, Corwin.

— Ou peut-être serait-il parfaitement choisi, dis-je.

— Pour toi, peut-être, mais pas nécessairement pour Ambre.

— Comment se débrouille Éric avec tout ça?

— Bien. Comme je te l'ai déjà dit, nous avons toujours été victorieux.

— Je ne parle pas des attaques — je parle du problème pris dans son ensemble, de ses causes.

— J'ai personnellement parcouru un long chemin sur la route noire.

— Et alors?

— Alors je n'ai pu arriver jusqu'au bout. Tu sais comment les ombres deviennent de plus en plus étranges et sauvages au fur et à mesure qu'on s'éloigne d'Ambre?

— Oui.

— ... Jusqu'à ce que l'esprit lui-même s'égare et sombre dans la folie?

— Oui.

— ... Et comment au-delà de tout ça il y a la Cour du Chaos. La route continue, Corwin. Je suis convaincu qu'elle va jusqu'au bout.

— C'est bien ce que je craignais, dis-je.

— C'est pourquoi, quelle que soit ma position à ton égard, je ne puis te recommander d'agir à un moment pareil. La sécurité d'Ambre doit primer sur tout.

— Je vois. Dans ce cas, nous n'avons plus grand-chose à nous dire pour le moment.

— Et tes projets?

— Puisque tu ne les connais pas, ça ne t'avancera guère de savoir qu'ils sont inchangés. Mais ils sont inchangés.

— Je ne sais pas s'il faut te souhaiter bonne chance, mais je te souhaite bonne santé. Je suis content que tu aies recouvré la vue.

Il me serra la main.

— Il vaut mieux que j'aille voir Benedict à présent. J'ai cru comprendre qu'il n'était pas grièvement blessé?

— Pas par moi, en tout cas. Je n'ai fait que le frapper deux ou trois fois. N'oublie pas de lui transmettre mon message.

— Je n'oublierai pas.

— Et ramène-le en Avalon.

— J'essaierai.

— Alors au revoir, Gérard, et à bientôt.

– Au revoir, Corwin.

Il tourna les talons et se mit en marche. Je le suivis des yeux jusqu'à ce qu'il eût disparu de mon champ de vision, puis remontai dans le chariot. Je remis alors son Atout dans le jeu et poursuivis ma route vers Anvers.

8.

Je regardai la maison du haut de la colline. J'étais entouré de verdure, et donc assez difficile à voir.

Je ne sais pas ce que je m'attendais à voir. Des ruines calcinées? Une voiture garée dans l'allée? Une famille prenant le frais sur le patio en bois des îles? Des gardes armés?

Je remarquai que la toiture avait besoin d'être refaite, que la pelouse était retournée depuis longtemps à l'état sauvage. Je fus surpris de ne voir qu'un carreau cassé à l'arrière de la maison.

Ainsi la maison était censée avoir l'air abandonnée. Je réfléchis.

J'étalai ma veste sur le sol et m'assis dessus. J'allumai une cigarette. Il n'y avait pas d'autre maison dans les alentours immédiats.

J'avais obtenu près de sept cent mille dollars pour les diamants. Il m'avait fallu une semaine et demie pour conclure l'affaire. D'Anvers nous avions gagné Bruxelles, où nous avions passé plusieurs soirées dans une boîte de nuit de la rue de Char-et-Pain avant que l'homme que je voulais voir ne nous trouve.

Arthur se montra très intrigué par ma commande. Ce petit homme aux cheveux blancs et à la moustache bien taillée, ex-officier de la RAF ayant fait ses études à Oxford, avait commencé à secouer la tête au bout de deux minutes et n'avait pas cessé de m'interrompre avec des questions concernant la livraison. Il n'avait rien d'un Sir Basil Zaharoff, mais devenait sincèrement inquiet quand les idées d'un client lui paraissaient par trop farfelues. Il n'aimait pas voir les choses tourner à l'aigre juste après une livraison. Il devait penser que ça se retournerait contre lui d'une façon ou d'une autre. Pour cette raison, il était souvent plus coopératif que ses concurrents quand le moment était venu de livrer la commande. Le fait que je ne semblais pas avoir prévu de moyen de transport pour la marchandise le mettait dans tous ses états.

Ce qu'on exige en général dans ce genre de transaction, c'est un certificat de destination. Il s'agit, en gros, d'un document attestant que le pays X a commandé les armes en question. C'est une pièce indispensable si l'on veut obtenir un permis d'exportation du pays de fabrication. Cela donne un vernis d'honnêteté à la transaction, même si la marchandise doit être détournée vers un tiers pays, une fois la frontière passée. La procédure habituelle consiste à acheter l'aide d'un diplomate représentant le pays X – de préférence un diplomate ayant de la famille ou des amis proches du ministère de la Défense de son pays d'origine – pour se procurer les papiers. Ils se vendaient à prix d'or, et je ne crois pas me tromper en disant qu'Arthur avait dans sa tête une liste des derniers tarifs en vigueur.

– Mais comment allez-vous les transporter? demandait-il sans arrêt.

– Ça, disais-je, c'est mon problème. Je m'en charge.

Mais il ne cessait de secouer la tête.

– Ça ne sert à rien de faire des économies de bout de chandelle, Colonel. (Il m'appelait colonel depuis que nous nous étions rencontrés pour la première fois, il y avait douze ans de cela. Pourquoi? je n'en sais rien.) A rien du tout. En essayant d'économiser quelques dollars, comme ça vous risquez de perdre la cargaison tout entière et de vous retrouver dans de sales draps par-dessus le marché. Je puis vous arranger ça par le truchement d'une de ces jeunes nations africaines pour un prix très raisonnable...

– Non. Occupez-vous seulement de me procurer les armes.

Pendant ces discussions, Ganelon restait assis là à boire de la bière, plus roux, plus barbu et plus sinistre que jamais, en hochant la tête à tout ce que je disais. Comme il ne parlait pas un mot d'anglais, il ne pouvait pas savoir où en étaient les négociations. Et je ne crois pas que ça l'intéressait outre mesure. Il suivait néanmoins mes instructions et me parlait régulièrement en thari, et pendant quelques minutes nous parlions de choses et d'autres dans cette langue. De la perversité pure et simple. Ce pauvre vieil Arthur était un excellent linguiste et il voulait connaître la destination finale des armes. Je le voyais tendre désespérément l'oreille pour essayer d'identifier notre langue chaque fois que nous parlions. Il finit par hocher la tête comme s'il avait réussi.

Un peu plus tard dans la discussion, il se jeta à l'eau et dit :

— J'ai lu les journaux. Je suis sûr que ces amis ont les moyens de prendre les précautions d'usage.

Cela me ravit tellement que je fus presque tenté d'accepter. Mais je dis :

— Non, croyez-moi. Quand je prendrai possession de ces armes automatiques, elles disparaîtront de la face de la terre.

— J'aimerais bien voir ça, dit-il, étant donné que vous ne savez même pas où vous allez en prendre livraison.

— Ça n'a aucune importance.

— La confiance en soi, c'est bien. Mais la témérité...

Il haussa les épaules.

— Comme vous voudrez. C'est votre problème.

Je lui parlai alors des munitions et il dut acquérir la certitude que je travaillais du chapeau. Il se borna à me dévisager un long moment, sans même prendre la peine de secouer la tête cette fois. Il me fallut une bonne dizaine de minutes pour le persuader d'entrer dans les détails. Ce n'est qu'alors qu'il recommença à secouer la tête en grommelant quelque chose sur l'absurdité de balles en argent et de détonateurs inertes.

L'arbitre suprême, l'argent, le persuada finalement de jouer le jeu. Pour ce qui concernait les armes et les camions, aucun problème, me dit-il. Mais pour convaincre un fabricant d'armes de manufacturer mes munitions spéciales, il allait falloir payer une sacrée somme. Il n'était même pas certain d'en trouver un qui accepte de prendre ma commande. Quand je lui dis que son prix serait le mien, cela sembla le troubler encore plus. Si je pouvais me permettre de faire faire des munitions expérimentales, un certificat de destination ne représentait pas une somme...

Non, répétai-je. On allait faire ça à ma manière.

Il soupira et tira le coin de ses moustaches. Puis il hocha la tête. Fort bien, on ferait ça à ma manière.

Il sala la note, bien sûr. Comme, par ailleurs, je semblais disposer de toutes mes facultés, la seule explication plausible hormis la psychose était que je participais à une machination de grande envergure. Bien que les ramifications de la chose dussent l'intriguer, il décida apparemment de ne pas trop fourrer son nez dans une entreprise aussi louche. Il était prêt à saisir le premier prétexte venu pour se laver les mains de toute cette histoire. Une fois qu'il eut trouvé un fabricant de munitions compréhensif – qui se révéla être une société suisse –, il ne demanda pas mieux que de me mettre directement en contact avec lui et de s'éclipser après avoir empoché son dû.

Ganelon et moi nous rendîmes en Suisse avec de faux papiers. Il était allemand et moi portugais. Ma nationalité d'emprunt m'importait peu, du moment que mes papiers étaient bien imités, mais j'avais décidé que Ganelon devait apprendre l'allemand en priorité puisqu'il devait apprendre une langue et que des touristes allemands, il y en avait partout. Il mit très peu de temps à se débrouiller en allemand. Je lui avais recommandé de dire à tout vrai Allemand et à tout Suisse qui lui poserait la question qu'il avait été élevé en Finlande.

Nous passâmes trois semaines en Suisse avant que je ne me déclare satisfait des contrôles de qualité effectués sur mes munitions. Comme je m'y attendais, le produit était totalement inerte dans cette ombre. Mais j'en avais trouvé la formule, et c'était tout ce qui comptait à ce stade. Les balles en argent me revinrent très cher, bien sûr. Peut-être étais-je trop prudent. Mais il y a des choses en Ambre qui s'expédient plus facilement dans l'au-delà avec ce métal, et j'avais les moyens de ma politique. Et d'ailleurs, quelle balle — hormis une balle en or — serait plus digne d'un roi? Si je devais abattre Éric, on ne pourrait pas m'accuser du crime de lèse-majesté. Veuillez m'excuser, chers frères.

Je laissai ensuite Ganelon faire ses propres décalages, puisqu'il avait pris son rôle de touriste très au sérieux. Je le laissai en Italie, un appareil photo autour du cou et le regard comme perdu dans le lointain, et regagnai les États-Unis par avion.

Regagnai? Oui. Cette maison abandonnée que je contemplais du haut de la colline avait été mon foyer pendant près de dix ans. C'est là que je me rendais quand une autre voiture m'avait forcé à quitter la route et provoqué l'accident qui était à l'origine de tout ce qui s'était passé depuis.

Je tirai une bouffée de ma cigarette et contemplai le spectacle qui s'offrait à moi. Elle n'avait rien eu d'une maison abandonnée à l'époque. Je l'avais toujours entretenue avec le plus grand soin. Elle avait été entièrement payée. Six pièces et un garage attenant pour deux voitures. Sur quatre hectares de terrain. En fait, la colline tout entière. J'y avais vécu seul la plupart du temps. Cette vie me plaisait. Je passais la plus grande partie de mes journées dans le cabinet de travail et dans l'atelier. Je me demandai si la gravure sur bois Mori était toujours accrochée dans mon bureau. Elle s'intitulait *Face à face,* et représentait deux guerriers dans un combat à mort. Ce serait bien de pouvoir la récupérer. Mais j'avais le sentiment qu'elle n'y serait plus. Ce qui n'avait pas été emporté par les voleurs avait dû être vendu aux enchères pour payer mes arriérés d'impôts. Je supposais que c'était là la procédure légale qu'on appliquait dans l'État de New York. J'étais étonné que la maison elle-même ne soit pas habitée par de nouveaux occupants. Je restai à mon poste d'observation, histoire de m'en assurer. Que diable, rien ne me pressait. Je n'avais rien d'autre à faire pour le moment.

J'avais contacté Gérard peu après mon arrivée en Belgique. Il m'avait semblé plus sage de ne pas essayer de parler à Benedict pour le moment. J'avais peur qu'il n'en profite pour m'attaquer d'une façon ou d'une autre.

Gérard m'avait étudié d'un air circonspect. Il était quelque part en rase campagne et semblait chevaucher seul.

— Corwin? avait-il dit, puis : Oui...

— Bon. Qu'est devenu Benedict?

— Je l'ai trouvé à l'endroit indiqué et je l'ai libéré. Il voulait se lancer de nouveau à ta poursuite, mais j'ai réussi à le convaincre qu'un long moment était passé depuis que je t'avais vu. Comme tu m'avais dit que tu l'avais laissé sans connaissance, j'ai pensé que c'était la meilleure tactique. Et puis son cheval était très fatigué. On a regagné Avalon ensemble. Je suis resté avec lui; pour l'enterrement, puis je lui ai emprunté un cheval. Je suis en route pour Ambre, tel que tu me vois.

— L'enterrement? Quel enterrement?

De nouveau, le regard calculateur.

— Tu ne le sais vraiment pas? dit-il.

— Si je le savais, je ne te le demanderais pas, bon sang!

— Ses domestiques. Ils ont été assassinés. Il dit que c'est toi le coupable.

— Non, dis-je. Non, c'est ridicule. Pourquoi aurais-je voulu assassiner ses domestiques? Je ne comprends pas...

— Il s'est mis à leur recherche peu après son retour, car ils n'étaient pas là pour l'accueillir. Il les a trouvés morts, et envolés toi et ton compagnon.

— Maintenant je comprends ce qu'il a dû penser. Où étaient les corps?

— Enterrés, mais pas très profond, dans le petit bois derrière la maison.

Tiens, tiens... Mieux valait ne pas laisser entendre que j'avais vu la tombe.

— Mais pour quel motif pense-t-il que j'aie pu faire une chose pareille? protestai-je.

— Il est perplexe, Corwin. Très perplexe à présent. Il ne comprend pas pourquoi tu ne l'as pas tué alors que tu en avais l'occasion, ni pourquoi tu as fait appel à moi alors que tu aurais pu le laisser attaché à cet arbre.

— Je comprends maintenant pourquoi il m'a traité d'assassin pendant que nous nous battions, mais... Tu lui as transmis mon message comme quoi je n'avais tué personne?

— Oui. Au début, il a pris ça pour un mensonge destiné à donner le change. Je lui ai dit que tu m'avais paru sincère, et que tu avais l'air très perplexe, toi aussi. Je crois que ça l'a troublé que tu aies montré tant d'insistance. Il m'a demandé plusieurs fois si je te croyais.

— Et me crois-tu?

Il baissa les yeux.

— Crénom, Corwin! Que dois-je croire? J'ai été parachuté au beau milieu de tout ça. Il y a tellement longtemps que nous ne nous sommes vus...

Il me regarda dans les yeux.

— Et puis il y a autre chose, dit-il.

— Quoi donc?

— Pourquoi est-ce moi que tu as appelé pour l'aider? C'est un jeu complet que tu lui as pris. Tu aurais pu appeler n'importe lequel d'entre nous.

— Tu plaisantes, je suppose.

— Non. Je veux une réponse.

— Très bien. Tu es le seul autre frère en qui j'ai confiance.

— C'est tout?

— Non. Benedict ne veut pas qu'on sache en Ambre où il est. Julian et toi êtes les seuls dont je sais avec certitude que vous connaissez déjà sa retraite. Je n'aime pas Julian, ni ne lui fais confiance. C'est pour ça que je t'ai appelé.

— Comment savais-tu que Julian et moi connaissions la retraite de Benedict?

— Il vous a aidés il y a quelque temps quand vous avez été mis à mal sur la route noire, et il vous a logés en attendant que vous récupériez. C'est Dara qui m'en a parlé.

— Dara? Mais à la fin, qui est-ce, Dara?

— L'orpheline d'un couple de domestiques qui ont été jadis au service de Benedict, dis-je. Elle était là quand Julian et toi êtes arrivés.

— Et tu lui as fait envoyer un bracelet. Tu m'en avais déjà parlé quand tu m'as appelé.

— Exact. Pourquoi?

— Pour rien. Je ne me souviens pas vraiment d'elle. Dis-moi, pourquoi es-tu parti aussi précipitamment? Tu dois avouer que ce n'est pas la façon d'agir d'un homme qui a la conscience tranquille?

— En effet, mais ce n'était pas un meurtre que j'avais sur la conscience. Je m'étais rendu en Avalon pour me procurer quelque chose dont j'avais besoin. Je l'ai obtenu, et j'ai filé. Tu as vu le chariot, et tu as dû remarquer que je transportais un chargement. J'ai filé avant son retour pour éviter d'avoir à répondre à des questions que Benedict n'aurait pas manqué de me poser au sujet de cette marchandise. Que diable! Si j'avais voulu fuir, je ne serais pas parti en traînant un fourgon derrière moi! Je serais parti à cheval et sans bagages pour pouvoir aller plus vite.

— Qu'y avait-il dans le chariot?

— Non, dis-je. Je ne voulais pas le dire à Benedict, et je ne veux pas te le dire à toi. Oh! en cherchant bien, il finira par le savoir. Mais ce n'est pas moi qui lui faciliterai le travail. En tout état de cause, ça ne change rien. Le fait que je m'y sois rendu pour me procurer quelque chose et que cette chose, je l'aie vraiment obtenue, devrait suffire. Elle n'a pratiquement aucune valeur là-bas, mais elle en a ailleurs. Es-tu satisfait?

— Oui, dit-il. Ça tient debout.

— Dans ce cas, réponds-moi. Crois-tu que je les aie assassinés?

— Non, dit-il. Je te crois.

— Et Benedict. Qu'en pense-t-il à présent?

— Il ne s'attaquerait pas de nouveau à toi sans discuter d'abord. Tu as jeté le doute dans son esprit — ça, j'en suis sûr.

— Parfait. C'est toujours ça de gagné. Merci, Gérard. Je vais te quitter à présent.

Je m'apprêtais à couper le contact quand il cria :

— Attends, Corwin! Attends!

— Qu'y a-t-il?

— Comment as-tu fait pour couper la route noire? Tu en as détruit un morceau à l'endroit où tu l'as traversée. Comment t'y es-tu pris?

— La Marelle, dis-je. Si jamais ce truc te crée des ennuis, attaque-le avec la Marelle. Tu sais comment il faut parfois se concentrer dessus quand les ombres vous échappent et que tout se détraque?

— Oui. J'ai déjà essayé mais ça n'a pas marché. Tout ce que j'ai récolté, c'est un mal de tête. Cette chose n'est pas originaire d'Ombre.

— Oui et non, dis-je. Je sais ce que c'est. Tu n'as pas essayé assez énergiquement. J'ai utilisé la Marelle jusqu'à ce que j'aie l'impression que ma tête éclate, jusqu'à être rendu à moitié aveugle par la douleur, jusqu'à frôler l'évanouissement. Et au lieu de ma tête, c'est la route qui s'est désagrégée. J'ai passé un sale quart d'heure, mais ça a marché.

— Je m'en souviendrai, dit-il. Tu vas parler à Benedict maintenant?

— Non. Il est déjà en possession de tous les éléments que nous avons évoqués. Maintenant qu'il s'est un peu calmé, il va commencer à faire sa petite enquête. J'aime autant qu'il la fasse tout seul — et puis je ne veux pas risquer un nouvel affrontement. A compter de la fin de cette communication, je vais garder le silence pendant un long moment. Et qui plus est, je m'opposerai à tous les efforts qui pourront être faits pour entrer en contact avec moi.

— Et Ambre, Corwin? Et Ambre?

Je baissai les yeux.

— Ne te mets pas en travers de mon chemin quand je reviendrai, Gérard. Crois-moi, rien ni personne ne pourra me résister.

— Corwin... Attends. Je te supplie de revenir sur ta décision. Ne t'attaque pas à Ambre maintenant. Elle est trop dangereusement vulnérable.

— Désolé, Gérard, mais je suis sûr d'avoir réfléchi plus mûrement à la question au cours de ces cinq dernières années que vous tous réunis.

– Alors moi aussi, tu m'en vois désolé.

– Il faut que j'y aille, maintenant.

Il hocha la tête.

– Au revoir, Corwin.

– Au revoir, Gérard.

Après avoir attendu plusieurs heures que le soleil disparaisse derrière les collines, en laissant la maison plongée dans un crépuscule précoce, j'écrasai une dernière cigarette, secouai ma veste et l'enfilai, puis me levai. Il n'y avait eu aucun signe de vie en bas, aucun mouvement derrière les vitres sales ou le carreau cassé. Lentement, je descendis de la colline.

La maison de Flora à Westchester avait été vendue quelques années auparavant, ce qui n'était pas fait pour me surprendre. Je n'avais vérifié la chose que par simple curiosité, étant de retour à New York. J'avais même poussé une pointe jusque-là, en voiture un jour. Elle n'avait plus aucune raison de rester sur ombre Terre. Son long travail de surveillance ayant été mené à bien, elle se faisait récompenser pour sa loyauté la dernière fois que je l'avais vue, en Ambre. Je trouvais assez vexant d'avoir vécu si près d'elle pendant si longtemps sans même m'apercevoir de sa présence.

J'avais envisagé de contacter Random, mais avais abandonné ce projet. La seule façon pour lui de m'être utile eût été de me tenir au courant de ce qui se passait en Ambre. Bien qu'utiles, des renseignements de cet ordre ne m'étaient pas absolument indispensables. J'étais à peu près sûr de pouvoir lui faire confiance. Après tout, il m'avait aidé naguère. Certes, ce n'était pas par altruisme, mais tout de même, il avait fait un tout petit peu plus que les circonstances ne l'exigeaient. Mais il y avait cinq ans de ça, et bien des choses s'étaient passées depuis. Sa présence était de nouveau tolérée en Ambre, et il avait pris femme. Il n'était pas inconcevable qu'il nourrisse des rêves d'ascension sociale. Je n'en savais rien. Mais après avoir pesé le pour et le contre, j'avais estimé plus sage d'attendre de le voir en personne la prochaine fois que je me rendrais en Ambre.

J'avais tenu parole et m'étais opposé à toutes les tentatives qui avaient été faites pour entrer en contact avec moi, et elles n'avaient pas manqué : presque une par jour lors de mes deux premières semaines sur ombre Terre. Plusieurs semaines s'étaient écoulées, toutefois, et je n'avais pas été dérangé depuis. Pourquoi dévoiler mes batteries pour rien? Désolé, frérots...

Je m'approchai de l'arrière de la maison, longeai le mur jusqu'à une fenêtre, l'essuyai avec mon coude. Cela faisait trois jours que je surveillais la maison, et il me paraissait fort peu probable que quelqu'un fût à l'intérieur. Quand même...

Je jetai un coup d'œil à l'intérieur.

C'était un capharnaüm indescriptible, naturellement, et beaucoup de mes meubles avaient disparu. Mais il en restait. Je me déplaçai vers la droite et essayai d'ouvrir la porte. Fermée à clé. Je ris dans ma barbe.

Je fis le tour du patio. Neuvième brique à partir du bord, quatrième brique à partir du bas. La clé était toujours là. Je l'essuyai sur la manche de ma veste en retournant vers la porte de derrière. Je l'ouvris et entrai.

Une couche de poussière recouvrait tout, mais elle portait des traces d'empreintes par endroits. Des gobelets en carton, des papiers gras jonchaient le sol, et il y avait les restes d'un hamburger pétrifié dans l'âtre. Des trombes d'eau étaient descendues par ce conduit de cheminée pendant mon absence. Je traversai la pièce et fermai le registre.

Je remarquai que la porte principale avait été forcée. J'essayai de l'ouvrir. Elle semblait avoir été condamnée de l'extérieur. Un graffiti obscène ornait un des murs de l'entrée. Je passai dans la cuisine. Il y régnait un désordre épouvantable. Tout ce que les voleurs n'avaient pas emporté était par terre. La cuisinière et le réfrigérateur avaient disparu, et il y avait encore des traces là où leurs pieds avaient raclé le sol.

Je retournai sur mes pas et allai visiter mon atelier. Oui, il avait été mis à sac. Il ne restait plus rien. Poursuivant ma visite, je fus surpris de trouver mon lit, encore défait, et deux chaises de prix intactes dans ma chambre.

Mon cabinet de travail me réservait une surprise plus agréable. Le grand bureau était recouvert de tout un bric-à-brac, mais il en avait toujours été ainsi. J'allumai une cigarette et allai m'asseoir derrière. Sans doute était-il trop volumineux et trop lourd pour tenter un cambrioleur. Mes livres étaient tous sagement rangés à leur place dans la bibliothèque. Il n'y a que les amis pour vous voler des livres. Et là...

Je n'en croyais pas mes yeux. Je me levai et traversai la pièce pour voir la chose de près.

La magnifique sculpture sur bois de Yoshitoshi Mori était accrochée à sa place, propre, sobre, élégante, violente. De penser que personne n'avait emporté l'un de mes biens les plus précieux...

Propre?

Je l'examinai. Je passai mon doigt le long du cadre.

Trop propre. Elle était exempte de la poussière et de la crasse qui recouvrait tout dans la maison.

Je l'inspectai pour voir s'il n'était pas piégé ou relié à un mécanisme quelconque, puis, ne trouvant rien, je le décrochai.

Non, pas de rectangle plus clair derrière. Tout le mur était d'une couleur parfaitement homogène.

Je posai l'œuvre de Mori sur la banquette de la fenêtre et m'installai de nouveau derrière le bureau. J'étais déconcerté, comme quelqu'un voulait sans aucun doute que je le sois. De toute évidence, ce quelqu'un l'avait enlevée et soigneusement conservée – ce pour quoi je lui étais reconnaissant – puis l'avait remise à sa place très récemment. Comme si mon retour avait été prévu.

Ce qui, je suppose, était une raison suffisante pour filer sans demander mon reste. Mais c'eût été idiot. Si piège il y avait, j'étais déjà tombé tête baissée dedans. Je sortis rapidement l'automatique de la poche de ma veste et le coinçai dans ma ceinture. Je n'avais même pas su moi-même que je reviendrais. Je l'avais fait sous le coup d'une inspiration, ayant du temps à perdre. Je ne savais même pas au juste pourquoi j'avais voulu revoir cette maison.

La manœuvre ne pouvait donc être fondée que sur

l'éventualité de mon retour. Si je venais à repasser par ce qui avait été mon chez-moi, ce pourrait être pour y récupérer la seule chose qui vaille la peine d'être récupérée. Donc la conserver et l'exhiber de telle sorte que je ne puisse pas ne pas la remarquer. Bon, voilà qui était fait. Je n'avais pas encore été attaqué, ce qui semblait exclure l'hypothèse d'un piège. Mais alors?

Un message. D'un genre ou d'un autre.

Lequel? Comment? Et de qui?

L'endroit le plus sûr de la maison, s'il avait échappé aux pillards, devait encore être le coffre-fort. Pour un de mes frères ou sœurs, c'eût été un jeu d'enfant de l'ouvrir. Je m'approchai du mur du fond, libérai la boiserie et la fis tourner sur ses gonds. Je composai la combinaison du coffre sur le bouton à chiffres, puis reculai et ouvris la porte avec ma vieille badine d'officier.

Pas d'explosion. Bien. Non que j'en attendisse une.

Le coffre n'avait rien renfermé de très précieux — quelques centaines de dollars en espèces, quelques obligations, des reçus, des lettres.

Une enveloppe. D'un blanc immaculé, elle reposait, bien en vue au milieu du coffre. Je ne me souvenais pas l'avoir jamais vue.

Mon nom dessus, écrit d'une main élégante. Et pas au stylo-bille.

Elle contenait une lettre et une carte.

Frère Corwin, disait la lettre, *si tu lis ces mots, c'est que nos modes de pensée sont encore suffisamment semblables pour me permettre, dans une certaine mesure, de prédire tes actes. Je te remercie de m'avoir prêté la sculpture sur bois — une des deux seules raisons qui, si je ne m'abuse, auront pu te pousser à revenir dans cette ombre sordide. Ce n'est pas sans regret que je te la rends, puisque nos goûts sont aussi fort voisins et qu'elle ornait depuis plusieurs années déjà les murs de mes appartements. Il y a quelque chose dans le thème de cette œuvre qui me paraît familier. Sa restitution se veut un gage de ma bonne volonté et un moyen de retenir ton attention.*

Dans la mesure où je me dois d'être sincère envers toi si je veux prétendre te convaincre de quoi que ce soit, je ne te présenterai pas d'excuses pour ce qui a été fait. Mon seul regret, en vérité, est de ne t'avoir pas tué quand j'aurais dû le faire. J'ai payé le prix de ma propre vanité. Bien que le temps ait pu régénérer tes yeux, je doute qu'il puisse jamais changer nos sentiments l'un envers l'autre. Ta lettre « Je reviendrai » repose sur ma table au moment même où j'écris ces lignes. Si je l'avais écrite, je sais que j'aurais, quant à moi, tout fait pour revenir. Puisque nous sommes à maints égards des pairs, je me prépare à ton retour, et non, je dois l'avouer, sans une pointe d'appréhension. Te sachant loin d'être idiot, je prévois que tu reviendras en force. Et c'est ici que je paie ma vanité d'hier avec mon amour-propre d'aujourd'hui. Je voudrais faire la paix avec toi, Corwin. Pour l'intérêt du royaume, pas pour le mien. Des forces puissantes surgies d'Ombre attaquent Ambre régulièrement, et je ne comprends pas leur vraie nature. Contre ces forces, les plus formidables, pour autant que je me souvienne, qui aient jamais menacé Ambre, la famille s'est unie derrière moi. Je voudrais avoir ton appui dans cette lutte sans merci. A défaut de ton soutien, je voudrais au moins te demander de ne pas m'envahir pendant quelque temps. Si tu décidais de m'aider, je n'exigerais de toi aucun acte d'allégeance — seulement la subordination à mon autorité jusqu'à la fin de la crise. Tes privilèges habituels te seront rendus. Il importe que tu me contactes pour vérifier la véracité de mes dires. Comme je n'ai pas réussi à te joindre au moyen de ton Atout, tu trouveras le mien ci-joint. Bien que tu puisses être tenté de penser que je mens, je te donne ma parole que ce n'est pas le cas.

Éric, Seigneur d'Ambre.

Je relus la lettre et ne pus réprimer un petit rire de satisfaction. Ça servait à quoi, d'après lui, les malédictions?

Rien à faire, frérot. C'est gentil de ta part de songer à moi quand ça va mal pour toi — et je te crois, n'en doute pas, car nous sommes tous des hommes d'honneur —, mais c'est moi qui fixerai les modalités de notre rencontre, pas toi. Quant à Ambre, je ne suis pas indifférent à ses problèmes, et réglerai ceux-ci à ma manière et au moment que je choisirai. Tu commets l'erreur, Éric, de te considérer comme nécessaire. Les cimetières sont pleins d'hommes qui se croyaient irremplaçables. Mais j'attendrai de te le dire en face.

Je mis sa lettre et sa carte dans la poche intérieure de ma veste. J'éteignis ma cigarette dans le cendrier plein de mon bureau. Puis j'allai prendre du linge dans la chambre à coucher pour emballer mes combattants. Ils m'attendraient dans un endroit plus sûr, cette fois.

En retraversant la maison, je me demandai quelle était la vraie raison de mon retour. Je pensai à certaines des personnes que j'avais connues quand j'y avais habité, et me demandai si elles pensaient jamais à moi, si elles s'étaient jamais posé de questions sur ma brusque disparition. Évidemment, je ne le saurai jamais.

La nuit était tombée et les premières étoiles brillaient dans le ciel clair lorsque je sortis de la maison et refermai la porte à clé derrière moi. Je refis le tour du patio et remis la clé à sa place. Puis je gravis la colline.

Quand je me retournai, une fois arrivé au sommet, la maison semblait avoir rapetissé, dans l'obscurité, être devenue un élément de la désolation, comme une canette de bière vide jetée sur le bord de la route. Je descendis le versant opposé, puis coupai à travers champs jusqu'à l'endroit où j'avais garé ma voiture en regrettant de m'être retourné.

9.

Ganelon et moi quittâmes la Suisse à bord de deux camions. Nous les avions convoyés depuis la Belgique, où j'avais chargé les fusils dans le mien. A cinq kilos l'un, les trois cents que j'avais commandés pesaient en tout une tonne et demie, ce qui n'était pas trop mal. Une fois les munitions à bord, il nous restait encore plein de place pour du carburant et d'autres fournitures. Naturellement, nous avions pris un raccourci par Ombre pour éviter les gens qui attendent aux frontières et s'amusent à retarder les voyageurs. Nous partîmes par le même moyen. Je pris la tête du convoi afin, pour ainsi dire, d'ouvrir la voie.

Je nous fis passer par un pays de collines sombres et de villages étroits où les véhicules que nous rencontrions étaient tous tirés par des chevaux. Lorsque le ciel tourna au jaune citron, les bêtes de somme arborèrent rayures et plumages. Nous cheminâmes des heures durant pour tomber finalement sur la route noire, que nous longeâmes quelque temps avant de repartir dans une autre direction. Les cieux subirent mille transformations, et les contours du paysage fondirent et se mélangèrent, passant de collines à plaines puis de nouveau à collines. Nous nous traînâmes le long de routes défoncées et dérapâmes sur des étendues aussi lisses et aussi dures que du verre. Roulant au pas, nous empruntâmes une route qui serpentait à flanc de montagne et contournâmes une mer couleur bordeaux. Nous traversâmes des orages et des nappes de brouillard.

Il me fallut une demi-journée pour les retrouver, eux ou une ombre si proche d'eux qu'il n'y avait aucune différence. Oui, ceux-là mêmes que j'avais déjà exploités jadis. C'étaient des gars petits, très poilus, très bruns, avec de longues incisives et des griffes rétractiles. Mais la conformation de leur main leur permettait d'appuyer sur une détente, et ils me vouaient un véritable culte. Ils m'accueillirent avec des explosions de joie. Peu leur importait que, cinq ans plus tôt, j'eusse envoyé la crème de leur population masculine se faire massacrer dans un pays étrange. On ne critique pas un dieu. On l'aime, on l'honore, on lui obéit. Ils furent très déçus d'apprendre qu'il ne me fallait que quelques centaines d'entre eux, et je dus refuser des milliers de volontaires. Cette fois, la moralité de la chose ne me posa aucun problème de conscience. Sans doute, pouvait-on arguer qu'en enrôlant ce groupe je m'assurais que les autres n'étaient pas morts en vain. Évidemment, ce n'était pas comme ça que je voyais les choses, mais j'aime manier le sophisme à mes heures. Sans doute, pourrais-je tout aussi bien les considérer comme des mercenaires à qui je verserais une solde spirituelle. Y a-t-il une grande différence entre celui qui se bat pour de l'argent et celui qui se bat pour une croyance? J'étais en mesure de fournir l'un et l'autre quand j'avais besoin de troupes.

En fait, ceux-ci courraient relativement peu de risques, puisqu'ils seraient les seuls dans la place à disposer d'armes à feu. Toutefois, mes munitions étaient toujours inertes dans leur pays d'origine, et il nous fallut plusieurs jours de marche à travers Ombre pour atteindre un pays ressemblant suffisamment à Ambre pour qu'elles deviennent opérationnelles. Le seul ennui, c'était que les ombres obéissent à une loi de correspondances réciproques, de sorte que l'endroit en question était réellement fort proche d'Ambre. Je restai donc sur le qui-vive pendant toute la durée de leur entraînement. Il était peu probable qu'un frère mien choisisse ce moment pour faire irruption dans cette ombre, mais une coïncidence était toujours possible.

L'entraînement des troupes dura près de trois semaines

avant que je ne me déclare satisfait. Enfin, par un matin clair et frais, nous rangeâmes notre matériel et nous enfonçâmes dans Ombre, les troupes marchant en colonne derrière les camions. Les camions cesseraient de fonctionner lorsque nous nous approcherions d'Ambre — ils donnaient déjà des signes de faiblesse — mais autant les utiliser pour transporter le matériel aussi loin que possible.

Cette fois, je comptais entreprendre l'ascension du Kolvir par sa face nord, plutôt que par le côté mer, comme la dernière fois. Tous mes hommes avaient une idée assez précise de la topographie des lieux, et la disposition de mes sections de tirailleurs avait été déterminée et mise au point lors d'une attaque simulée.

Nous nous arrêtâmes pour déjeuner copieusement, puis poursuivîmes notre chemin à travers les ombres qui se décalaient imperceptiblement autour de nous. Le ciel devint d'un bleu sombre mais lumineux, le bleu du ciel d'Ambre. La terre était noire entre les rochers et le vert éclatant de l'herbe. Le feuillage des arbres et des buissons avait une sorte de luminescence moite. L'air était pur et parfumé.

Ce soir-là, nous atteignîmes les arbres énormes qui marquaient la lisière d'Arden. Nous bivouaquâmes là en postant de nombreuses sentinelles. Ganelon, vêtu maintenant d'un treillis et d'un béret, resta avec moi jusque tard dans la nuit à examiner les cartes que j'avais dessinées. Nous avions encore une soixantaine de kilomètres à parcourir avant d'atteindre les montagnes.

Les camions rendirent l'âme le lendemain dans l'après-midi. Ils subirent plusieurs transformations, calèrent de plus en plus souvent, et refusèrent finalement de repartir. Nous les précipitâmes dans un ravin et les camouflâmes avec des branchages. Je procédai à une distribution des munitions et des rations, après quoi nous nous remîmes en route.

Nous ne tardâmes pas à quitter la route en terre battue pour nous frayer un chemin à travers la forêt elle-même. Comme je la connaissais encore assez bien, cela ne me posait pas trop de problèmes d'orientation. Le sous-bois nous ralentit considérablement, bien sûr, mais les risques d'être surpris par une patrouille de Julian s'en trouvaient diminués. Les arbres étaient très grands, comme nous étions au cœur de la forêt d'Arden proprement dite, et la topographie des lieux me revenait au fur et à mesure que nous avancions.

Ce jour-là, nous ne rencontrâmes rien de plus menaçant que des renards, des cerfs, des lapins et des écureuils. Les parfums de la forêt, ses couleurs vert, or et marron, rappelaient des souvenirs de temps plus heureux. Juste avant le crépuscule, j'escaladai un des arbres géants et pus apercevoir au loin la chaîne de montagnes dont faisait partie le Kolvir. Un orage faisait rage autour de leurs sommets à cet instant, et des nuages bas en masquaient les parties supérieures.

Le lendemain nous tombâmes sur une des patrouilles de Julian. Je ne sais au juste lequel surprit l'autre, ou lequel fut le plus surpris. Mes hommes ouvrirent le feu presque immédiatement, et je dus crier à en perdre la voix pour les faire s'arrêter, tant ils étaient heureux de pouvoir essayer leurs armes sur des cibles vivantes. C'était une petite patrouille – une vingtaine d'hommes au total – et ils y passèrent tous. Il n'y eut qu'un blessé léger de notre côté – un de nos hommes qui en avait blessé accidentellement un autre, ou peut-être l'homme s'était-il blessé lui-même. Je n'ai jamais éclairci la question. Nous pressâmes le pas après cette escarmouche, car nous avions fait un potin de tous les diables et je n'avais aucune idée de la façon dont les forces ennemies étaient disposées dans la région.

Nous parcourûmes une distance considérable et gagnâmes de l'altitude avant la tombée de la nuit. Les montagnes étaient visibles chaque fois qu'on avait une vue dégagée. Les nuages noirs étaient encore agglutinés autour de leurs sommets. Le massacre de la journée avait mis mes hommes dans un état de surexcitation tel qu'ils mirent un long moment à s'endormir ce soir-là.

Le lendemain nous atteignîmes les contreforts, non sans avoir dû éviter deux autres patrouilles. Nous continuâmes à monter longtemps après la tombée de la nuit, car je voulais atteindre un endroit protégé que je connaissais. Nous campâmes quelques bons huit cents mètres plus haut que la nuit précédente. Nous étions entourés de nuages, mais il ne pleuvait pas malgré une tension atmosphérique du type qui précède généralement les orages. Je dormis mal cette nuit-là. Je rêvai de la tête de chat enflammée et de Lorraine.

Le lendemain matin, nous poursuivîmes notre chemin vers le sommet sous un ciel plombé et j'accélérai impitoyablement l'allure. Nous entendions des coups de tonnerre au loin, et il y avait de l'électricité dans l'air.

Vers le milieu de la matinée, tandis que je menais notre colonne le long d'un chemin sinueux et rocailleux, j'entendis un cri derrière moi, suivi de plusieurs salves de coups de feu. Je revins immédiatement sur mes pas.

Un petit groupe d'hommes, parmi lequel il y avait Ganelon, faisait cercle autour de quelque chose et parlait à mi-voix. Ils s'écartèrent pour me laisser passer.

Je ne pouvais en croire mes yeux. Autant que je me souvienne, jamais on n'avait vu ça près d'Ambre. Quatre mètres de long environ, avec cette terrible parodie de visage humain sur les épaules d'un lion, des ailes d'aigle repliées sur des flancs maintenant maculés de sang, une queue ressemblant à celle d'un scorpion, encore parcourue de mouvements convulsifs. J'avais entr'aperçu jadis des manticoras dans les îles de l'extrême sud – c'étaient des créatures d'épouvante qui avaient toujours figuré en bonne place dans mon musée des horreurs personnel.

– Il a coupé Rall en deux, il a coupé Rall en deux, répétait un des hommes.

A une vingtaine de pas de là, je vis ce qui restait du pauvre Rall. Nous le recouvrîmes d'une bâche lestée avec des pierres. C'était à peu près tout ce qu'on pouvait faire. En tout état de cause, l'incident servit à rétablir chez mes hommes une circonspection qui leur faisait dangereusement défaut depuis leur victoire facile de la veille. Ils se remirent en route en silence, le doigt sur la détente de leurs armes.

— Sacrée créature, dit Ganelon. Elle a l'intelligence d'un homme?

— Je ne sais pas vraiment.

— J'ai un pressentiment désagréable, Corwin. Comme si quelque chose de terrible était sur le point d'arriver. Je ne sais pas comment dire.

— Je sais.

— Vous l'avez aussi?

— Oui.

Il hocha la tête.

— Peut-être que c'est l'orage, dit-il.

Il hocha de nouveau la tête, plus lentement.

Le ciel devenait plus sombre au fur et à mesure que nous montions, et les roulements de tonnerre se succédaient sans répit. Des éclairs de chaleur illuminaient le ciel à l'ouest, et les vents se faisaient plus violents. En levant les yeux, j'aperçus, autour des plus hauts sommets, de grosses masses de nuages sur lesquelles se découpaient en permanence des formes noires ressemblant à des oiseaux.

Nous rencontrâmes un deuxième manticora un peu plus tard, mais lui réglâmes son compte sans subir de pertes. Environ une heure plus tard, nous fûmes attaqués par une nuée de gros oiseaux au bec effilé comme un rasoir, d'un genre que je n'avais jamais vu auparavant. On réussit à les repousser, mais ce phénomène, ajouté aux autres, n'était pas fait pour me tranquilliser.

Nous poursuivîmes notre ascension en nous demandant quand l'orage allait éclater. Les vents redoublèrent de violence.

La lumière baissa, bien que le soleil ne se fût pas encore couché. L'air devenait de plus en plus brumeux au fur et à mesure que nous approchions des bancs de nuages. Une sensation de moiteur s'insinuait partout. Les rochers étaient devenus plus glissants. J'étais tenté de faire halte, mais nous étions encore assez loin du Kolvir et je ne voulais pas épuiser nos rations, que j'avais calculées au plus juste.

Nous parcourûmes encore quelque six kilomètres de

distance et gagnâmes mille mètres en altitude avant d'être contraints de nous arrêter. L'obscurité était devenue totale, et seuls les éclairs intermittents nous permettaient de nous repérer. Nous bivouaquâmes en cercle sur une pente dure et nue, après avoir posté des sentinelles sur tout le pourtour. Le tonnerre nous accompagnait comme de longs accords de marche militaire. La température tomba en chute libre. Même si j'avais autorisé des feux de camp, nous n'aurions rien trouvé à brûler dans les environs. Nous nous préparâmes à passer une nuit noire, froide et humide.

Les manticoras attaquèrent quelques heures plus tard, en silence et sans prévenir. Sept hommes trouvèrent la mort et nous tuâmes seize créatures. Je ne sais combien de celles-ci prirent la fuite. Je maudis Éric tout en pansant mes blessures, et me demandai dans quelle ombre il avait été chercher ces bêtes hideuses.

Pendant ce qu'il faut bien appeler le matin, nous parcourûmes encore sept ou huit kilomètres vers le Kolvir avant de bifurquer vers l'ouest. C'était l'une des trois routes possibles, et je l'avais toujours considérée comme la meilleure pour une attaque. Les oiseaux revinrent à la charge, à plusieurs reprises, plus nombreux et plus téméraires chaque fois. Il suffisait heureusement d'en abattre quelques-uns pour chasser la nuée tout entière.

Finalement, nous contournâmes la base d'une gigantesque falaise et suivîmes un chemin qui nous mena toujours plus haut, à travers le brouillard et le tonnerre, jusqu'à un endroit d'où nous découvrîmes un vaste panorama qui s'étendait sur des dizaines de kilomètres, avec la Vallée de Garnath qui s'étalait en contrebas sur notre droite.

Je fis faire halte à la colonne et m'avançai pour observer le spectacle qui s'offrait à moi.

La dernière fois que j'avais vu cette vallée jadis si belle, elle avait été recouverte d'une jungle inextricable. A présent, c'était encore pis. La route noire la coupait en deux et allait jusqu'au pied du Kolvir, où elle s'arrêtait. Une bataille faisait rage dans la vallée. Des cavaliers se ruaient les uns sur les autres, s'accrochaient, rompaient le contact. Des formations compactes de fantassins avançaient, formaient une mêlée confuse, se repliaient. La foudre tombait sans arrêt parmi eux. Les oiseaux noirs survolaient la mêlée comme des cendres portées par le vent.

L'humidité recouvrait tout d'un manteau froid. Les montagnes se renvoyaient l'écho du tonnerre. Je regardai, perplexe, la bataille qui faisait rage en contrebas.

La distance était trop grande pour me permettre de distinguer les combattants. Je crus tout d'abord que quelqu'un d'autre avait entrepris la même chose que moi — que Bleys avait peut-être survécu et qu'il était revenu avec une nouvelle armée.

Mais non. Celle-ci était venue de l'ouest, en empruntant la route noire. Je vis alors que les oiseaux les accompagnaient, ainsi que des créatures bondissantes qui n'étaient ni des chevaux ni des hommes. Les manticoras, peut-être.

La foudre tombait sur eux au fur et à mesure qu'ils arrivaient, brûlant, éparpillant, soufflant. En remarquant qu'elle ne tombait jamais sur les défenseurs, je compris qu'Éric avait apparemment réussi à contrôler, dans une certaine mesure, ce qui était connu sous le nom de Joyau du Jugement, grâce auquel papa avait exercé sa volonté sur les conditions météorologiques d'Ambre. Cinq ans plus tôt, Éric s'en était servi contre nous avec une efficacité considérable.

Ainsi les forces d'Ombre dont on m'avait tant parlé étaient encore plus puissantes que je ne l'avais pensé. J'avais imaginé des opérations de guérilla, mais pas une bataille rangée au pied du Kolvir. Je regardai les masses confuses qui grouillaient dans le noir. La route semblait presque se tordre sous l'effet de l'activité qui y régnait.

Ganelon vint se poster à côté de moi. Il resta silencieux un long moment.

Je ne voulais pas qu'il me le demande, mais je me sentais impuissant à lui dire autrement qu'en réponse à une question.

— Et maintenant, qu'est-ce qu'on fait, Corwin?

— Nous devons accélérer l'allure, dis-je. Je veux être en Ambre ce soir.

Nous nous remîmes en marche. Pendant quelque temps, on progressa avec plus de facilité. L'orage sans pluie continua, ses éclairs et ses coups de tonnerre gagnant chaque fois en luminosité et en volume. Un crépuscule permanent s'était installé sur les montagnes.

Lorsqu'un peu plus tard, cet après-midi-là, on arriva à un endroit apparemment sûr — un endroit situé à sept ou huit kilomètres à l'intérieur de la frontière nord d'Ambre —, j'ordonnai une nouvelle halte afin que nous puissions nous reposer et prendre un dernier repas. Comme nous devions hurler rien que pour communiquer entre nous, je ne pouvais prendre la parole pour m'adresser à mes hommes. Je fis simplement passer le mot comme quoi nous touchions au but et qu'il fallait redoubler de vigilance.

Je pris mes rations et partis en éclaireur tandis que les autres se reposaient. Un kilomètre et demi plus loin, j'escaladai une pente abrupte et m'arrêtai lorsque j'atteignis le sommet. Une bataille faisait rage un peu plus loin.

Je me cachai et observai la scène. Une force d'Ambre repoussait les assauts d'attaquants qui devaient soit nous avoir précédés de peu sur le chemin du sommet, soit être arrivés par d'autres moyens. Je penchais pour cette dernière hypothèse, étant donné que nous n'avions rencontré aucune trace de passage récent. L'affrontement expliquait pourquoi, en montant, nous avions eu la chance de ne pas rencontrer de patrouilles défensives.

Je me rapprochai du théâtre des opérations. Bien que les attaquants eussent pu monter par l'une des deux autres routes, je m'aperçus vite que ce n'était pas le cas. Ils arrivaient par milliers, et c'était un spectacle de cauchemar, car ils venaient du ciel.

Ils descendaient de l'ouest par vagues, comme des tourbillons de feuilles mortes charriées par le vent. Le mouvement aérien que j'avais repéré de loin n'avait rien à voir avec les volatiles belliqueux qui s'en étaient pris à nous. Les attaquants arrivaient juchés sur le dos d'espèces de dragons ailés à deux pattes qui ne ressemblaient à rien de connu si ce n'est au dragon héraldique. Je n'en avais jamais vu ailleurs que sur des blasons, mais il faut dire que je n'avais jamais particulièrement cherché à en rencontrer en chair et en os.

Parmi les défenseurs il y avait beaucoup d'archers, et c'est par centaines qu'ils tuaient les attaquants en vol. Des trombes de feu s'abattaient également parmi ceux-ci, et chaque éclair précipitait des dizaines de cadavres calcinés vers le sol. Mais rien n'endiguait le flot des attaquants, qui se posaient de façon que l'homme et la monture puissent tous deux se lancer à l'assaut des forces défendant la position. Je cherchai des yeux et finis par repérer la lueur palpitante qui émane du Joyau du Jugement lorsqu'il fonctionne. Elle venait du milieu du plus gros corps de défenseurs qui était terré à la base d'une haute falaise.

J'écarquillai les yeux pour essayer d'apercevoir celui qui portait le bijou. Oui, il n'y avait pas de doute. C'était Éric.

Je me rapprochai encore plus, en rampant cette fois. Je vis le chef du corps de défenseurs le plus proche décapiter un dragon, qui venait de se poser, d'un seul revers de son épée. De la main gauche, il saisit le cavalier par son harnais et le projeta dix mètres plus loin, par-delà le rebord du petit plateau où se déroulaient les combats. Je reconnus Gérard lorsqu'il se retourna pour crier un ordre. Il paraissait mener une contre-offensive destinée à prendre de flanc le gros des troupes ennemies qui attaquaient les forces d'Ambre massées au pied de la falaise. Du côté opposé de la mêlée, un détachement identique se livrait à la même manœuvre. Un autre de mes frères?

Je me demandai depuis combien de temps duraient les deux batailles – celle de la vallée et celle-ci. Depuis assez longtemps, sans doute, à en juger d'après la durée de l'orage artificiel.

Je me déplaçai vers la droite et scrutai la vallée qui s'étalait vers l'ouest. La bataille de Garnath faisait toujours rage. Il était impossible à cette distance de distinguer les attaquants des défenseurs, et encore moins de voir qui avait le dessus. En revanche, je remarquai que de nouvelles forces arrivaient de l'ouest pour prêter main-forte aux attaquants.

Je ne savais trop quelle ligne de conduite adopter. Je ne pouvais manifestement pas attaquer Éric alors qu'il était occupé à faire quelque chose d'aussi capital que défendre Ambre elle-même. Il serait plus sage d'attendre la fin des hostilités pour venir ramasser les morceaux. Seulement voilà : j'étais déjà envahi par le doute quant à l'issue du conflit.

Même si les attaquants ne bénéficiaient pas de renforts, la victoire était loin d'être acquise pour les forces d'Ambre. Les envahisseurs étaient puissants et nombreux. Je n'avais aucune idée de ce que Éric pouvait avoir en réserve. A cet instant précis, il m'était impossible de savoir s'il serait intéressant de miser sur une victoire d'Ambre. Si Éric perdait la bataille, je serais obligé d'affronter moi-même les envahisseurs, après que les troupes d'Ambre auront été décimées.

Si nous intervenions maintenant avec des armes à feu automatiques, je ne doutais pas que nous écraserions rapidement les dragons et leurs cavaliers. A bien réfléchir, un autre de mes frères devait se trouver dans la vallée. On pourrait se débrouiller pour y transférer certains de mes hommes par l'entremise des Atouts. Les attaquants qui s'y trouveraient n'en reviendraient pas de voir les forces d'Ambre tout à coup suppléées par des tirailleurs armés de fusils d'assaut.

Je reportai mon attention sur la bataille la plus proche. Non, ça n'allait pas bien. Je réfléchis aux conséquences d'une éventuelle intervention de ma part. Éric ne serait certainement pas en mesure de se retourner contre moi. Abstraction faite des sentiments que je pouvais éprouver à son égard en raison des souffrances qu'il m'avait infligées, c'est moi qui aurais tiré ses marrons du feu. Il serait soulagé sur le moment, mais verrait d'un sale œil les sentiments que cela ne manquerait pas de susciter à mon égard. Aucun doute là-dessus. Je serais de retour en

Ambre avec une garde personnelle invincible et une opinion publique qui me ferait les yeux doux. Pensée alléchante s'il en fut. Cette méthode me permettrait d'atteindre mon objectif avec beaucoup plus de douceur et de facilité qu'une attaque brutale de front se terminant par un régicide.

Oui.

Je me surpris à sourire. J'étais sur le point de devenir un héros.

Je dois cependant dire à ma décharge que si j'avais eu seulement à choisir entre Ambre avec Éric sur le trône et Ambre vaincue, il ne fait aucun doute que ma décision eût été la même, à savoir : attaquer. L'issue du combat était par trop incertaine, et bien que cela m'avantage d'apparaître comme un sauveur, mon avantage personnel n'était pas, en dernier recours, le facteur déterminant. Je ne pourrais autant te haïr, Éric, si l'amour que je porte à Ambre n'était encore plus fort que ma haine pour toi.

Je m'éloignai avec mille précautions, puis redescendis la pente en courant tandis que l'éclair projetait mon ombre dans toutes les directions.

Je m'arrêtai au bord de notre campement. Du côté opposé, Ganelon discutait en gesticulant avec un cavalier isolé, et je reconnus son cheval.

Je m'avançai, et sur un signe de son cavalier le cheval traversa le campement dans ma direction. Ganelon secoua la tête et lui emboîta le pas.

Le cavalier était Dara. Dès qu'elle fut assez près pour m'entendre, je me mis à crier.

— Qu'est-ce que tu fiches ici?

Elle mit pied à terre en souriant et me fit face.

— Je voulais me rendre en Ambre, dit-elle, alors je l'ai fait.

— Comment es-tu arrivée jusqu'ici?

— J'ai suivi grand-père, dit-elle. J'ai découvert qu'il était plus facile de suivre quelqu'un à travers Ombre que de s'y aventurer seul.

— Benedict est ici?

Elle hocha la tête.

— En bas. Il commande les forces dans la vallée. Julian est avec lui.

Ganelon s'approcha de nous.

— Elle m'a dit qu'elle nous avait suivis jusqu'ici, cria-t-il. Ça fait deux jours qu'elle est sur nos talons.

— C'est vrai? demandai-je.

Elle hocha de nouveau la tête, toujours en souriant.

— Ça n'a pas été difficile.

— Mais pourquoi as-tu fait ça?

— Pour arriver jusqu'en Ambre, bien sûr! Je veux traverser la Marelle! C'est bien là que vous allez, n'est-ce pas?

— Évidemment. Mais il se trouve qu'il y a une guerre qui nous barre le chemin!

— Qu'est-ce que vous comptez faire?

— La gagner, bien sûr!

— Parfait. J'attendrai.

Je proférai un chapelet de jurons pour me donner le temps de réfléchir, puis demandai :

— Où étais-tu quand Benedict est rentré?

Son sourire disparut.

— Je ne sais pas, dit-elle. J'ai été me promener à cheval après votre départ, et je ne suis pas rentrée de la journée. Je voulais être seule pour réfléchir. En rentrant le soir, je ne l'ai pas trouvé. J'ai de nouveau été me promener le lendemain. J'ai parcouru une assez grande distance, et, quand le soir est tombé, j'ai couché à la belle étoile. Je le fais souvent. En rentrant à la maison le lendemain dans l'après-midi, je l'ai aperçu qui chevauchait vers l'est du haut d'une colline. J'ai décidé de le suivre. Il a traversé Ombre, je le comprends maintenant — et vous aviez raison quand vous m'avez dit que c'était plus facile de suivre quelqu'un. Je ne sais pas combien de temps ça a pris. Ma notion du temps a été complètement chamboulée. Il est venu ici, et j'ai reconnu l'endroit d'après l'image sur une des cartes. Il a rencontré Julian dans une forêt au nord, et ils se sont rendus ensemble à la bataille dans la vallée. Je suis restée dans la forêt plusieurs jours sans savoir quoi faire. J'avais peur de me perdre si j'essayais de rebrousser chemin. C'est alors que j'ai aperçu vos hommes en train de gravir la montagne. Je vous ai vu qui marchiez devant avec Ganelon. Je savais qu'Ambre devait se trouver dans cette direction, alors je vous ai suivis. J'ai attendu jusque maintenant pour me montrer, parce que je voulais être trop près d'Ambre pour que vous ne puissiez me faire faire demi-tour.

— Je ne crois pas que tu me dises toute la vérité, dis-je. Mais je n'ai pas le temps de m'occuper de ça. On va aller de l'avant maintenant, et il va y avoir de la bagarre. Le plus sûr serait que tu restes ici. Je vais te confier à deux gardes du corps.

— Je n'en veux pas!

— Je me fiche de ce que tu veux ou ne veux pas. Tu auras tes deux gardes du corps. Je te ferai chercher quand il n'y aura plus de danger.

Je me retournai, sélectionnai deux hommes au hasard et leur ordonnai de rester auprès d'elle. L'idée ne sembla pas les enthousiasmer outre mesure.

— Quelles sont ces armes que portent vos hommes? demanda Dara.

— Plus tard, dis-je. J'ai à faire.

Je fis un briefing sommaire et disposai mes formations pour le combat.

— Vous semblez avoir très peu de troupes, dit-elle.

— Elles suffiront, rétorquai-je. A tout à l'heure.

Je la laissai en compagnie de ses gardes.

Nous empruntâmes la route que j'avais prise plus tôt. Le tonnerre cessa pendant que nous avancions, et le silence me donna moins un sentiment de soulagement qu'une impression de suspense. La pénombre se réinstalla autour de nous, et je transpirais dans le cocon moite de l'air.

J'ordonnai une halte en atteignant mon premier point d'observation de tout à l'heure. Accompagné de Ganelon, j'allai me rendre compte de la situation.

Le théâtre des opérations fourmillait littéralement d'attaquants, et leurs montures se battaient à leurs côtés. Ils repoussaient les défenseurs contre la falaise. Je cherchai Éric des yeux, mais ni lui ni la lueur de son joyau n'étaient visibles.

– Lesquels sont nos ennemis? demanda Ganelon.

– Les hommes volants.

Ils se posaient tous maintenant que l'artillerie divine s'était tue. Dès qu'ils touchaient terre, ils se précipitaient de l'avant. Je ne parvins pas à repérer Gérard parmi les défenseurs.

– Faites venir les troupes, dis-je en épaulant mon fusil. Dites-leur de descendre à la fois les hommes et leurs montures.

Ganelon me quitta. Je visai un dragon qui s'apprêtait à se poser, tirai, et regardai son vol plané se transformer en un battement d'ailes désordonné. Il tomba à terre et commença à se débattre. Je tirai de nouveau.

La créature s'enflamma en mourant. Bientôt j'eus trois feux de joie en train de crépiter. Je rampai jusqu'à mon deuxième point d'observation de tout à l'heure. Une fois installé, je visai de nouveau tranquillement et tirai.

J'en descendis un autre, mais certains d'entre eux commencèrent à se tourner dans ma direction. Je vidai mon chargeur et en changeai aussi vite que possible. Plusieurs dragons se dirigeaient déjà vers moi. Ils étaient très rapides.

Je réussis à stopper cette première vague et je rechargeais mon arme quand mon premier détachement de tirailleurs arriva. Notre feu devint aussitôt plus nourri et nous commençâmes à avancer tandis que les autres détachements arrivaient.

Dix minutes plus tard tout était fini. Dans les cinq premières, ils se rendirent apparemment compte qu'ils n'avaient aucune chance de l'emporter, et ils commencèrent à se replier vers le bord du plateau, d'où ils prenaient leur envol en se lançant dans le vide. Nous en fauchâmes un grand nombre tandis qu'ils couraient, et le sol était jonché de chair enflammée et d'ossements calcinés.

Le mur de roc humide se dressait sur notre gauche, son sommet perdu dans les nuages, de sorte qu'il donnait l'impression de nous dominer d'une hauteur infinie. Le vent charriait encore de la fumée et de la brume, et les rochers étaient maculés de sang. Lorsque nous avions commencé à avancer en tirant, les forces d'Ambre s'étaient vite rendu compte que nous venions à leur rescousse et s'étaient redéployées depuis leur position à la base de la falaise. Je vis qu'elles étaient menées par mon frère Caine. L'espace d'un instant, nos regards se rencontrèrent malgré la distance, puis il plongea dans la mêlée.

Des groupes épars d'Ambriens constituèrent une deuxième force tandis que les envahisseurs se repliaient. En fait, ils limitèrent notre champ de tir lorsqu'ils attaquèrent le flanc opposé des hommes volants, mais je n'avais aucun moyen de le leur faire savoir. Nous nous rapprochâmes, et notre tir se fit encore plus précis.

Un petit groupe d'hommes resta au pied de la falaise. J'eus le sentiment qu'ils protégeaient Éric, et que celui-ci avait peut-être été blessé, puisque l'orage s'était tu brusquement. Je me frayai un chemin dans cette direction.

La fusillade avait presque cessé lorsque je m'approchai du groupe, et je ne compris que trop tard ce qui se passa ensuite.

Quelque chose de gros s'approcha rapidement par-derrière et fut à côté de moi en un instant. Je roulai à terre et épaulai mon arme par réflexe. Toutefois, mon doigt n'appuya pas sur la détente. C'était Dara, qui venait de me dépasser au triple galop. Elle se retourna en riant tandis que je criais après elle.

— Retourne en bas, crénom! Tu vas te faire tuer!

— Je te verrai en Ambre! cria-t-elle, et elle traversa comme une flèche le champ de bataille et disparut au détour du chemin qui continuait à monter.

J'étais furieux. Mais je ne pouvais rien faire pour le moment. Je me relevai en grinçant des dents et poursuivis mon chemin.

Tandis que je m'approchai du groupe, j'entendis mon nom prononcé plusieurs fois. Les têtes se tournèrent dans ma direction. Les gens s'écartèrent pour me laisser passer. J'en reconnus plusieurs, mais ne leur accordai pas la moindre attention.

Je crois avoir vu Gérard à peu près au même moment

qu'il me vit. Il était agenouillé parmi eux, et se leva et attendit. Son visage ne trahissait aucune émotion.

En me rapprochant, je compris que j'avais deviné juste. Il s'était agenouillé auprès d'un blessé étendu sur le sol. C'était Éric.

Je fis un signe de tête à Gérard en arrivant à côté de lui, et regardai Éric qui gisait à mes pieds. Mes sentiments étaient très mitigés. Le sang qui coulait de ses blessures à la poitrine était très rouge et très abondant, et recouvrait le Joyau du Jugement, qu'il portait encore autour du cou. Celui-ci continuait à émettre faiblement sa mystérieuse lueur palpitante, comme un cœur perdant son sang. Éric avait les yeux fermés, et sa tête reposait sur une cape roulée en boule. Sa respiration était laborieuse.

Je m'agenouillai, les yeux rivés à ce visage livide. J'essayai d'oublier ma haine pendant un moment, puisque de toute évidence il agonisait, pour arriver à comprendre cet homme qui était mon frère pour les quelques instants qui lui restaient à vivre. Je m'aperçus que j'arrivais à éprouver une certaine compassion pour lui en pensant à tout ce qu'il perdait en même temps que sa vie, et en me disant que ce serait peut-être moi qui reposerais là si je l'avais emporté cinq ans auparavant. Je cherchai désespérément ne fût-ce qu'une raison pour l'admirer, et tout ce que je trouvai fut l'épitaphe : *Il est mort pour Ambre.* Ce n'était pas rien, cependant. La phrase passait et repassait sans cesse dans ma tête.

Ses paupières se contractèrent, clignèrent, et il ouvrit les yeux. Son visage resta inexpressif tandis que son regard plongeait dans le mien. Je me demandai s'il m'avait seulement reconnu.

Mais il prononça mon nom, puis dit :

— Je savais que ce serait toi.

Il prit le temps de respirer, puis continua.

— Ils t'ont bien mâché le travail, pas vrai?

Je ne répondis pas. Il connaissait déjà la réponse.

— Ton tour viendra un jour, poursuivit-il. Alors nous serons des pairs.

Il rit doucement et s'aperçut trop tard qu'il n'aurait pas

dû. Il fut pris d'une terrible quinte de toux. Quand celle-ci eut passé, il me dévisagea sans aménité.

— Je pouvais sentir le poids de ta malédiction, dit-il. Elle était partout autour de moi, en permanence. Tu n'as même pas eu besoin de mourir pour qu'elle soit réalisée.

Puis, comme s'il lisait mes pensées, il sourit légèrement et dit :

— Non, je ne vais pas te donner ma malédiction en mourant. Je la réserve aux autres là-bas, aux ennemis d'Ambre.

Il la proféra alors, à voix basse, et je frémis rien que de l'entendre.

Il se tourna de nouveau vers moi et me dévisagea pendant un moment. Puis il prit entre ses doigts la chaînette qu'il portait autour du cou.

— Le Joyau..., dit-il. Prends-le et va jusqu'au centre de la Marelle. Tiens-le devant toi. Très près... d'un de tes yeux. Plonge ton regard dedans... et imagine que c'est un lieu. Essaie de te projeter... à l'intérieur. Tu ne bougeras pas. Mais tu y trouveras... la connaissance. Après, tu sauras comment t'en servir...

— Comment?...

Mais je m'arrêtai net. Il m'avait déjà dit comment apprendre à m'en servir, alors pourquoi lui demander de se fatiguer inutilement en me disant comment il avait trouvé ça tout seul?

Mais il comprit le sens de ma question et parvint à dire :

— Les notes de Dworkin... sous cheminée... mon...

Il fut pris d'une nouvelle quinte de toux et le sang coula de son nez et de sa bouche. Il respira un grand coup et se hissa en position assise, en roulant des yeux égarés.

— Je me suis montré à la hauteur. A toi maintenant d'en faire autant, salaud! dit-il, puis il tomba dans mes bras et rendit son dernier souffle ensanglanté.

Je le tins quelques instants, puis l'étendis dans sa position initiale. Ses yeux étaient encore ouverts, et je les lui fermai. Presque machinalement, je croisai ses mains sur le joyau maintenant sans vie. Je n'avais pas le cœur de le lui prendre à cet instant. Je me levai, ôtai ma cape, et l'en recouvris.

En me retournant, je vis que tout le monde avait les yeux fixés sur moi. Des visages familiers, pour la plupart. Avec quelques inconnus. Beaucoup de ceux qui avaient été présents le soir où j'avais assisté au banquet, menottes aux poignets...

Non. Ce n'était pas le moment de songer à cela. Je chassai cette pensée de mon esprit. La fusillade avait cessé, et Ganelon rassemblait nos troupes et rétablissait un semblant de formation.

Je m'avançai.

Je passai parmi les Ambriens. Je passai parmi les morts. Je passai devant mes propres troupes et m'approchai du bord de la falaise.

Dans la vallée en contrebas, on se battait avec acharnement. Les cavaliers tourbillonnaient comme charriés par un courant turbulent, brassés, mélangés, écartés, et les fantassins fourmillaient encore comme des insectes.

Je sortis le jeu de cartes que j'avais pris à Benedict. Je retirai son propre Atout du jeu. Il chatoya un instant devant moi, puis le contact fut établi.

Il montait le même cheval noir et roux qu'il avait pris pour me poursuivre. On se battait autour de lui et il était en pleine action. Voyant qu'il affrontait un autre cavalier, je restai immobile. Il ne prononça qu'un seul mot :

– Patientez.

Il expédia son adversaire en deux coups d'épée. Puis il fit faire demi-tour à sa monture et commença à sortir de la mêlée. Je remarquai que la bride de son cheval avait été rallongée et attachée lâchement autour du moignon de son bras droit. Il lui fallut plus de dix minutes pour atteindre un endroit relativement calme. Lorsque ce fut chose faite, il me regarda, et je vis qu'il examinait également le champ de bataille qui s'étendait derrière moi.

– Oui, je suis sur les hauteurs, dis-je. Nous avons gagné. Éric a trouvé la mort au cours de la bataille.

Il continua à me regarder fixement, attendant la suite. Son visage ne trahissait aucune émotion.

– Nous avons gagné parce que je suis arrivé avec des

armes à feu, dis-je. J'ai finalement trouvé un agent détonant qui fonctionne ici.

Il plissa les yeux et hocha la tête. J'eus le sentiment qu'il comprit immédiatement de quel produit il s'agissait et d'où il venait.

— Il y a beaucoup de choses dont j'aimerais te parler, poursuivis-je, mais d'abord je dois m'occuper de l'ennemi. Si tu maintiens le contact, je t'enverrai plusieurs centaines d'hommes armés de fusils d'assaut.

Il sourit.

— Fais vite, dit-il.

J'appelai Ganelon, et il me répondit aussitôt, étant à quelques pas de moi. Je lui dis d'aligner nos hommes en file indienne. Il hocha la tête et partit en criant des ordres.

Tandis que nous attendions, je dis :

— Benedict, Dara est ici. Elle t'a suivi à travers Ombre quand tu es venu d'Avalon. Je voudrais...

Il montra les dents et cria :

— Mais nom d'un chien, qui est cette Dara dont tu nous rebats les oreilles? Je n'en avais jamais entendu parler avant ton arrivée! Dis-le-moi à la fin! J'aimerais vraiment savoir!

Je souris légèrement.

— C'est inutile, fis-je en secouant la tête. Je sais tout, bien que je n'aie dit à personne d'autre que tu avais une petite-fille.

Il ouvrit involontairement la bouche et écarquilla les yeux.

— Corwin, dit-il. Ou bien tu es fou ou bien on t'a mené en bateau. Pour autant que je sache, je n'ai jamais eu de descendant. Et pour ce qui est de me suivre à travers Ombre, je suis venu ici au moyen de l'Atout de Julian.

Bien sûr. Ma seule excuse pour ne pas l'avoir prise en flagrant délit de mensonge était que j'avais l'esprit occupé par le conflit. Benedict aurait été averti de la bataille par l'entremise des Atouts. Pourquoi aurait-il perdu un temps précieux à voyager alors qu'il disposait d'un moyen de transport instantané?

— Crénom! m'écriai-je. Elle doit être en Ambre à l'heure

qu'il est! Écoute, Benedict! Je vais charger Gérard ou Caine de s'occuper du transfert des troupes. Ganelon descendra aussi. Il leur transmettra tes ordres.

Je regardai autour de moi, repérai Gérard en train de discuter avec un groupe de nobles. Je l'appelai d'une voix éperdue. Il tourna vivement la tête puis se mit à courir dans ma direction.

— Corwin, qu'y a-t-il? criait Benedict.

— Je ne sais pas! Mais tout ça ne me dit rien qui vaille!

Je fourrai l'Atout dans les mains de Gérard lorsqu'il fut près de moi.

— Veille à ce que mes troupes passent chez Benedict! dis-je. Random est au palais?

— Oui.

— Libre ou prisonnier?

— Libre — plus ou moins. Il y aura des gardes un peu partout. Éric ne lui fait — ne lui faisait toujours pas confiance.

Je fis volte-face.

— Ganelon, criai-je. Faites ce que vous dira Gérard. Il va vous envoyer rejoindre Benedict dans la vallée. Vous placerez nos hommes sous son autorité. Je dois filer vers Ambre à présent.

— D'accord, répondit-il.

Gérard se dirigea dans sa direction, et je parcourus de nouveau mon jeu d'Atouts. Je trouvai celui de Random et commençai à me concentrer. A cet instant précis, il commença finalement à pleuvoir.

J'établis le contact presque aussitôt.

— Salut, Random, dis-je dès que son image s'anima. Tu te souviens de moi?

— Où es-tu? demanda-t-il.

— Dans les montagnes. Nous venons de gagner cette partie de la bataille, et je suis en train d'envoyer à Benedict l'aide dont il a besoin pour nettoyer la vallée. Mais maintenant j'ai besoin de ton aide. Fais-moi passer chez toi.

— Je ne sais pas, Corwin. Éric...

— Éric est mort.

— Alors qui dirige les opérations?

— Qui crois-tu? Allez, fais-moi passer chez toi.

Il hocha rapidement la tête et tendit la main. Je la serrai et fis un pas en avant. Je me retrouvai debout à côté de lui sur un balcon surplombant une cour intérieure. La balustrade était en marbre blanc et il y avait une chute libre de deux étages.

Je vacillai et il me saisit le bras.

— Tu es blessé! s'exclama-t-il.

Je secouai la tête. Je ne m'étais pas aperçu dans le feu de l'action à quel point j'étais fatigué. Je n'avais pas beaucoup dormi lors des nuits précédentes. Et puis il y avait tout le reste...

— Non, dis-je en jetant un coup d'œil à ma chemise inondée de sang. Je suis seulement fatigué. C'est Éric qui m'a saigné dessus.

Il passa une main dans ses cheveux blonds et fit une moue.

— Alors tu as fini quand même par l'avoir..., dit-il doucement.

— Non. Il était déjà mourant quand je suis arrivé auprès de lui. Maintenant suis-moi! Vite! C'est important!

— Où ça? Qu'y a-t-il?

— A la Marelle. Pourquoi, je ne le sais pas vraiment, mais je sais que c'est important. Allez, viens!

Nous entrâmes dans le palais et nous dirigeâmes vers l'escalier le plus proche. Deux soldats en gardaient l'accès, mais ils se mirent au garde-à-vous en nous voyant approcher et ne firent rien pour nous empêcher de passer.

— Je suis content pour tes yeux, dit Random tandis que nous dévalions les escaliers. Tu vois bien?

— Très bien, dis-je. Il paraît que tu es toujours marié?

— Eh oui!

Une fois parvenus au rez-de-chaussée, nous filâmes vers la droite. Nous avions trouvé deux autres gardes au pied de l'escalier, mais eux non plus n'avaient pas bougé.

— Oui, répéta-t-il tandis que nous nous dirigions vers le centre du palais. Ça t'étonne, pas vrai?

— Oui. Je croyais que tu allais tirer ton année et prendre tes cliques et tes claques.

— Moi aussi. Mais je suis tombé amoureux d'elle. C'est vrai, tu sais.

— On a vu des choses plus extraordinaires.

Nous traversâmes la salle de banquet dallée de marbre et entrâmes dans le couloir long et étroit qui s'enfonçait à travers l'ombre et la poussière. Je réprimai un frisson en pensant à mon état la dernière fois que j'avais emprunté ce couloir.

— Elle tient vraiment à moi, disait Random. Elle m'aime plus que personne ne m'a jamais aimé.

— Je suis content pour toi, dis-je.

Nous arrivâmes à la porte donnant sur le palier d'où partait le long escalier en spirale qui s'enfonçait dans les entrailles d'Ambre. Elle était ouverte. Nous commençâmes à descendre.

— Moi pas, dit-il tandis que nous dévalions les marches quatre à quatre. Je ne voulais pas tomber amoureux. Pas à l'époque. Nous avons toujours été des prisonniers, tu sais. Comment pourrait-elle être fière d'une chose pareille?

— Tout ça, c'est du passé, maintenant, dis-je. Tu as été fait prisonnier parce que tu m'as suivi et que tu as essayé de tuer Éric, c'est bien ça?

— Oui. Ensuite elle m'a rejoint ici.

— Je ne l'oublierai pas, dis-je.

Nous descendions toujours. L'escalier était interminable, et il n'y avait des lanternes que tous les dix mètres environ. C'était une énorme grotte naturelle. Je me demandai si quelqu'un savait au juste combien de galeries et de couloirs la traversaient. Je fus tout à coup submergé par un sentiment de pitié pour les pauvres hères qui pourrissaient dans ces oubliettes, quelles que soient les raisons de leur emprisonnement. Je décidai de les libérer tous ou de trouver un meilleur moyen de les employer.

De longues minutes passèrent. Je pouvais voir la lueur vacillante des torches et des lanternes en contrebas.

— Il y a une fille, dis-je, qui s'appelle Dara. Elle m'a dit être la petite-fille de Benedict et m'a donné de bonnes raisons de la croire. Je lui ai donné des renseignements concernant Ombre, la réalité, et la Marelle. Elle a un certain pouvoir sur Ombre, et elle voulait à tout prix traverser la Marelle. La dernière fois que je l'ai vue, elle se dirigeait par ici. Et voilà maintenant que Benedict jure qu'il ne la connaît ni d'Ève ni d'Adam. J'ai peur tout à coup. Je veux l'empêcher à tout prix d'accéder à la Marelle. Je veux l'interroger.

— Étrange, dit-il. Très étrange. Je suis d'accord avec toi. Crois-tu qu'elle pourrait déjà être sur place?

— Si elle n'y est pas, je crois qu'elle ne tardera pas à arriver.

Nous arrivâmes finalement au pied de l'escalier et je me précipitai à travers la pénombre vers la bonne galerie.

— Attends! cria Random.

Je m'arrêtai et me retournai. Je mis un moment à le localiser, car il était derrière l'escalier. Je revins sur mes pas.

Ma question n'atteignit pas mes lèvres. Je vis qu'il était agenouillé à côté d'un grand homme barbu.

— Mort, dit-il. Une lame très fine. Maniée de main de maître. C'est très récent.

— Allons-y!

Nous courûmes vers la galerie et nous y engouffrâmes. Le septième couloir transversal était celui que nous cherchions. Je tirai Grayswandir de son fourreau en approchant de la grande porte sombre renforcée de métal, car elle était entrebâillée.

J'entrai en coup de vent, Random sur mes talons. Le sol de cette salle immense est noir et paraît aussi lisse que du verre, bien qu'il ne soit pas glissant. La Marelle brûle à même ce sol, dans ce sol — c'est un entrelacs complexe et chatoyant de lignes courbes qui s'étend sur une longueur de cent cinquante mètres. Nous nous arrêtâmes net au bord de la Marelle, les yeux écarquillés.

Il y avait quelque chose là-bas en train de la traverser. Je sentis le frisson familier que provoquait toujours chez moi le spectacle de la Marelle. Était-ce Dara? J'avais du mal à distinguer la silhouette parmi les gerbes d'étincelles qui jaillissaient constamment autour d'elle. En tout cas, il ou elle devait être de sang royal, car il était communément admis que toute autre personne serait détruite par la

Marelle, et celle-ci avait déjà dépassé la Grande Courbe et négociait à présent la série d'arcs compliqués qui menaient au Voile Final.

La « chose » en forme de libellule sembla se métamorphoser au fur et à mesure qu'elle avançait. Pendant un moment, mes sens refoulèrent obstinément les images subliminales qui, je le savais, devaient parvenir jusqu'à moi. J'entendis Random sursauter à côté de moi, et cela sembla emporter mon barrage inconscient. Une vague de sensations déferla dans mon esprit.

La « chose » sembla se dresser, énorme, dans cette salle qui paraissait toujours si intangible. Puis rapetisser, se recroqueviller jusqu'à être pratiquement invisible. L'espace d'un instant, elle prit l'apparence d'une jeune femme — peut-être Dara, ses cheveux plus clairs dans cette lumière, toute chatoyante et crépitante d'électricité statique. Puis les cheveux se transformèrent en deux grandes cornes recourbées partant d'un front large et incertain tandis que leur propriétaire s'efforçait tant bien que mal de placer un sabot devant l'autre le long de l'entrelacs de feu. Puis autre chose... Un chat énorme... Une femme sans visage... Une créature ailée d'une beauté indescriptible... Une tour de cendres...

— Dara! hurlai-je. C'est toi?

Seul l'écho me répondit. La « chose » se débattait à présent avec le Voile Final. Mes muscles se contractèrent tandis que je m'identifiais involontairement avec elle.

Finalement, elle passa au travers.

Oui, c'était bien Dara! Grande et superbe maintenant. A la fois belle et horrible. De la voir comme ça sembla déchirer la substance même de mon cerveau. Ses bras étaient levés en signe d'exultation et un rire inhumain émana de ses lèvres. Je voulais détourner les yeux, mais j'étais comme hypnotisé. Avais-je vraiment étreint, caressé, fait l'amour à... *ça?* J'éprouvais tout à la fois une terrible répugnance et une attirance comme je n'en avais jamais connue. Je n'arrivais pas à comprendre cette toute-puissante ambivalence.

Enfin elle me regarda.

Son rire cessa. Sa voix métamorphosée résonna dans la salle.

— Seigneur Corwin, es-tu le souverain d'Ambre à présent?

Je réussis je ne sais trop comment à éructer une réponse.

— En pratique, oui.

— Bien! Dans ce cas, regarde-moi bien, car je suis celle qui a juré ta perte!

— Qui êtes-vous. *Qu'êtes*-vous?

— Tu ne le sauras jamais, dit-elle, car à compter de cet instant précis, il est trop tard.

— Je ne comprends pas. Que voulez-vous dire?

— Ambre, dit-elle, sera détruite.

Sur ces mots, elle se volatilisa.

— Qu'est-ce que c'était que *ça?* demanda Random.

Je secouai la tête.

— Je n'en sais rien. Vraiment, je n'en sais rien. Et j'ai l'impression qu'il importe plus que toute autre chose que nous le découvrions.

Il me saisit le bras.

— Corwin, dit-il. Ce n'étaient pas des menaces en l'air. Et ce qu'elle disait est possible, tu sais.

Je hochai la tête.

— Je sais.

— Qu'allons-nous faire maintenant?

Je rengainai Grayswandir et me dirigeai vers la porte.

— Recoller les morceaux, dis-je. Je tiens maintenant ce que j'ai toujours pensé désirer plus que tout, et je dois faire en sorte que ça ne me glisse pas entre les doigts. Et je ne peux pas me permettre d'attendre ce qui est déjà en route. Je dois aller au-devant de cette chose et l'arrêter avant qu'elle ne puisse atteindre Ambre.

— Tu sais où la trouver? demanda-t-il.

Nous empruntâmes la galerie.

— Je pense qu'elle se trouve à l'autre bout de la route noire, dis-je.

Nous traversâmes la grotte jusqu'au pied de l'escalier où gisait l'homme mort et nous engageâmes dans la longue spirale qui s'enfonçait dans l'obscurité au-dessus de lui.

Table

EXTRAIT DU CATALOGUE
« Présence du Futur »

180. L. Sprague de Camp	*A l'heure d'Iraz*
181. Roger Zelazny	*Seigneur de lumière*
182. Isaac Asimov	*Dangereuse Callisto*
183. John Boyd	*Les libertins du ciel*
184. Mayo Mohs	*Autres dieux, autres mondes*
185. Marie C. Farca	*Terre*
186. Martin Caidin	*Cyborg*
187. Isaac Asimov	*Noël sur Ganymède*
188. René Sussan	*L'anneau de fumée*
189. Jean-Pierre Andrevon	*Retour à la Terre*
191. Isaac Asimov	*Chrono-minets*
192. Clifford D. Simak	*Les enfants de nos enfants*
193. Philip Goy	*Le livre-machine*
194. Ward Moore	*Encore un peu de verdure*
195. Olaf Stapledon	*Les derniers hommes à Londres*
197. Michael Moorcock	*Une chaleur venue d'ailleurs*
198. Jean-Pierre Andrevon	*Repères dans l'infini*
199. Isaac Asimov	*La mère des mondes*
200. Ugo Malaguti	*Le palais dans le ciel*
201. Algernon Blackwood	*Le camp du chien*
202. Clifford D. Simak	*Le dernier cimetière*
203. Thomas Disch	*334*
204. Fred et Geoffrey Hoyle	*Inferno*
205. Roger Zelazny	*Le sérum de la déesse bleue*
206. Lord Dunsany	*La fille du roi des Elfes*
207. David Lindsay	*Un voyage en Arcturus*
208. Pamela Sargent	*Femmes et merveilles*
209. Georges Soria	*La grande quincaillerie*
210. John Boyd	*Quotient intellectuel à vendre*
211. Stanislas Lem	*La voix du maître*
212. Olaf Stapledon	*Sirius*
213. Bernard Villaret	*Visa pour l'outre-temps*
214. Richard Cowper	*Le crépuscule de Briareus*
215. Bob Shaw	*Une longue marche dans la nuit*
216. Jean-Pierre Andrevon	*Retour à la Terre 2*
217. J. D. Jeppson	*La seconde expérience*
218. Michael Moorcock	*Les terres creuses*
219. John Boyd	*Le gène maudit*
220. Fred M. Stewart	*L'enfant étoile*
221. Edmund Cooper	*La dixième planète*
222. Jean-Pierre Fontana	*Shéol*
223. Richard Cowper	*Deux univers*
224. Maxim Jakubowski	*Galaxies intérieures 1*
225. Pierre Pelot	*Fœtus-party*
226. Roger Zelazny	*Aujourd'hui nous changeons de visage*
227. James Blish	*Les quinconces du temps*
228. Clifford D. Simak	*Le pèlerinage enchanté*

229. Ward Moore .... *Autant en emporte le temps*
230. Richard Matheson........ *Le jeune homme, la mort et le temps*
231. Theodore Sturgeon .... *Le cœur désintégré*
232. Isaac Asimov .... *Flûte, flûte et flûtes*
233. Isaac Asimov .... *Cher Jupiter*
234. Kate Wilhelm........... *Hier, les oiseaux*
235. Jean-Pierre Andrevon ..... *Le désert du monde*
236. Stefan Wul............. *Noô 1*
237. Stefan Wul............. *Noô 2*
238. Philip K. Dick et Roger Zelazny................ *Deus irae*
239. Clifford D. Simak........ *La planète de Shakespeare*
240. Joe Haldeman........... *Pontesprit*
241. John Boyd.............. *L'envoyé d'Andromède*
242. Jean-Pierre Andrevon ..... *Retour à la terre 3*
243. Roger Zelazny .... *La pierre des étoiles*
244. Arcadi et Boris Strougatski .... *Un gars de l'enfer*
245. Fred et Geoffrey Hoyle.... *Au plus profond de l'espace*
246. J. G. Ballard............ *Appareil volant à basse altitude*
247. Philip Goy .... *Vers la révolution*
248. Ray Bradbury........... *Bien après minuit*
249. Dominique Douay........ *Strates*
250. Denis Guiot .... *Pardonnez-nous vos enfances*
252. Philip K. Dick .... *Substance mort*
253. Jean-Pierre Andrevon ..... *Paysages de mort*
254. Marie C. Farca.......... *Terre* 10^{11}
255. Isaac Asimov .... *L'homme bicentenaire*
256. Philippe Curval.......... *Futurs au présent*
257. Kate Wilhelm........... *Le village*
258. Daniel Walther.......... *Krysnak ou le complot*
259. Richard Cowper .... *Les gardiens*
260. Lino Aldani .... *Quand les racines*
261. Dominique Douay........ *Cinq solutions pour en finir*
263. R. A. Lafferty........... *Lieux secrets et vilains messieurs*
264. Alain Dorémieux......... *Promenades au bord du gouffre*
265. Pierre Pelot............. *Canyon Street*
266. Clifford D. Simak .... *Héritiers des étoiles*
267. Joe Haldeman........... *En mémoire de mes péchés*
268. Ray Bradbury........... *La colonne de feu*
269. Jean-Pierre Andrevon ..... *Dans les décors truqués*
270. Algis Budrys............ *Michaelmas*
271. Maxim Jakubowski....... *Galaxies intérieures 2*
272. Ray Bradbury........... *Un dimanche tant bien que mal*
273. Jean-Marc Ligny......... *Temps blancs*
274. Bob Shaw.............. *Qui va là?*
275. Stan Barets............. *Catalogue des âmes et cycles de la science-fiction*
276. John Varley .... *Dans le palais des rois martiens*
277. John Varley .... *Persistance de la vision*
278. Richard Cowper .... *La route de Corlay*
279. Maxim Jakubowski....... *Vingt maisons du zodiaque*
280. Philippe Curval.......... *La forteresse de coton*
281. Michael Moorcock .... *La fin de tous les chants*

282.	Philippe Curval..........	*Le dormeur s'éveillera-t-il?*
283.	James Tiptree Jr..........	*Par-delà les murs du monde*
284.	Jean-Pierre Andrevon.....	*Compagnons en terre étrangère 1*
285.	Bruce Sterling...........	*La baleine des sables*
286.	Patrice Duvic...........	*Poisson pilote*
287.	Frederick Turner.........	*Mars aux ombres sœurs*
288.	Stanislas Lem...........	*Retour des étoiles*
289.	Jean-Marc Ligny.........	*Biofeedback*
290.	Thomas Disch...........	*Sur les ailes du chant*
292.	Chelsea Quinn Yarbro....	*Fausse aurore*
293.	Jean-Pierre Andrevon.....	*Compagnons en terre étrangère 2*
294.	Charles Duits...........	*Ptah Hotep 1*
295.	Charles Duits...........	*Ptah Hotep 2*
296.	Michel Grimaud.........	*Malakansâr*
297.	Pierre Pelot.............	*La guerre olympique*
298.	John Varley............	*Titan*
299.	Kate Wilhelm...........	*Quand Somerset rêvait*
300.	Serge Brussolo..........	*Vue en coupe d'une ville malade*
301.	Isaac Asimov...........	*Jusqu'à la quatrième génération*
302.	Dominique Douay........	*Impasse-temps*
303.	Lino Aldani............	*Éclipses 2000*
304.	Michael Moorcock.......	*Légendes de la fin des temps*
305.	Philippe Curval..........	*Regarde, fiston, s'il n'y a pas un extra-terrestre derrière la bouteille de vin*
306.	Orson Scott Card........	*Une planète nommée Trahison*
307.	Philip Goy.............	*Faire le mur*
308.	John Varley............	*Sorcière*
309.	Kate Wilhelm...........	*Le temps des genévriers*
310.	Jean-Pierre Andrevon.....	*L'oreille contre les murs*
311.	Stanislas Lem...........	*Les voyages électriques d'Ijon Tichy*
312.	Brian Aldiss............	*Nouveaux venus, vieilles connaissances*
313.	Richard Cowper.........	*Le réseau des mages*
314.	Arkadi et Boris Strougatski.............	*Stalker*
315.	Serge Brussolo..........	*Aussi lourd que le vent*
316.	Wolfgang Jeschke........	*Le dernier jour de la création*
317.	Philip K. Dick..........	*Siva*
318.	Christine Renard et Claude Cheinisse..............	*A la croisée des parallèles*
319.	Maxim Jakubowski.......	*Galaxies intérieures 3*
320.	Jean-Pierre Andrevon.....	*Neutron*
321.	Gene Wolfe............	*L'ombre du bourreau*
322.	Joe Haldeman...........	*Rêves infinis*
323.	Alain Dorémieux.........	*Couloirs sans issue*
324.	Roger Zelazny..........	*Repères sur la route*
325.	Michel Grimaud.........	*La dame de cuir*
326.	J. G. Ballard............	*Salut l'Amérique*
327.	Elisabeth Vonarburg......	*Le silence de la cité*
328.	Chelsea Quinn Yarbro....	*Ariosto Furioso*
329.	Philippe Curval..........	*L'odeur de la bête*
330.	Stanislas Lem...........	*Contes inoxydables*
331.	Dominique Douay........	*Le monde est un théâtre*
332.	Gregory Benford.........	*Un paysage du temps 1*
333.	Gregory Benford.........	*Un paysage du temps 2*

334. Serge Brussolo .... *Sommeil de sang*
335. Yves Fremion .... *Territoires du tendre*
336. Emmanuel Jouanne....... *Damiers imaginaires*
337. Orson Scott Card .... *Les maîtres chanteurs*
338. Philip K. Dick .... *L'invasion divine*
339. Pierre Pelot............. *Mourir au hasard*
340. Douglas Adams.......... *Guide du routard galactique*
341. Bruce Sterling........... *Le gamin artificiel*
342. John Varley .... *Les mannequins*
343. Daniel Walther .... *Happy end*
344. Jean-Pierre Andrevon et
Philippe Cousin.......... *L'immeuble d'en face*
345. Gene Wolfe .... *La griffe du demi-dieu*
346. Jean-Marc Ligny......... *Furia!*
347. Walter Tevis............ *Loin du pays natal*
348. Serge Brussolo .... *Portrait du diable en chapeau melon*
349. Orson Scott Card .... *Sonate sans accompagnement*
350. Richard Cowper .... *La moisson de Corlay*
351. Douglas Adams.......... *Le dernier restaurant avant la fin du monde*
352. Thomas Disch........... *L'homme sans idées*
353. Kate Wilhelm........... *La mémoire de l'ombre*
354. Kit Reed............... *Des vacances inoubliables*
355. Jean-Pierre Hubert .... *Le champ du rêveur*
356. Philip K. Dick .... *La transmigration de Timothy Archer*
357. Isaac Asimov .... *Fondation foudroyée*
358. Roger Zelazny .... *L'œil de chat*
359. Serge Brussolo .... *Le carnaval de fer*
360. Joseph-Marie Lo Duca .... *La sphère de platine*
361. Gene Wolfe .... *L'épée du Licteur*
362. Philippe Cousin.......... *Mange ma mort*
363. Jean-Pierre Andrevon ..... *Il faudra bien se résoudre à mourir seul*
364. Gregory Benford.......... *Contre l'infini*
365. Donald Kingsbury........ *Parade nuptiale*
366. Somtow Sucharitkul ...... *Mallworld graffiti*
367. Jacques Mondoloni .... *Papa 1er*
368. Scott Baker............. *Nouvelle recette pour canard au sang*
369. Douglas Adams.......... *La vie, l'univers et le reste*
370. Michel Grimaud .... *L'arbre d'Or*
371. Richard Cowper .... *Le testament de Corlay*
372. Chelsea Quinn Yarbro .... *Jacinthes*
373. Jean-Pierre Andrevon et
Philippe Cousin.......... *Hôpital Nord*
374. Walter Tevis............ *Le soleil pas à pas*
375. Gene Wolfe .... *La citadelle de l'autarque*
376. Jean-Pierre Hubert .... *Les faiseurs d'orages*
377. Thomas Disch........... *Le businessman*
378. John Varley .... *Millenium*
379. Somtow Sucharitkul ...... *Lumière sur le détroit*
380. Kate Wilhelm........... *Écoute, écoute*
381. L. Sprague de Camp..... *Le roi entêté*
382. J. G. Ballard........... *Les chasseurs de Vénus*
383. Jean-Pierre Andrevon ..... *C'est arrivé, mais on n'en a rien su*
384. Emmanuel Jouanne....... *Ici-Bas*

385. Orson Scott Card .... *L'espoir du cerf*
386. René Sussan .... *Les insolites*
387. Philipp Mann .... *L'œil de la Reine*
388. Elisabeth Vonarburg ...... *Janus*
389. Joanna Russ .... *Des gens (extra)ordinaires*
390. André Ruellan .... *Mémo*
391. Philippe Curval.......... *Debout les morts!*
392. Gregory Benford......... *Dans l'océan de la nuit 1*
393. Gregory Benford......... *Dans l'océan de la nuit 2*
394. Maurice Mourier .... *Parcs de mémoire*
395. Isaac Asimov .... *Au prix du papyrus*
396. Frederik Pohl .... *Les gogos contre-attaquent*
397. Antoine Volodine .... *Biographie comparée de Jorian Murgrave*
398. Daniel Walther.......... *Sept femmes de mes autres vies*
399. Somtow Sucharitkul ...... *Le trône de folie*
400. John Varley .... *Démon 1*
401. John Varley .... *Démon 2*
402. Kate Wilhelm........... *Bonjour chaos*
403. Isaac Asimov .... *Les vents du changement*
404. Ian Watson............. *Le voyage de Tchekhov*
405. Gregory Benford......... *A travers la mer des soleils 1*
406. Gregory Benford......... *A travers la mer des soleils 2*
407. Jacques Barberi .... *Kosmokrim*
408. Richard Cowper .... *Le facteur thitonien*
409. K. W. Jeter .... *Dr Adder*
410. Jouanne/Vernay .... *Dites-le avec des mots*
411. R. A. Lafferty........... *Annales de Klepsis*
412. Jean-Pierre Hubert .... *Ombromanies*
413. Antoine Volodine .... *Un navire de nulle part*
414. Scott Baker............. *Fringales*
415. J. C. Dunyach........... *Autoportrait*
416. Gwyneth Jones .... *Divine endurance*
417. Jack Dann .... *La Grande Hurle*
418. Rudy Rucker .... *Maître de l'espace et du temps*
419. John Sladek .... *Tik-Tok*
420. Philippe Curval.......... *Comment jouer à l'homme invisible en trois leçons*
421. Patrice Duvic .... *Demain les puces*
423. Michaël Swanwick .... *Le baiser du Masque*
424. Jean-Pierre Andrevon et Philippe Cousin.......... *Gare Centrale*
425. Kim Stanley Robinson .... *Les Menhirs de glace*
426. Bruce Sterling........... *La Schismatrice*
427. Philippe Curval.......... *Superfuturs*
428. Philip K. Dick .... *Le crâne*
429. Francis Berthelot .... *La ville au fond de l'œil*
430. Antoine Volodine .... *Rituel du mépris*
431. Rudy Rucker .... *Le secret de la vie*
432. K. W. Jeter .... *Le marteau de verre*
433. Emmanuel Jouanne....... *Cruautés*
434. Marc Laidlaw........... *Papa, maman, l'atome et moi*
435. Lucius Shepard.......... *Le chasseur de jaguar*
436. Lucius Shepard.......... *La fin de la vie*

437. Walter Jon Williams...... *Câblé*
438. Isaac Asimov .... *Terre et Fondation*
439. Jean-Marc Ligny.......... *Yurlunggur*
440. Frederik Pohl .... *Les Annales de la Cité 1*
441. Frederik Pohl .... *Les Annales de la Cité 2*
442. Kate Wilhelm............. *La couvée Huysman*
443. Phillip Mann............. *Le maître des Paxwax*
444. Philip K. Dick .... *Radio libre Albemuth*
445. Frederik Pohl .... *L'avènement des chats quantiques*
446. Jean-Pierre Hubert .... *Roulette mousse*
447. Serge Brussolo .... *Procédure d'évacuation immédiate des musées fantômes*
448. Ian Watson............... *Les oiseaux lents*
449. Gwyneth Jones .... *Plans de fuite*
450. Somtow Sucharitkul ...... *Le vent des ténèbres*
451. Bruce Sterling........... *Mozart en verres miroirs*
452. Limite .... *Malgré le monde*
453. Serge Brussolo .... *Le château d'encre*
454. Antoine Volodine .... *Des enfers fabuleux*
455. Garry Kilworth........... *Les ramages de la douleur*
456. Ian Banks .... *Entrefer*
457. Arcadi et Boris Strougatski .... *L'Auberge de l'alpiniste mort*
458. James Morrow .... *Ainsi finit le monde*
459. Michaël Swanwick .... *Les fleurs du vide*
460. Gene Wolfe .... *Soldat des brumes*
461. Roger Zelazny .... *Les 9 princes d'Ambre*
462. Roger Zelazny .... *Les fusils d'Avalon*
463. Roger Zelazny .... *Le signe de la Licorne*
464. Roger Zelazny .... *La main d'Obéron*
465. Roger Zelazny .... *Les cours du chaos*
466. Roger Zelazny .... *Les atouts de la vengeance*
467. Roger Zelazny .... *Le sang d'Ambre*
468. Roger Zelazny .... *Le signe du chaos*
469. Roger Zelazny .... *Chevalier des ombres*
470. Roger Zelazny .... *Prince du chaos*
471. Philip K. Dick .... *Le grand O*
472. Robert Sheckley .... *Arena*
473. Jean-Marc Ligny......... *D.A.R.K.*
474. Jacques Sternberg........ *188 contes à régler*
475. Phillip Mann............ *La chute des feuilles*
476. Lucius Shepard.......... *Zone de feu*
477. Jacques Barberi .... *Une soirée à la plage*
478. Walter Jon Williams...... *Le souffle du cyclone*
479. Emmanuel Jouanne....... *Le rêveur de chat*
480. K.W. Jeter .... *Instruments de mort*
481. Ph. K. Dick .... *Derrière la porte*
482. Alain Dartevelle .... *Script*
483. James Morrow .... *Le vin de la violence*
484. Philippe Curval.......... *Habite-t-on réellement quelque part?*
485. George Alec Effinger..... *Gravité à la manque*
486. Joël Houssin .... *Argentine*
487. Colette Fayard .... *Les chasseurs au bord de la nuit*
488. Gene Wolfe .... *Le nouveau soleil de Teur, 1*

489. Gene Wolfe .... *Le nouveau soleil de Teur, 2*
490. Robert Silverberg .... *Compagnons secrets*
491. Richard Kadrey .... *Métrophage*
492. Philip K. Dick .... *Un auteur éminent*
493. Jean-Pierre Andrevon ..... *Sukran*
494. Philippe Cousin.......... *La solution du fou*
495. Philip K. Dick .... *Souvenir*
496. Garry Kilworth.......... *Roche-Nuée*
497. Philip K. Dick .... *Au service du maître*
498. Jacques Barberi .... *Narcose*
499. Lino Aldani .... *La maison-femme*
500. Ray Bradbury........... *A l'ouest d'Octobre*
501. Serge Brussolo .... *L'homme aux yeux de napal*
502. A. et B. Strougatski ...... *Les vagues éteignent le vent*
503. Emmanuel Jouanne....... *La trajectoire de la taupe*
504. Jean-Pierre Vernay .... *Fragments du rêve*
505. Robert Sheckley......... *Chasseur/victime*
506. Norman Spinrad......... *Les années fléaux*
507. Francis Berthelot .... *Rivage des intouchables*
508. Bruce Sterling........... *Les mailles du réseau/1*
509. Bruce Sterling........... *Les mailles du réseau/2*
510. Philip K. Dick .... *Le voyage gelé*
511. Dominique Douay....... *La fin des temps et après*
512. Joël Houssin............ *Le temps du twist*
513. Howard Waldrop .... *Ces chers vieux monstres*
514. Jacques Barberi .... *Guerre de rien*
515. Gene Wolfe .... *Silhouettes*
516. George Alec Effinger...... *Privé de désert*
517. Garry Kilworth.......... *Abandonati*
518. Robert Silverberg .... *L'appel des ténèbres*
519. Mike Resnick........... *Ivoire 1*
520. Mike Resnick........... *Ivoire 2*
521. Ph. K. Dick .... *L'œil de la sibylle*
522. L. Sprague de Camp...... *L'honorable barbare*
523. Jack Womack........... *Terraplane*
524. Bruce Sterling........... *Cristal express*
525. Donald E. Westlake ...... *Anarchoas*
526. Serge Brussolo .... *Le syndrome du scaphandrier*
527. John Varley .... *Champagne bleu*
528. Gene Wolfe .... *Soldat d'aretê/1*
529. Gene Wolfe .... *Soldat d'aretê/2*
530. James Morrow .... *Cité de vérité*
531. Jean-Pierre Hubert .... *Cocktail*
532. Colette Fayard .... *Le jeu de l'éventail*
533. Frederik Pohl .... *Plus de vifs que de morts*
534. Jacques Barberi .... *La mémoire du crime*
535. George Alec Effinger...... *Le talion du cheikh*
536. Stefan Wul............. *L'orphelin de Perdide*
537. Pat Cadigan .... *Les synthénétiques 1*
538. Pat Cadigan .... *Les synthénétiques 2*
539. Lucius Shepard.......... *Thanatopolis*

Cet ouvrage
a été reproduit
et achevé d'imprimer
en mai 1993
par l'Imprimerie Floch
à Mayenne.

D. L. mai 1993.
Éditeur, nº 3925.
Imprimeur, nº 34313.
Imprimé en France.

3925